下一班公交车迟早会来，
我们却再也回不去了。
但愿这天下所有错失的爱情，
都还来得及去寻回。
U0897373

她要嫁给身高一米八四，长得帅，
大她四岁，话不多，姓霍的香港人。

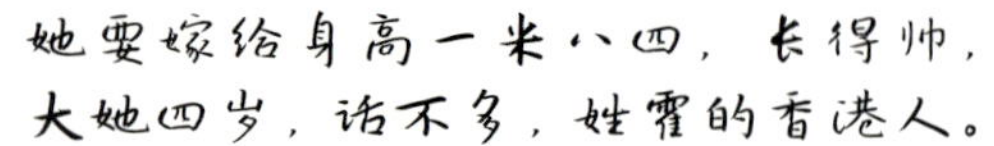

到最后，
也算是命

人要拥有什么以后才会觉得心安？
是拥有自己呀。

要是有一天我也死了，我希望我的墓碑能同你的挨在一起。

小熊洛拉

你是年少的喜欢

你走得太急，而我那声爱你，
说得太慢。

好在大家都正年少，有无数的时间可以等，
可以折腾。
可是谁都忘了，人终有长大的一天。

玫瑰与荒原

Rose and Wilderness

爱格 编

Aigirl

CNS PUBLISHING & MEDIA 湖南文艺出版社
HUNAN LITERATURE AND ART PUBLISHING HOUSE

玫瑰与荒原

Rose and Wilderness

Aigirl

爱格经典短篇
小说集

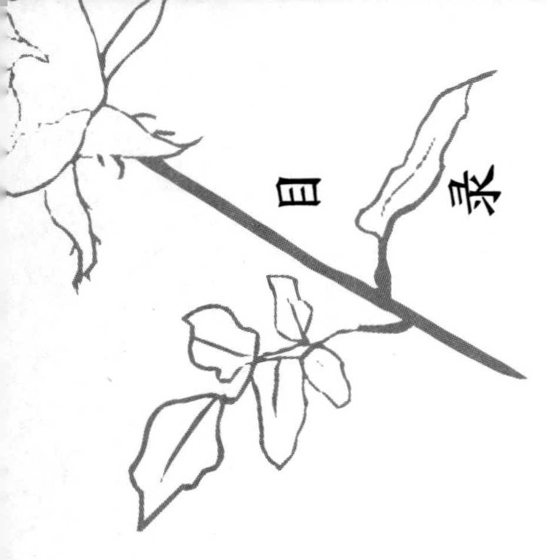

目录

Part 1∵ 她的天真

Part 2∵ 少年意气

Part 3：无烬夏

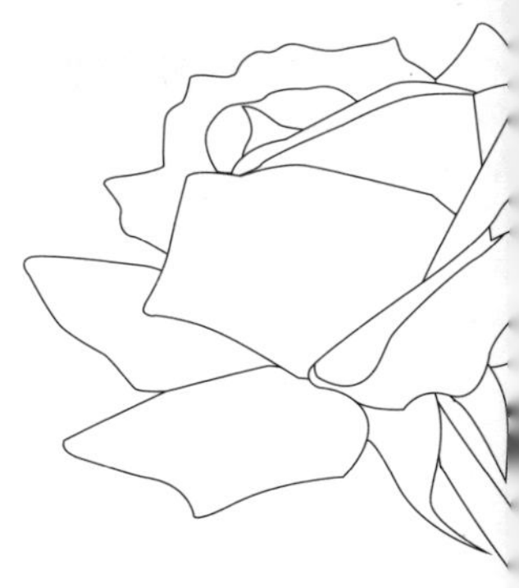

Part 1:

她的天真

苏幕遮

你是年少的喜欢。

文/狄戈

周了了经常对别人说，科罗拉多州的阳光很棒，一年三百多天的阳光直射让周围大多数人的皮肤都是小麦色，这让她经常有种自己才是白种人的错觉。

其实，她最怀念的还是寒冬腊月冷得刺骨的哈尔滨。

这年年末，她参加了在丹佛大学举行的最后一个圣诞舞会，依旧没有舞伴。熟识的同学来与她聊天："我不信没人邀请你。"

"苏幕让我离高大的外国人远点，不然他们欺负了我他容易打不过。"她独自一人坐在角落里，说话时看着窗外，眼中有着与热闹的环境格格不入的落寞。

"苏幕是谁？"

"误终身的人。"

1

苏幕来哈尔滨的时候是一月初，整座城市都在下着鹅毛大雪，那是他第一次见到那么大的雪。天灰蒙蒙的，雪中夹杂着凛冽的北风呼啸而来，从来只是听说过它的冷，只有切身感受后才体会得到，原来这座城市冷得那么纯粹。

第二天去借读的学校上学时，大雪已经停了。外面到处都是积雪，地上、树上、房顶、车顶，入眼是银白一片。阳光是充足的，但天似乎比下雪时还要冷上几分。苏幕被班主任从校长办公室领到教室门口："我们班都是借读生和复读生，有的需要我管，有的不需要，你是哪种？"

这么直截了当，与细腻的上海人相比多了些爽朗。苏幕还没开口说话，就被一声清脆的报告声吸引了目光。

那是他第一次见周了了，在冰天雪地的北国哈尔滨。外面的风呼号着吹得旗杆上的国旗猎猎作响，亮堂堂的教学楼走廊里，阳光照得玻璃窗上的冰霜闪闪发光。周了了穿着厚厚的羽绒服，戴着羽绒服上的帽子和一个黑色口罩，只有一双棕色的眸子露在外面，清亮又透着狡黠。她说："老师，我来晚了。"

"你哪天不晚？"

"争取明天不晚。"

苏幕看不清她的脸，只觉得说话声音很清脆，比上海人的普通话更标准。班主任似乎懒得理她，说了句"进去"。她眼睛一弯，开门走了进去。

"咱们班新来一个小哥哥，巨帅。"教室门还没关上，他就听到女孩朗声对班上的同学这样说。

班主任指了指她的方向："这就是不用管的。"

"我也不用。"苏幕说。

周了了知道他叫苏幕还是在一周以后。他来之前，班级里已经形成了固定的圈子。苏幕又是个沉默寡言的人，永远自己坐在最后一排的角落里，上课认真听课，下课独来独往，不主动与人说话，别人主动他也爱答不理，酷得跟个什么似的。

那天课间休息，高二的一个漂亮小姑娘在他们班教室门口流连，在周了了进教室的时候红着脸塞给她一封信："姐姐，帮我给苏幕。"

周了了站在教室门口，喊道："谁叫苏幕？"

苏幕塞着耳机坐在自己的座位上看书，头都没抬。门口的小姑娘急了，扯了扯她，指给她看。

然后，苏幕就感觉面前站了个人。随即那个人弯腰歪头勾着眉看他，并伸手摘了他的耳机："你叫苏幕？"

他看着她白皙的面颊和棕色的眸子，没说话。

教室里暖气很足，与外面的寒冷相比，室内热得不像话。他似乎能感受到女孩皮肤的温度，以及随着温度传来的香气。

"姑苏慕容复的那个苏慕？啧，这名字真让人没好感。"她自言自语地说着，顺手将一个粉色信封放在他的桌子上。

与第一次见面相比，她倒是没全副武装，同眸子一个颜色的长发微卷地披在身后。上身套着宽大的粗线毛衣，然后是打底裤和雪地靴，腿又细又长，与那些每日穿着校服的女同学有着鲜明的对比。

这是他第一次听到有人这么解释自己的名字，前面一个男同学回头纠正她："周了了同学，是苏幕遮的苏幕。"

周了了踢了他椅子一下："你再叫我了(le)了(le)试试？"

"了(liǎo)了(liǎo)女王，小的错了。"

"苏幕遮是什么？"

“词牌名啊，你真应该好好学习一下，不然以后会成为一个空有其表的花瓶。”

“这么会夸人，说得我好想请你吃饭。”

苏幕重新塞回耳机，想着：周了了，名字真特别。

2

周了了从来不上晚自习，苏幕也是。

周了了不上晚自习是因为她不学习，苏幕不上晚自习是因为他妈妈不让他晚回家。

哈尔滨的冬天天黑得特别早，五点半放学时外面的天已经完全黑了下来。这天，苏幕在公交车站等车，马路对面是一些咖啡馆和酒馆之类的小店。车来车往中，他看到了台球馆门口的周了了。几个女孩站在一起，她最显眼，灯火通明的灯牌旁，几个人嬉笑着说着什么。

苏幕上公交车前看到从台球馆里出来几个男生，其中一个与周了了拉拉扯扯的，一直把她往台球馆里拽。公交车车窗上有一层冰，他看不到街对面。公交车启动离站，苏幕抓着扶手，脑中想的全是最后周了了被拉进台球馆的样子。

没两分钟，公交车到了下一站，在后门关闭前，苏幕下了车。

他推门进入台球馆，夹杂着烟味的热气扑面而来。台球馆里有很多人，周了了坐在靠墙边的椅子上，一副不太高兴的样子。几个女孩围着她，在哄着她。

“周了了你过来，我教你打台球。”那个拽她进来的男生拿着球杆喊她。

周了了抬抬眼皮：“林粲，你能不能离我远点？”

说话间她就见到了苏幕。苏幕不习惯穿太厚，走了一站地来到这儿，已然冻得够呛。台球馆又太热，直接导致他的脸颊微红。周了了看到他时愣了愣，随即笑了："苏幕，你涂了腮红的样子真可爱。"

苏幕扭头走了出去，笑自己的天真，他竟然担心这个小太妹。

黑板上记录的距离高考还剩的天数一天天在减少，哈尔滨的冬天也一天天在变冷，三天两头地下大雪。高一、高二的同学因为扫雪的事情怨声载道，学校终于良心发现，让高三的同学出去扫了一次雪。

那天下午，满操场全是拿着除雪铲在奋力干活的高三生。苏幕正研究除雪铲怎么用时接到了父亲的电话，让他去学校后门见一面。

小姨买的雪地靴他始终没穿，总觉得那种鞋子又笨重又有点说不上来的感觉。后门没什么人，他离得老远就见到了周了了，穿着粉色的雪地靴，还戴着两只长长的兔耳朵，那种说不上来的感觉让他想到了……

萌。

周了了正仰头看着院墙，不知道在想什么，听到"嘎吱嘎吱"踩在雪地上的声音后，回头看到他。她指了指院墙，一点儿也不认生地说："苏幕，你托我上去一下。"

苏幕走过去，低头看了看她，弯腰轻松地将她抱了起来。周了了撑着墙爬上去，坐上墙头后，她又犯难了，不敢跳下去。

苏幕的父亲和门卫打了招呼后就直接从后门走了出去，在父亲的说话声中，他回头看坐在墙上的周了了，周了了也正睁着圆圆的眼睛看着他，一副气鼓鼓的样子……

苏幕突然笑了。

3

周了了那天逃课是和朋友去参加一场明星见面会，赶到现场时，已经人山人海，朋友嘟嘟囔囔嫌她来晚了。

“我爬墙出来的，被人抱上墙又抱下来。”

“啧啧——这便宜占得。”朋友见她的神色与往日不同，“还回忆呢？谁呀？”

“一个不爱笑，但笑起来特别帅的男同学。”

周了了想着不苟言笑的苏幕站在墙下看着自己，那突然的一笑，以及他走过来伸手将自己抱下来的样子……

想着想着，她竟然对台上那位挺喜欢的男明星都兴致缺缺了。

那天之后，周了了发现，自从多注意了苏幕几次后，就总是能遇到他。这天傍晚放学，家里来接她的车子停在公交车站旁。她路过公交车站时突然看到了等车的众人中的苏幕，他被一个女孩拽住，拉到人少的地方：“苏幕，我们可以相处一下，你觉得不行再拒绝我好不好？”

苏幕似乎没什么耐心：“我喜欢和个高腿长的女生做朋友。”

周了了正巧经过他们旁边，苏幕扭头看她，周了了微怔。公交车站的路灯很亮，照得周了了灰色打底裤下的腿又直又长。与苏幕和周了了镇定自若的神色相比，那个女孩显然要哭了。周了了咳了一声：“那啥，学妹，你先别激动，我喜欢和学习好的人做朋友。”

然后，在学校第一次模拟考试后，苏幕以年级第一的黑马姿态远甩第二名十多分。周了了从不关心成绩单，但这次，因为别人都太过惊讶而每天在讨论，甚至连每个来上课的老师都要点苏幕的名字来瞧瞧他到底是何方神圣，周了了这才知道，苏幕的学习成绩竟然这么好。她盯着老师发下来的成绩单，看着班级、年级第一的加黑加下划线被特殊对待的苏幕的名字：“牛啊。”

苏幕正经过她身边，听到她的感叹，瞥了她一眼。

那天放学，周了了故意在公交车站等了他一会儿。远远见他走过来，她站到他面前：“你是因为我说喜欢和学习好的人做朋友才考第一的？”

苏幕居高临下看着她，淡淡地道：“智商碾压，天生的。”

周了了盯了他半晌：“哦，那啥，我之前说我喜欢学习好的……”

“开玩笑的，我知道。”他说。

周了了：“……”

不远处的汽车鸣笛声吸引了两人的视线，路边停了两辆颜色艳丽看起来非常炫酷的跑车。从车子上下来三个年轻男人，他们笑嘻嘻地看着苏幕：“苏公子，哈尔滨好玩吗？”

苏幕见到他们很惊讶，随即笑了，这是周了了第二次见他笑。

他们说的是上海话，周了了看了看车牌，沪A，从上海开过来的：“好闪啊。”

苏幕看她一眼后抬脚离开，她目送跟着他们上车的苏幕离去，突然发觉自己一点都不了解这位同班同学。

车上，有人对苏幕说：“刚才那女孩挺漂亮的，你果然走到哪儿都不忘招蜂引蝶。”

“没招她。”苏幕说。

“你对人家做了什么让人误会了？”

苏幕想起那天下午坐在学校后门墙上气鼓鼓的周了了，笑了笑。

“啧啧——”

“你家那个狐狸精和她儿子最近特别嚣张，只要你一句话，绝对不让他们过得舒服。”有人接着说。

“你们别管。”

周了了有点郁闷，打电话约人去了KTV，却没想到会在那儿遇到林粲。她们几个女孩喝着饮料聊着八卦，林粲非凑过去，贱兮兮地挤到她身边：“我给你点了首歌。”

周了了不高兴地瞪他：“你真烦，说一百遍了我喜欢和学习好的人做朋友。”

说完，周围的人全笑了，大家都觉得她是在开玩笑。周了了以前也会跟着笑，这次倒是有点认真：“真的啊，你们别不信。”

大家围坐唱歌时周了了去了洗手间，然后她就被林粲拦在了公共洗手台那里。周了了让他滚蛋，林粲有点急了，抓住她的手把她按到洗手台后侧的墙上：“这么久了，你以为我跟你闹着玩呢？”

“你要是敢碰我，我爸能砍了你。”周了了也不怕他。

“碰你怎么了？”

那天的事，周了了回忆了一百遍，丝毫细节都没忘掉。她记得林粲要碰自己，她扭头避开时看到了门边的苏幕。苏幕还是那副冷冷淡淡的样子，双手插兜看着他们，然后长腿一抬，就把林粲踹到了地上。

后来林粲喊了几个人追到大门口，看着载苏幕离开的两辆跑车，追也追不上，一时也不知道他是什么人。咽不下这口气的林粲气急败坏地问周了了：“刚才那人是谁啊？”

周了了回答：“学习好的。”

4

哈尔滨的雪就像是整个冬天都不化似的，天寒地冻的日子也像是没头一样。苏幕终于熬不住这种冷得如刀割一样的天气，因为感冒请了两天假。第三天回学校时，他破天荒地穿了长羽绒服，还戴了口罩，甚至上课都没摘下来。

第一节课下课，周了了拿着书包将苏幕的同桌撵走：“换座。”

苏幕闭着眼靠在椅背上像是在睡觉，听到动静抬头看了他们一眼。周了了目送他的同桌离开，转头看向苏幕。

苏幕闷闷地低咳一声，闭上眼睛又想睡去时，周了了坐到座位上，对他说：“我不太会藏着，喜欢和你做朋友这事儿一定要让你知道。”

苏幕挑眉看她，周了了昂着头回视，那模样根本不像是在示好，倒像是挑衅。他几不可闻地弯了弯眼睛继续闭目养神，周了了噘了噘嘴，瞪他一眼。就在她以为他不会回答什么时，只听苏幕淡淡地“哦”了一声。

那是周了了活了十八年第一次主动跟人交朋友，而对方的答复，只有一个“哦”，周了了郁闷了。

第二天早自习，她走进教室，脚一抬踩到自己的座位上，伸出手指着自己的腿：“你不是喜欢大长腿吗？”

苏幕瞄她一眼：“嗯，姚明那样的。”

周了了气呼呼地坐到了座位上，一整天没再和他说话。

第三天，周了了绞尽脑汁地想到一个话题：“打游戏吗？LOL？DOTA？”

苏幕摇头：“不玩。”

第四天，周了了没什么斗志地问：“或许，你喜欢梅西吗？”

“我喜欢内马尔。”

“内马尔是谁？”周了了蔫声蔫气地问。

“你知道梅西不知道内马尔？”

那段时间，周了了非常郁闷，好友们轮番给她出主意，可苏幕就是油盐不进，毫无突破口。

后来，周了了没再努力制造话题，几天都没搭理苏幕。快放学时，苏幕倒是先主动说了话："你最近有心事？"

周了了正有气无力地趴在桌子上，手里拿着笔东点一下西点一下。听到问话，她头也没抬地随口答道："是啊，心里有了苏幕，也就有了心事。"

说完这话，两人都愣了一下。苏幕是因为自己突然莫名其妙地心弦一颤而愣怔，周了了是因为发现问自己问题的人是苏幕而惊讶。然后周了了眸光闪闪地看向他："哎？哎？你和我说话呢？"

苏幕看着她呆呆的神情，笑了一下："放学了。"

那天，周了了和苏幕一起背着书包离开教室。苏幕迈着长腿走在前面，周了了第一次觉得自己腿短，要加快步伐才能跟上他。快到公交车站时，周了了紧赶着跑了两步，追上他问："苏幕，你为什么一直戴口罩？"

"因为我感冒了。"走在前面的苏幕头也没回地答。

"传染给我呀，传染给我你就好了。"

"怎么传染？"

"你猜什么是最直接有效的方式？"周了了弯了弯眉眼，嘟着嘴道。

苏幕停下脚步，回头看她，她还是那副挑衅的模样。苏幕"啧"了一声："你实践过？有效吗？"

周了了鼓了鼓腮帮，还没想好怎么回答，就听不远处公交车站等车的人群中传来一句："呵，高三(18)班的周了了真够不要脸的。"

周了了和苏幕几乎同时眉头一皱，周了了看向人群，昂着头："要脸干什么？"

苏幕再次低咳起来，不知道是不是因为感冒。半晌，他失笑地看着周了了："周了了，你知道什么是害羞吗？"

苏幕说完这句话就上了公交车，留下周了了一个人愣在那里。半晌，她突然捂着脸笑了，拿出手机在微信好友策划群发了条语音消息："刚才苏幕叫我周了(le)了(le)。"

好友回："你不是最讨厌别人这样叫你吗？"

"他不是别人，他不一样。"

5

似乎是高三的学业沉重烦闷，同学们压抑太久需要一个爆发点。

于是，学校里关于苏幕家里的事的传言四起，突然间，似乎全校同学都在讨论。因为苏幕考了全校第一，因为苏幕长了一张迷人的脸，关注从四面八方而来，传言也随之越传越烈。

这天课间，周了了从洗手间回来，路过走廊时听到有人提苏幕，就凑过去听了两句。她突然就火了，伸手推了一把隔壁班聊八卦的那个女孩："再敢乱说信不信我打你？"

"周了了你有病啊，又不是我说的，大家都在说。"那女孩涨红了脸。

"大家都是谁，你把大家叫到我跟前来我问问。"学校里的人都知道周了了关心苏幕，所以为了避免挨骂，这些事没人敢和她说。

"你不承认这也是真事儿，他和他妈妈就是被他爸和小三给赶出来的，在上海混不下去了才回哈尔滨的老家来。听说以后继承他家公司和财产的都是他爸和小三生的儿子。"另一个女孩说。

"信不信我把你嘴缝上？"周了了指着她，恶狠狠地威胁。见女孩不敢说话了，她看了一圈周围的人："前几天我亲眼见到苏幕他爸爸来找他，就在学校后门，他爸爸求着他回上海。别人家怎么回事你们知道个屁，说得跟自个儿亲眼看到似的。再让我听到你们瞎传，把你们嘴都缝上。"

走廊里那么多学生，再没人敢说话。周了了见威胁见效了，得意地扬了下头，转身想回教室，结果就看到站在教室门口的苏幕。

他和她一样，也从不穿校服，黑色毛衣加牛仔裤，随意地靠在门边，在一片蓝色校服中是那么显眼。他似笑非笑地看着她："周了了，你好凶啊！"

周了了懊恼地垂下头，心想：完了，我太凶了！完了，让他看到了！

接着，在刺耳的上课铃音中，她听到苏幕的声音若有似无地传来："进来上课。"

那天晚上放学，周了了依旧沉浸在郁闷的心情中，慢悠悠地收拾着东西。苏幕背好书包后看了她一眼："快点。"

"啊？"

"快点收拾，一会儿我赶不上公交车了。"他耐心地又解释了一遍。

直到走到公交车站，周了了都有些飘忽。她还没太搞明白怎么回事，苏幕要坐的公交车就来了。周了了忙扯了扯苏幕的袖子："你今天有点怪。"

"怎么怪了？"

周了了想了想，再抬头，笑眯眯地说："怪好看的。"

苏幕笑了一下，隔着羽绒服帽子拍了拍她的脑袋。周了了脸上的笑意更浓，眼中的狡黠一闪而逝："他们说你喜欢吃草莓？"

"嗯。"

"我今天抹的草莓味唇膏。"

苏幕怔了怔，随即再次失笑。公交车站人群中又传来那个声音："哎呀，我真的受不了高三(18)班的周了了了。"

苏幕转身上了公交车，在公交车要关门之际，他突然一字一句清晰地对着车站的人群说了句："我受得了。"

6

第二次模拟考试成绩出来那天，周了了和众人一起挤在榜单前抻长了脖子看榜。班主任还以为周了了有了上进心，差点激动得热泪盈眶。

当周了了看到第一名还是苏幕时，她哼着歌走回座位："苏幕，你干啥也没耽误学习，真是强啊。"

苏幕放下手里的书，抬头看她："我干啥了？"

周了了给了他一个眼神，苏幕秒懂，回了她一句"哦"。

那天，周了了在好友策划群里问了一百遍他那句"哦"是什么意思，大家都回答不懂，并表示苏幕真是个谜一样的男子。

为了进一步确定，放学时，周了了拉着站在公交车站的苏幕，撒娇道："别回家了，我教你打台球啊。"

"不思进取。"苏幕说她。

"进取是谁？"

苏幕忍了一下，没忍住笑了。周了了以为有了希望，可苏幕随手拍了拍她的脑袋，还是转身上了公交车。

人群中一如往常地传来："高三（18）班的周……"

周了了喊了句："闭嘴！"

苏幕坐的公交车快要到最后一站时，他接收到一条陌生号码发来的信息：苏幕，周了了在我手里，来台球馆——林粲。

苏幕下了车，打车回到学校门口。台球馆还是老样子，紧闭的大门一侧的灯箱温暖又明亮。他推开门刚进去，就被人撞了个满怀："早知道你这么好骗我早用这一招了。"

苏幕没有推开周了了，只是有些无奈地低头看着她。周了了高兴得小脸通红，拉着他去打台球。其实她的球技烂得不行，苏幕看着她高兴的样子，走过去扶住她的手：“就这半吊子技术还想教我？”

她的几个好朋友坐在椅子那边看着他们，嘀嘀咕咕嘻嘻哈哈地笑着。

周了了了解到他的球技后，“啧啧”称赞道：“我就说和前几天那开跑车的纨绔子弟玩的人也不是什么好鸟。”

苏幕用手指点了点她的脑门，表示对她的形容不满。

那天，苏幕和周了了在台球馆玩了两个小时。林粲来的时候看到两人亲密的样子，气得差点把台球馆的门踹坏。

“你叫苏幕？出来单挑！”林粲是这一片有名的小混混，他指着苏幕的鼻子挑衅。

苏幕斜觑他一眼，用那种看幼稚小孩的眼神，仿佛话都懒得和他说，只低头问周了了：“继续打？”

然后在林粲气急败坏时，台球馆来了一位穿着貂皮大衣的美丽女士。头发烫着卷，一丝不苟地梳着，脸上画着精致的妆，像是电视里大户人家的贵妇人，涂着红色指甲油的手指间夹着燃了一半的烟。她站在门口，扫了一眼弯腰搂着周了了打台球的苏幕，唤了一声：“苏幕。”

苏幕叫了一声“妈”，就跟着她出去了。周了了追到门口，苏幕的母亲看她一眼，当着她的面就问：“交女朋友了？玩玩就行，过一阵你和妈一起回上海。”

“不准备回去了。”

“开什么玩笑？难道要便宜那个小贱人和小崽子？”苏幕的母亲声音尖锐，说着，她不耐烦地看了一眼周了了，“就因为她？你以后离我儿子远点，他放学不回家我会以为他是被小贱人买凶灭口了。”

周了了愣了半晌：“我保护他啊。”

苏幕笑了一下，他母亲瞪他一眼，吸了口烟：“就你？丫头片子！”

说完，她率先转身离开，语气严厉地喊苏幕回家。

苏幕弯腰对周了了说：“你进去玩。”

周了了回了台球馆，林粲还是一副狗皮膏药的样子：“你和那个苏幕什么关系？你们在一起了？”

“关你屁事？”

“他要敢跟你在一起我就找人做了他。”

“你信不信我找人做了你？”

周了了总是喜欢放狠话，虽然她只是随便说说。后来她回忆，如果她当初把林粲的话当真，会不会就能躲过那一劫？

7

这年二月末，中国的春节快到之时，周了了的父亲打电话到科罗拉多州让她请个假回家过年。他哄着她：“不是快过生日了吗？一起庆祝一下，找你的那些小伙伴。”

“不想过生日。”周了了已经好几年不过生日了。

当年，她就是因为生日，把苏幕弄丢的。

十八岁的生日会，她父亲很是重视，夸张地找了专业团队来家里布置。在春节前的周末的一个晚上，请了她很多朋友和同学来家里帮她庆祝。

包括苏幕。

同学们时不时地起哄让周了了的父亲察觉了什么，他平时宠周了了宠得厉害，倒是没为难苏幕，甚至还夸苏幕一表人才。

苏幕因为他母亲，只待到九点多便离开了，周了了非要和家里的司机一起送他回家。

那天晚上雪下得很大，洋洋洒洒的鹅毛大雪在灯光扫过去时一片白茫茫。车子开得很慢，到苏幕家楼下时已经快十点。周了了跟着他下车，因为喝了酒，胆子比平时还大，拉着他的手不想让他走。

“回去吧，那么多人还在家里等着你。”

“我就想和你待在一起。”她晃着他的胳膊，“苏幕，毕业了和我一起去留学吧。”

苏幕没回答，周了了磨磨蹭蹭也不回家，站在纷飞的雪中和他说了许多话。他耐心地听着，偶尔回答两句。后来周了了的父亲打电话来催，她才不情愿地离开。离开前，她突然说：“回答我一个问题。”

苏幕看着她：“嗯。”

“从前呢，世界上只有两个人，一个叫我喜欢你，一个叫我不喜欢你。有一天，我不喜欢你死掉了，你说还剩下谁？”

苏幕比刚来哈尔滨的时候爱笑多了，听完这个问题，他笑着抬手摸了摸周了了的头发。

距离那天已经过去四年，周了了没少猜测，如果林粲那晚没出现，苏幕的回答会是什么。

她一直以为林粲是个小混混，顶多平时打个小架虚张声势。没想到那天，他就那样，十分突然地，自己一个人从雪地里跑过来，目露凶光，面色狰狞。

要不是司机及时开车过来挡在他们面前，情况可能更糟糕。

周了了因为拉扯头部磕到雪中的石头上造成轻微脑震荡，而苏幕腹部中刀。幸运的是，因为他反应迅速，用手做了阻挡而没有伤到要害。

后来的事她到现在都不愿意回忆，苏幕的母亲痛骂了她一顿，不肯让她去看苏幕。她出院的时候向医生打听了苏幕的情况，医生告诉她，苏幕早被接回上海治疗了。

从那以后，她很长一段时间联系不上他。直至四月，学校里开始疯传苏幕家里出了事情，传得有鼻子有眼的，都在信誓旦旦地说苏幕的母亲开车撞死了那个传闻中的小三。

周了了想尽办法联系苏幕时，她的父亲已经开始帮她办理出国事宜。他说："林粲逃了，为了你自己，为了苏幕，出国吧。"

8

七月的时候，周了了从丹佛大学毕业。她的父亲来参加她的毕业典礼，再次说出希望她回国的意愿。

周了了一如往常地拒绝："对不起爸爸，我不想回去。"

周父这么多年用尽了办法也没把她哄回国过一次，唉声叹气地离开前，他留下了她在国内用的手机："找他去吧，愿意去找他就去找吧。"

周了了一下就明白了父亲说的人是谁，她犹豫了半天，最终还是摇摇头。

后来，周父去而复返，气呼呼的，像是拿她没有一点办法："林粲是收了钱去要苏幕的命，跟你没关系。"

周了了像是一下没听懂，迷茫地看着自己的父亲。

"苏幕回上海也是因为怕连累你，后来他回来找过你。"

周了了反应了一会儿，震惊得说不出话来。

"他妈妈怀疑是他父亲新娶的那个女人指使的林粲，就开车撞死了那个女人。我不想你和家庭关系那么复杂的人来往，所以撵走了他。苏幕那个孩子，很懂事，他都懂。"

"爸爸……"

"这么多年过去，他家那些恩怨情仇也平息得差不多了。你要是非得嫁去上海那就去吧，总比美国近！反正我是犟不过你的！”

她父亲留下的那部老手机，在她离开中国前曾收到过一个陌生号码发来的信息。她一度希望那是苏幕发来的，却又不希望那是他发来的。

周了了在父亲走后，打开了最后那条信息。

还是四年前的日期。

没头没尾的一句话发来：你会等一个人很多年吗？

她回：不会。

为什么？

凭什么？

下面，有三条她不曾见过的新的信息。

——我会。

——凭我等的人，是周了了。

——上海市××区××路××号，你来之前，我不会搬走。

尾声

周了了买了直接从丹佛飞上海的机票。

那个地址很好找，一栋精致的欧式小楼，院子里花草茂密。从外面看进去，会觉得主人很会生活。

七月的上海很热，像是要把人烤焦。周了了打着一把蓝色的遮阳伞，内心忐忑地按响了门铃。她猜到这是苏幕的家，却又害怕不是苏幕的家。

来开门的是个年轻男人，并不是苏幕。

那人问：“你找谁？”

“对不起，我走错了。”周了了好半晌才找回自己的声音，气温似乎又升高了，热得让人感觉要窒息。

就在她转身时，那人突然说："哎，我好像见过你，你不是苏幕的那个同学吗？"

周了了愣怔的瞬间，那人朝门里喊了一句："苏公子，当年误会你喜欢她的那个哈尔滨女孩来找你了。"

随即，屋里传来叮叮当当什么东西摔到地上的声音。

上海午后毒辣的阳光照射中，门口那人出来将院门打开，屋子大门里跟着走出一个人来。

一如当年那个少年模样。

在风雪冰冷的哈尔滨，他们遇见，周了了一直说，那是在劫难逃。

在炎热潮湿的上海，他们重逢，苏幕觉得，那一刻仿佛是重生。

后来的后来……

时隔那么多年，她又过了生日，哈尔滨依旧大雪。那天，他突然心血来潮："当年你问我的那个问题，再问一遍。"

"从前呢，世界上只有两个人，一个叫我喜欢你，一个叫我不喜欢你。有一天，我不喜欢你死掉了，你说还剩下谁？"

"我喜欢你。"

等你的第八年

这 世 上 ， 再 不 会 ，

再 不 会 有 一 个 女 孩 像 我 一 样 地 爱 你 。

文／喜宝

楔子

你说，王小萌，如果我和沈平如没有度过七年之痒，就回头来找你。

我抱着这句话，一等经年。

后来，你没有和沈平如在一起，我收到的却是你和另一个女孩的婚礼请柬。

1

我叫王毓曼，这三个字念来文雅深情。

毓是祖父的名，而曼是祖母的尾字。1949年用一道浅浅的海峡，把一代人阻隔天各一方。祖母没登上去台湾的船，怀里的遗腹子就是我爸。她一直以为祖父早就在炮火中牺牲。

他们在北平一起念书，相识，深爱。结婚时只有一位同学做见证人，一方婚书，两杯薄酒，便是一个一生未再嫁，一个一生未再娶。

而那个见证人，就是我的心上人施俊宇他爷爷。

这样弯弯绕绕的关系，也没能让我在施俊宇面前加上几分。用施俊宇的话说，百八十年前的事儿了，有什么可放在心上的。

施俊宇在香港出生，在北京长大，会说一口流利的京片子，在景山中学没念完书就出了国。

那时出国虽不是难事，却远非小康之家力所能及。他从北京打来电话，抱着手机向我炫耀了一通，大意是偌大一个地球仪竟找不到一个心仪的登陆点。

这对于没什么见识的十几岁的我来说，不啻一个毁灭性的打击。

我第一次见施俊宇，是在他八岁那年。虽然往昔同学身份地位早已天差地别，可施爷爷念旧，总记得每年叫我上北京来。他说，我没有孙女，你就是我的孙女。

可我何德何能，能做施家的小孙女呢。所以在施爷爷家里，我总是记得老老实实规规矩矩。

那个午后阳光格外温暖，晒在身上，舒服得人简直快睡着了。我蹲在地上，看一盆水仙舒展着花叶，盆里的水凉沁沁的，太阳一照晶莹流动似琥珀。

我在一旁看得几乎入了迷，忽然就听“砰”的一声，有人拿脚踢了踢盆，声音懒洋洋的，带一点不耐烦：“你谁啊？”

施爷爷爱花如命，院里种的全是花，不管娇贵不娇贵，他一样地爱一样地宝贝。

我仰起头，刚想说几句，却忽然说不出话了。

八岁的施俊宇真是个漂亮的孩子，他穿一件宝蓝色的毛衣，棉绒的运动裤，眉峰微抬，眸子乌黑，仿佛嵌上的两颗黑宝石。我从来没见过长得这么白的男孩子，他那一身肌肤，在阳光下晒着，仿佛随时会融化似的。

施俊宇也瞪大眼，看了我好一会儿。直到施爷爷闻声而来，他才脱口而出：“爷爷，这个黑丫头是谁啊？”

我的皮肤微黑，脸也不好看。他像是遇到了妖怪似的，一下子躲到了施爷爷背后。

施爷爷狠拍了一下他的头：“臭小子，你说谁呢？”

他不知道的是，这一句话，被我藏在心底许多年。很多年后，我已经不再是他嘴中那个不知从哪里冒出的“黑丫头”了，却仍然没法在他面前抬起头。

财富、美貌、修养、追求者，我全都有了。可是，年少的梦境中，那最深最深处却还蹲着一个八岁的小丫头。

2

后来施俊宇选择了去澳大利亚念书，理由把一家子长辈气得够呛。他的理由只有三个字：有袋鼠。

施俊宇是个内心柔软的动物保护主义者，这一点，除了他在景山念书时的好哥们儿谷山外，就只有我知道。外人面前，他从来就标榜自己是个纯爷们儿，而纯爷们儿似乎是不该总蹲在笼子前喂兔子的。因为生得一副好皮相，许多女孩儿喜欢他。他被抬上了高台，只能一直纯爷们儿下去。

施俊宇的妈妈曾在英国与人合开律师事务所，施俊宇觉得伦敦自己万万去不得。施俊宇的两个舅舅，一个在华尔街工作，一个在加州的大学当生物学教授，一时间去美国也变得不那么乐意。最终思来想去，倒是澳大利亚是块真正的宝地，到了那儿，不仅有袋鼠，还没人管着他。

施家三代，他是唯一的孩子。最后施俊宇终于把自己折腾去了墨尔本。

很多年后，我想，要是一早就知道他会在墨尔本遇上那个叫沈平如的女孩子，我会不会想方设法地阻止？阻止他去墨尔本，阻止他去澳大利亚，甚至……阻止他出国。

我在施俊宇去墨尔本的第三年才知道了沈平如。

那时距离他喜欢沈平如已经过去了两年三个月，沈平如正式成为他的女朋友已四个月。我只知道一开始施俊宇去墨尔本并不开心，十几岁的少年，远离故土，纵然衣食住行都有人照料，可他那么爱热闹，怎么能耐得住异国寂寞。

一通又一通的跨国电话就是在那时开始的。

墨尔本和成都有时差，可是少年的聒噪却钻进了梦里。我在白天拼命地赶作业，等宿舍熄灯后，假装端一只脸盆去水池洗漱，却偷偷爬上宿舍楼的天台。

天台没有护栏，我通常抱着他送我的手机，小心地蹲在平顶的一侧。仰头是墨蓝色的夜空，仿佛绸缎一般包裹住了安静的世界。

他从吃穿开始抱怨，中餐馆不正宗、很难找到时鲜小吃，买什么都觉得有一股怪味。紧接着又怀念起在北京时专给他们家做饭的大厨。我只能在手机这头木讷地答应着，找不出什么安慰他的话来。

渐渐地，那些电话少了，从每天一通变成了一个月一通。最后，他过了大半年才打来电话，口气已平淡如适应了墨尔本的天气一般。

那年的六月天气燥热，走过宣传栏，我看到一则夏令营机构的宣传广告——“赴澳成都跨国夏令营，踏出国门之旅”。缤纷的照片扰得人心怦怦直跳，用黄字标明的价格却让人心底一凉。

我想告诉施俊宇，我曾多少次想过去墨尔本看一看他。可是在施俊宇眼里完全不成问题的一张往返机票，对于那时的我，却是一道天堑。

3

沈平如这个名字，他从未对我提起。我第一次听说，还是从谷山口中。

和谷山再见面，已经是高二那年赴北京的冬天。我代表巴蜀和另几个队友一起参加全国奥赛，除了北京的几所高中，所有参赛的人都下榻在同一家宾馆。

谷山像拦路匪似的从过道中间跳出，一把拉住我的手，害我差点没把手里的水壶抓稳："王小萌！"

他和施俊宇一样，都只爱叫我的小名。

我呆呆地看着这个前些年还和我差不多个头的清瘦少年，一下子变成了一米八个头的运动男生，一时间有些回不过神。

"是我啊！谷山！"他笑，"那个陪你一起抓过蝌蚪的谷山。"

我记起来了，那会儿我们仨常在一处闹。

"你来找人？"

"找的就是你。"他大大咧咧地揽着我的肩一起进了重庆队的房间，看一眼我们的参赛牌，才转过头，"王小萌，你不是在成都长大的吗，怎么成了重庆高中的选手？"

我有点回不过神："哦，后来我搬家了。"

后来我才知道那天谷山在宾馆等了很久，他请大家一起吃了顿接风饭。有人点名要全聚德烤鸭，谷山笑眯眯地应下。饭毕另几个人都先回去了，我和他走在北京的大街上。北京似乎一直在变样，可你仔细去看，却又仿佛什么也没变。

风吹过，他随手把外套解下披在我身上："俊宇准备去法国。"

"法国？"我站住，大约是没明白过来是什么意思。

"嗯，沈平如要去法国学设计，这小子看她那么紧，哪能在墨尔本继续待着。”

我一向觉得自己的理解力非凡，到这时却恨起了自己的迅敏。

“沈平如是谁？”我听见自己的声音，艰难地干巴巴地挤出一个一个字眼。

“怎么，这小子还没和你提起？”

“我一直忙着念书……做题，参加比赛。”

“那倒是。你和他们不一样。”谷山点头赞同，“这次来参赛，是抱着去国际拿奖的希望吧？”他的话题转移得飞快，而我只是似是而非地点头听着。

沈平如，沈平如，这三个字几乎搅得我的心里一团乱。

在这样的情况下，我和谷山一起进入了国际化学奥林匹克竞赛的中国队。谷山代表北京四中，我代表巴蜀中学。七月份，我们一起去了韩国庆山。

同行的另两个女孩子相约一起去逛街。我一个人在酒店待着，正倚在窗边出神，听见有人敲门。

刚洗完头发的谷山，脑袋湿漉漉的，肩上搭一条毛巾。十八岁少年的气息，风一吹，满满地向我扑来。从鼻到耳，真是躲也躲不掉。

“你怎么不和她们一起去逛街？”

“哦，我不喜欢逛街。”我艰难地违心地一个字一个字说出口，不想在熟人面前丢脸。

十几岁的女孩，第一次到了韩国，怎么会没有逛街买衣服、包包的冲动？可是摸摸囊中，空空如也，拿什么去换橱柜里漂亮的包包。

“这样啊。”谷山笑眯眯地说，“那我带你去一个地方吧。”

4

我和谷山坐京釜线去了首尔，这在这次化学奥赛之行的意料之外。在高速列车上，举目望去都是韩国人，间或夹杂着一些深目高鼻的欧洲人，让人真真实实地感觉到已在异国。谷山会说一些简单的韩语，我手上揣着部电子词典。

靠着这两样，我们几乎不求人地在首尔的大街上东看西逛。最后，他将我带到了国立中央博物馆前，我看到了阔别已久的施俊宇。

他长高了，澳洲的阳光这般灿烂，也没能把他的白皮肤晒黑一点。施俊宇还是那个施俊宇，眉角一动，便有懒洋洋的哂笑要飞扬出来。

旁边的女孩踩着一双银色的小高跟，那高跟鞋是那么漂亮，银闪闪好似歌剧中的舞会鞋，让人第一眼便从她的脚部望去。向上是脚踝，纤细流畅的曲线，深红色的长裙，浅灰色的外套，她留一头大波浪的栗色卷发，用一根精致的发带将它束起。

“你好，沈平如。”她开口，笑容清淡温柔。

打过招呼，我低声问施俊宇：“她是台湾人？”

“平如的外公在台大当教授，她算半个台湾人。”施俊宇笑，那笑意好似不自觉地爬上眉梢。而我的眼睛自始至终盯着他揽住那女孩肩膀的手没挪开过。

“沈平如是华裔。”谷山悄悄对我说。

华裔女孩，墨尔本念书，在台大当教授的外公……她确实样样都比我好，从家世到外貌，每一样。

5

那天我们在国立中央博物馆旁的厅里看了一场演出，出来时已是暮色垂落。

施俊宇做东，请我和谷山去吃烤肉。我从来没一次吃下过那么多的烤肉，直到最后连谷山都看呆了。他扶住我，一副无奈的样子：“王小萌，我从前怎么没发现你这么爱吃肉啊。”事实告诉他，我不光爱吃肉，还爱大口喝酒。

酒吧里四处都是下了班的年轻人，我抚着圆滚滚的肚皮，和他们仨坐在一个角落处，一口气喝了好几杯酒。

今晚，不醉不归。

吃多了肉喝多了酒，我自觉脸上红通通的，一定在发烧。假若多年后的王毓曼回头去看，一定会为这个十八岁的自己糟糕透顶的形象咬牙跺脚。可那时我是真不懂打扮，甚至，不懂得在自己的心上人面前表现出哪怕一丁点的女人味。

沈平如自始至终只是小口吃肉，到了酒吧，则滴酒不沾。饶是这样，施俊宇还心疼她心疼得要命。我看不下去他们俩卿卿我我的样子，我决定出去透透气。

站起身，一步未迈，已然倒地。

那个晚上，我和谷山都没回庆山。

谷山背着我直接去了施俊宇在首尔下榻的酒店，夜半时分，我被探入窗隙的清凉夜风惊醒，头疼得厉害，艰难地从床上缓缓爬起身，却看到一个坐得笔直的身影。

他穿贴身的宝蓝色衬衫，头发湿漉漉，是刚洗过澡的样子。他背对着我，一动不动。

“施俊宇？”

“哟，王大小姐总算醒了。”他嘲笑我，“你刚刚差点没吐我一身。”

“不好意思。”我微微脸红了一下，却也只是一下，因为他已转过脸来，一时间我们四目相对，气氛渐渐尴尬。好在他并未生气：“谷山去给你买醒酒药了，平如还在试衣服，是我把你背上来的。”

“试衣服？”

“你也吐她身上了。”他没好气。

我的嘴唇蠕了蠕，那一句“不如衣服我赔吧”的话却始终没底气说出口。我知道施俊宇有金卡，酒店不远就有各种名贵服装的旗舰店。

施俊宇又说：“王小萌，你怎么和以前一样，还那么傻兮兮？”他一边说着话，一边盯着我土里土气的打扮上下地看。

你怎么和以前一样，这几个字，字字诛心。可是说出它的人一脸若无其事，受了伤的人便也只有硬撑下去。

如果此刻有个上帝视角，便会悲悯地发现，我正用尽全力地维护着自己最后那一点点尊严。

“这样啊……”我呢喃着，又低下了头。

施俊宇站起身，推开了虚掩的房门，宽阔的溢满了花香的露台上，有月光盈地，夜风清凉温柔地抚在他翩翩的衣角上。

我忽然发现，那个让我惦记了那么多年的施俊宇，早已不是梦里没心没肺的男孩儿。他变成了一个男人，真正的男人，尚未成熟带着青涩滋味的男人。

他的女孩会穿着玫瑰色的长裙，珍珠灰的小外套，脚踩水晶鞋，栗色的卷卷长发间别一支素雅的花朵。

那种女人味是一缕香气，捉摸不定，若隐若现。

十四岁的施俊宇避之不及，十八岁的施俊宇已视若理所当然。

“王小萌，我觉得自己好像真的喜欢上一个人了。”他忽然开口。

我忍住头疼，站起身，眼巴巴地看着他。在起身的那一刻，我决定把自己变成一只垃圾桶，一只可以听心上人任何私语的垃圾桶。

我拼命地告诉自己不要心痛，不许心痛，不能心痛。一只垃圾桶，是没有理由为了倾倒进的秘密而心痛的。

“刚去墨尔本那年，我年纪还小，性格挺狂的，所以没什么朋友，也很少把人放在眼里。沈平如是例外，我们同校不同班，她很少参加什么聚会，总是一个人坐在那儿安安静静地画画，有时画上几小时，撕下揉成一团，铺上画布继续画。她做一份零工，勤恳努力，活得那么干净。她从来没在人前人后抱怨我什么，有一回真被我惹生气了，就那么站在我面前，一动不动地望着我。可是……我却不敢直视她清澈乌黑的眼睛。”

我想，坐在那儿画画的沈平如一定很美。美到让施俊宇忍不住定下心，一望便是目不转睛。

希腊神话里俊美而法力高强的海神波塞冬，手持三叉戟，一双翻云覆雨手可以使巨浪滔天凡人匍匐，却要变成一只海豚去追逐心爱的姑娘。而这个曾经眼高于顶的少年，也为了这个女孩儿低下了高贵的头颅。

少年时的施俊宇若想要讨好一个人，又会是怎样的低声下气呢？我几乎不敢往下想。想一想，便是痛到钻心。

“平如一直想去法国念书，收到通知的那天她特别开心，像一个孩子似的。我没想过有一天自己会为了追随一个女孩子满世界乱跑。不过，即使在法兰西，我也希望她是我独一无二的玫瑰。”他抿起的嘴角微微上扬，弯出一个美好的弧度。

“你这样喜欢她，她一定会懂的。”我想了一想，在他背后缓缓说出这句话。这句话几乎绞尽了我所有的脑汁，要怎么说，才能不让他察觉到那话里掩也掩不住的酸涩呢？

那晚谷山买的解酒药没派上用场，他回来时我精神正好，沈平如也全无睡意。我们四人玩了一场又一场的桌牌，直到第二天的阳光懒洋洋地晒在彼此身上。

6

若你们以为这是个无疾而终的单恋故事，那就大错特错。那次在首尔的相遇，成为我人生的一个巨大转折点。

当首尔清晨的阳光毫无顾忌地肆意照亮了整个酒店房间，当那个被我嫉妒了一千遍一万遍的女孩的脸在光明中渐渐清晰，我和她面对面坐着，自惭形秽之余发下一个狠誓：有生之年，我要比沈平如活得更优雅更从容。

为了这个目标，我放弃了入围化学奥赛选手组保送北大的资格，咬牙狠挨过试卷漫天飞的高三，在冬天脚踩一盆凉水让自己在深夜清醒着做题，充耳不闻爸妈对于放弃保送资格的震怒与抱怨。一年后高考如期来临，别人坐的是考场，对我而言却是坐在赌场上。

考完那天谷山给我打来电话："王小萌，来北京吧。"

谷山也是那次奥赛的入围选手之一，和我一样，他放弃了自己的保送资格，原因是志不在化学。

"王小萌，来北京吧。"他在电话里这样对我说。

我听见自己夸张的笑声："请我吃烤肉喝啤酒？"

然后他不说话了。

电话里我们只能听见彼此静静的呼吸声。渐渐地，我明白过来那轻描淡写的四个字背后的意思，在他挂断电话的一瞬，我迅速又拨了回去。

"王小萌？"

"对不起。"

电话那头的谷山只沉默了一小会儿，便说："我明白了。"

不不，他不明白，他不明白沈平如无端端地出现在施俊宇的生命里所给我的那最不堪的一击。为了能够漂亮地在这两人面前再出现一次，我又付出了多少努力。

六月末全国高考成绩终于陆续揭榜，教育局打来电话时，我正蒙头睡觉呢。

一个声音在我耳边说："中大打来电话了。"

"哪个中大？"

"香港中文大学，负责招生的老师要和你亲自谈话。"

我一下子坐起身，睡意全无，头脑前所未有地清醒。

为了赶上你而拼命努力的我，在梦里也会害怕赌输而失声痛哭的我，不愿再让你嘲笑而没有给你回过一通电话的我——是这样在乎你呢，施俊宇。

7

我用了几乎两年多的时间去适应在香港念书的生活，听不懂的粤语，贵到离谱的食物，还有那些只有在坐缆车时才能看到的豪宅。施俊宇出生在这片土地，这些贵到我打一辈子工也买不起一个厕所的房子里，有一个属于他的光鲜亮丽的家。

我开始做代购，利用闲暇空余往来港深之间。那时淘宝网上的代购也未如现在一般遍地都是，所以我的生意还算好。二十岁出头的王毓曼穿平底运动鞋，不合身的牛仔裤和宽大的T恤，戴一顶鸭舌帽，来往于各类品牌店之间。

谷山从人大赴港交流。那天我在地铁站等他，第一眼便看到他高高的个子，左耳上有一枚银光闪闪的耳钉。隔着拥挤的人群，他朝我招招手，态度自然大方。

“王小萌，你怎么还和两年前一样？”

这一次，我姑且把这句话当作赞美。谷山不是施俊宇，即使他说我穿得像个乞丐，我也只会掩嘴一笑，大大咧咧地继续过我的小日子。

之后，我的实习申请很顺利地通过，过了假期就可以去法国。赴法的来回旅费和生活费都必须由自己出，家里没有闲钱，我也不愿看到父母愁眉苦脸，好在做了一年多的代购赚了一笔，能解决燃眉之急。

我没想到，这样急匆匆地奔去法国，见到的竟是一个落魄到整天窝在阁楼里的施俊宇。

他穿着一件发皱的衬衣，单薄的长裤，脚踩拖鞋走在超市的货架前。他买快要过期的廉价面包，自己煮开水，没去上课也没有偷懒打球，而是在一家中国餐馆打工。

我在巴黎某个不起眼的出租屋阁楼堵住他时，他正揉着一头乱糟糟的头发，准备继续去过那落魄到令人不忍直视的生活。

“沈平如呢？”我开门见山。

施俊宇抬起头，他依旧那么好看，我梦中的少年啊。那乌黑的眼珠子，薄薄的唇，剑眉星目都变作了一片黯淡的灰烬，在阳光照耀下亦如枯水一般，只有皮肤仍旧雪白。

“怎么找到这儿的？”他抬臂想从我身边过去。

我拦住他，眉眼不动：“沈平如呢？”

他一言不发，转身便要走。

我终于从身后抱住他，毫无预兆地，突如其来。他的身体明显一僵，却说不出是反抗还是顺从。终于，他叹了口气：“王小萌，你这样会让我以为……你多么多么喜欢我呢。”

我就那么那么喜欢你，我想大声地说出口，却知道这并不是个合适的时机。

“就为了一个女人，放着好端端的大少爷不做，你想什么呢？”

施俊宇闻言笑了一笑，那笑容很无奈。我虽然从背后抱住他，看不清他脸上的表情，可我知道，他是怎样一点点弯起垂下的唇角，那眉毛又是如何渐渐舒展开。

“坏女人。”他慢吞吞地说出那三个字，眉间波澜不兴，“沈平如是一个坏女人。那个坏女人……把我给彻底玩弄了。”

说来其实我该窃喜的。

他说的那一切，每一句话，每一个字，都深深地震撼着我的心。原来沈平如并非如他所见的那般单纯美好，她只有一个在墨尔本打黑工的继父，那位台大教授外公也全是杜撰的……原来，沈平如从来没喜欢过他。

她和别人一样，只是不动声色地把这个初到墨尔本的富家少爷一切的派头收在眼底。施俊宇追她追得这样辛苦，她却如放长线钓大鱼，不缓不急。

“她来法国学设计，学费全是另一个男人出的。那男人……她从一开始就跟他在一起。”施俊宇终日窝在阁楼上喝酒，形容颓废简直如一个年轻乞丐。为了沈平如，他和家里翻了脸一路追到法国，放下昔日的少爷身段打工挣钱。

我看着这个不肯向家里低头的男孩，听着他说起沈平如那三个字时咬牙切齿的口气，明明应该高兴得发狂，心里却难过得仿佛缺了一角。眼泪汩汩地从那缺角流出，融入血液里，变成了再也说不清道不明的情愫。

若你懂得，便知我喜欢得一点儿也不快乐。

若你懂得，便知那分明未曾受伤的心有多痛苦。

8

我在巴黎一边实习一边打零工，每天累到躺在床上只想喘气。我把挣来的钱全花在了施俊宇的身上。

我给他买好看的衬衣，替他把褶皱一遍遍烫平；我给他买昂贵的领结，让他看上去像一个温柔的王子；我带他去高档餐厅吃那些他本应该享受的东西。他仍旧萎靡不振，却不像个年轻的乞丐，而变成了忧郁的法兰西王子。

王毓曼啊王毓曼，我对自己说，你就不能有点出息？即使你把自己的肾、肝、心脏都给卖了，即使你给他造出一座世上最晶莹剔透的王宫，他也不会领情。他的阳光，自始至终只有沈平如而已。

可是没办法，我不能眼睁睁地瞧着他受苦。

那段日子变成了很久后我赖以维生的甜蜜，每天打工回来，施俊宇已煮好一锅香糯的白米粥。淋雨生病，他背着我去医院，用一口流利的法文和医生对话。他停止休学，开始继续上课，并且学得比谁都认真。

他开始朝着越来越好的方向走去，而我的实习期已到。那天我忙完实习，忽然想去见一见在学校的他。法兰西的夜空如深蓝丝绸一般，从四周无边无际地包裹而来，星光席卷于其中，漫天肆意地缀着。

他从另一头缓缓地走来，一只手闲适地插在裤袋里，直到走到我的面前。

“给你。”

“什么？”

我慢慢睁大眼，盯着他伸出的手和手里的两张机票。

“大马士革？”

“嗯，叙利亚的两张机票。”他忽然挠了挠头发，低下头，似乎有一丝羞赧，“是我攒钱订下的。挣钱……其实很不容易。我没想到机票原来也挺贵的。”

我的世界渐渐模糊了，有那么一点点不易察觉的泪花染湿了它。

“为什么想起去叙利亚？”

“你说过，地球上那么多的城市，你最喜欢天堂之城大马士革。”他的眼睛盯着我，直直的，眸色深沉，“所以我想在你离开法国前，带你去一次那个你最喜欢的城市。”

9

我们最终没有去成大马士革。

沈平如出了车祸，消息传来时，温柔的女声在提醒着去大马士革的航班将要起飞，我盯着他，一动不动。

施俊宇转回头：“王小萌……”

“她出事了，对不对？”我竭力地让自己的声音听上去温柔而善解人意。

他点点头。

于是我笑了：“你要回去看她，照顾她，直到知晓她平安为止，对不对？”

“对不起，我……”

“她是个坏女人。”我低下头，盯着脚下的机场砖地，那上面映出一个小小的可怜的姑娘的倒影，“我是个好女人……可是，有一个人，他爱上了那个坏女人。于是……全世界的好女人加起来，也抵不上那一个坏女人。”深吸一口气，我抬起头笑盈盈看他，“对不对？”

施俊宇也似笑了，那笑容很黯淡，仿佛无可奈何。

“她是个坏女人。可是……好像无论如何也没办法放弃这个坏女人。”他顿了顿，“如果有一天，那个人为此又遭了罪……心甘情愿。”

他说心甘情愿，这四个字已是对我的最大诅咒。

我点点头，握住手里的机票：“好，我一个人去大马士革。你……你也一路平安。”

他没说话，我的心情愈发黯然，转身慢慢走向安检。

“等等，王小萌。”他喊住我，在我以为他几乎不准备说些什么的时候，“如果……我和沈平如没有度过七年之痒，就回头来找你。”

“好。”我咬着牙，让那个字艰难地蹦出口。

他不知道的是，在他转身之后，我就把那张去大马士革的机票给撕了。

撕得粉碎。

10

我为他努力考上香港中文大学，我为他拼命做代购攒起去巴黎实习的旅费。

青春仿佛一场茫茫大雾，而“施俊宇”这三个字便是我的阳光。大雾散去，人生却才刚刚起航。我遵守那个七年之约，在七年里再没有谈恋爱。生活里只剩下工作。

我告诉自己，别人可以撒娇，你却不可以。因为，你只有自己，王毓曼。

谷山偶尔还会给我打来电话，一次相谈后忽地长叹：“王小萌，如果那时你喜欢的是我，该有多好。”

是啊，若我喜欢的不是那个从来也没喜欢过我的施俊宇，有多好。

我多想给我记忆中的那个叫“施俊宇”的男孩写一封信，可这封信是这样长，天荒地老也写不完。

等你的第八年，我终于没等到你。

你后来没有和沈平如在一起，可是某天下楼打开邮箱，我收到的却是你和另一个女孩的婚礼请柬。

你这个大骗子，施俊宇。

为了这个被违背的诺言，我要忘记你。

就像你曾经轻而易举地走入我的生命，如今，我也要轻而易举地离开你。

这世上，再不会，再不会有一个女孩像我一样地爱你。

等你的第八年，我失去了整个世界。

而你，你不过失去了我而已。

她的天真

风起时，我忽然很想念我的朋友夏山。

我想回答那个问题：人要拥有什么以后才会觉得心安？

是拥有自己啊，夏山。

文/火灵狐

1

我差点被“外星人”劫持。

那是我转学到二中的第三天。

领头的那个人身形高大，他挡在我面前时我的视线瞬间一暗。

这时，又有三四个和他同样装束的同类从四面八方围上来。他们的动作不快，甚至带着几分悠闲，大概是因为非常清楚在这样悬殊的对比下我绝无脱身的可能吧。

我被巨大的恐惧钉住，双脚好像被胶死死地粘在原地，动弹不得。我低头盯着地上那个离我越来越近、越来越大的黑影。我听到一阵“咔嚓咔嚓”的微响，不知是他的鞋底踱过沙粒发出的声音，还是他按压指关节时发出的声响。

从小我就有这个毛病，当我感到极度紧张和不安时，我就会开始胡思乱想。没考好，老师发卷子，我拼命想为什么校门口的奶茶店只有大杯、中杯而没有小杯。查高考分数，我在想在没有手机的年代，人是不是不会像我们这般焦虑，因为他们不会一睁眼就被提醒有一百条未读信息。至今也还是如此，在公布哪些实习生可以留下来工作的名单时，我望着主管身后的墙出神。那上面写着“快乐工作”，而我在想这是谁挂上去的，挂这几个字的人快乐吗？

当时我也试图用天马行空的思绪转移恐惧，当然，这完全是我的一厢情愿。那个黑影继续逼近，我几乎可以闻到他身上的气味。那是夹杂了烈日下塑胶跑道蒸腾的热气和篮球场上各种汗水的味道。后来有人告诉我这是一种意味着侵略的气息，代表雄性荷尔蒙与爱意。这一度让我感到困惑，侵略怎能等同于爱意呢？

所以当时我侧过头，觉得这样就能离那个黑影远一些。呼哧，呼哧，我听到他的呼吸声。

“妹妹，你怎么才来？”就在这时，一个声音从黑影的背后传来，像瓷器砸向大理石地板，清脆而尖锐。

黑影顿时愣住，先转头，然后又回头狐疑地看看我。

我顺着他的视线望去，看到一个黑黑瘦瘦的陌生的身影。她站在路口，双手扣着肩上的书包带，又喊了一声：“你傻啦，不是让我和老爸来接你的吗？你忘啦？”

我脱口而出：“我忘了。”

“快走，老爸他们就在前头等着我们呢。”她冲我招招手。

我们相隔甚远，她背光而立，我看不见她的面孔，依稀看见一只手向我伸来，久久地停在半空，等着我向她走去。

我忽然来了勇气，拔腿朝着那个方向狂奔，顺带还推了那个黑影一把。我听到了自己的心跳，又或许是我的脚步声，扑通，扑通。

我心急如焚，远远地就伸出手，仿佛一个溺水之人将手伸向救命的绳索。她一把接住我，我感觉到她同我一样冰冷且不停颤抖的指尖，就在那一刹那，夕阳的余晖穿过云层，缓缓落在鳞次栉比的屋脊上。夜幕即将降临，再一次以黑暗和寂静掩盖白日里一切的混杂与狂乱。

她迅速、紧张且低声地说："你好，我叫夏山。"

我和夏山默契地不再提起初次相遇时的情形。毕竟对十多岁的我来说，那无异于一次难以言说的耻辱。

我相信夏山，或是千千万万个女生都有过这样的经历。就像小时候我不知道为什么男同桌要故意在我写作业时摇桌子，没有大人把这当成一回事，甚至他们还会替他解释，说"他这是喜欢你"。

这个解释令我感到屈辱难当，仿佛是我招惹在先，还不识好歹来个恶人告状。

所以我不知道也无法解释为什么我刚来这所学校就会有如此遭遇，我可以想象其他人听到这件事以后的表情，他们会一脸不屑，再笃定地说："一个巴掌拍不响，肯定是你自己有什么问题。不然为什么那些男生不找别的女生而单单找你一个新来的呢？"甚至他们还会恶毒地嘲讽，"说得你跟校花似的，你有什么特长能吸引男同学注意你还在放学后围堵你？"

一天，夏山在晨跑时追上我，气喘吁吁地问："那群'外星人'还有来找你的麻烦吗？"

我也喘着粗气，愣了愣。

她眨眨眼，我突然明白她的隐喻，大声地说："没有。"

"那就好。"她也大声地回答。

二中有一个传统，无论严寒酷暑，早读前都要集体绕操场跑步，校长亲自监督，雷打不动。我爸对此赞不绝口，反复强调这是他想方设法要我进二中的原因。

"这可是好学校，会拧学生。你们青春期的小孩都得拧一拧才能成器。"每当他说这句话的时候，就会用手比画着做出一个用力拧螺丝一样的动作，好像我是一颗还不够规整的螺丝，要用器具狠狠地敲打约束一番才行。

所以他大概也会认为一切都只是我的幻想，那天我遇到的就是外星人没错，一所他认定的好学校里是不可能出现坏学生的。

2

周育南对我和夏山在毕业多年后依然保持联系这件事表达了不满。

一开始他只是嘀咕："你怎么会认识那种人？"

我放下碗："哪种？"

"你知道她妈吧，你那时候不也在二中吗？你不知道吗？啧啧。"周育南露出既想讨论又嫌弃的表情。

夏山的母亲戴着一顶有粉色羽毛的帽子来到学校，要求校长解除对女生的发禁。她昂着头，镇定而又缓慢地陈述自己的理由。

在我们面前十分威严的校长不知为何矮了三分，他看起来焦急又难堪，怒斥围观的学生："看什么看？都回教室去！"

她走后许久，走廊里她身上的香水味还没散去。

"我还记得那种味道，可把我给呛得。"周育南夸张地用手扇了扇，"你没印象吗？"

我当然有印象。但我记得的是夏山母亲掷地有声的话。

她说："头发的长短跟学习有什么关系？头发长就见识短吗？一个学生因为留长发就会在梳头发这件事上浪费时间从而耽误学习这种说法有

什么根据吗？”

夏山站在她母亲的身边，假装低头，双手背在身后，脚尖打着旋儿，难掩嘴角的笑意。

发表完意见，她们母女俩一前一后走在人群自动让开的一条道上，丝毫不在意那些好奇、惊诧、厌恶和羡慕的眼神。

我也站在人群里，夏山抬头时我们四目相对。她冲我咧嘴笑了笑，我慌忙低下头——那时我还不敢被人知道我认识她。

我认识一个特立独行的女孩，她曾拔刀相助替我解围，还假称我是她的妹妹。如果这件事被他们知道了，他们会怎么议论我？

一个喷香水、挑战校长权威，还戴羽毛帽子的女人，这在周育南这种好学生的概念里，无疑等同于“坏女人”。

周育南理想中的女生应该是这样的：从长相到学业、事业，都比上不足比下有余；不夺目，因为不夺目意味着没有攻击性；还要有一句话就能介绍完的人生，因为这意味着简单，简单就是清白，清白令他安心。这是周育南跟我相亲见了一次面后就毫不犹豫确认关系的原因：我是他的中学校友，大学毕业后碰巧进了同一家公司。我在他的眼皮子底下工作，我没有他聪明，我比他沉默，我不会抗辩，我没有为男朋友刷碗的义务——虽然我只是懒得跟他理论。

我并没有告诉夏山我的男朋友叫周育南，以及他是一个什么样的人。那时她在印度，我一刷朋友圈就看到她身披鲜艳的纱丽、眉心一点朱砂的照片。

周育南对此莫名愤慨：“你说她整天也没份正经工作，还到处晃，我真怀疑她的收入是从哪里来的，你确定是正路子吗？”

“她现在是旅游博主，拍些vlog什么的，大概有广告收入吧。”

“呵呵，这你也信。不就是个网红吗？这年头网红什么意思你不会不知道吧？”

“网络红人？”我知道他想说什么，但不知为什么，我就是想气一气他，所以我故意这么说。

周育南白了我一眼：“你可真天真。”

我是把天真当成夸耀的。许多年前我忍不住问夏山为什么要反对发禁，这在我看来又不是什么要命的事情。她是不是就是喜欢出风头，所以才搞了这么一出？每当我想到这里，就隐隐地气愤，又暗暗地妒忌。

“因为这个规定不讲道理。”她“哗啦啦”地冲着水。

我在厕所的另一格，被水声掩盖住听不清她的声音：“你说什么？”

“校长不过是……”她在外头一边洗手一边说，“想多一个管别人的名目吧。让我们觉得连头发的长短都有对和错，连头发的长短都要听他的。”

我也走了出来，拧开水龙头洗手：“听校长的……这没有错吧？”

“没有人会绝对且永远正确，晓彤。”她认真地望着镜子里的我，“校长也有犯错的时候，我们也会。谁都有权利拒绝自己觉得错误的事情。”

那是我第一次从同龄人的嘴里听到“权利”这样严肃的词。在那之前，我只在老师那儿和课本里听过、见过，它是一个离我很遥远的词。现在它忽然走到我的面前，告诉我我也可以拥有它，这让我受宠若惊又手足无措。

“那你妈妈怎么会赞同你呢？”我努力想合适的词语。

夏山笑了：“大概因为她也是一个很天真的人吧。”

只有天真的小孩会指出皇帝的新衣。天真会惹事，天真是麻烦。我是一个从来不敢惹事的人，我只有在厕所里没有旁人的时候才敢和夏山这样毫无顾忌地聊天。我多么羡慕天真的人和他们无所畏惧的勇气啊。

3

“如果夏山那么好，为什么中学同学和校友那么多，却没有一个人跟她是朋友？她就只和你有联系呢？”周育南这么问我。

从中学开始他就参加辩论队，他很喜欢说话，没机会说话就打字，微信经常是一条接着一条，我都来不及回复。他还喜欢反诘。比如我涨薪的那天正好遇到他晋升考核没有通过，他得知消息后给我发一连串的问号：“你一定要在今天告诉我你涨薪吗？难道这样会让你觉得更开心吗？”

我被他问得哑口无言，同时也觉得十分抱歉。夏山知道后十分愤慨，也许因为那是我第一次跟她提起我的感情问题，所以她表现得异常重视，情绪十分激烈。她大骂“你男友就是个浑蛋”，力劝我无须内疚：“你事先又不知道他的考核没通过。再说了，两个人在一起难道只能你为他难过，他不能为你开心？”

“哎，你也爱用反问句。”

“什么反问句？”

“没什么。”我转移话题，“寄给你的衣服收到了吗？”

“收到了，谢谢你晓彤，帮了我的大忙。天知道这里到了夜里有多冷，他们的衣服尺码又大，还丑，根本穿不了。对了，我给你寄了明信片，你记得查收。”

夏山经常让我帮忙从淘宝买她选中的衣服，甚至是零食，然后打包托运寄往她暂居的某个国家。这样既省钱，又能买到她心仪的东西。就是我要先垫钱帮她买东西、收快递，再打包好找一家便宜的国际货运，再填单子，还时不时要关心东西走到哪里了、她来不来得及收到。

因此，周育南只要看到我捧着一堆快递就来气。

“你是她的丫鬟吗？她给你小费了吗？你缺朋友吗？你就那么喜欢讨

好她？”

“她帮过我。”

“有病。”周育南骂了一句，转而又说，“我是为你好。”

我说：“嗯。”

一开始夏山并不关心我和周育南的事情，她还曾笑话过：“相亲？你才多大就相亲？你刚工作，不狠狠地谈几场随心所欲的恋爱就去相亲？”她不知道周育南的名字，管他叫“相亲男”。有一次她问我包裹会不会太重，我说我的男朋友帮我扛到邮政局了。她问：“是那个相亲男？”

我说：“嗯。”

“你喜欢他吗？”

我发现我很难说出“喜欢”或是“不喜欢”。周育南也不是不好，他对工作充满热忱，会在地铁上给人让座，他连将来生几个小孩、取什么名字都想好了。他听长辈的话，按部就班地去做每一件一个合格的人类该做的事情，该剪寸头就剪寸头，该穿校服就穿校服，该上大学就上大学，该进大公司就进大公司，该相亲就相亲，该结婚就结婚。

我能理解他不喜欢夏山的原因，因为夏山是一个意外一般的存在。她先是复读了一年，考上大学后又退了学。她没有一份在周育南看来“正经”的工作，他常蹙着眉头问我夏山这种没五险一金的人看病有医保吗，老了以后怎么办，他帮我寄包裹，得知收货地址在巴尔干半岛后张大了嘴半天都合不拢。那是他这辈子都不会踏足的地方，那也是他这辈子都无法想象的人生。他不想承认他觉得这个女孩惊世骇俗，因为这样会显得他坐井观天、大惊小怪。我能感觉出他对我也有微微的不满：“为什么是你呢？你想过吗？为什么夏山那种谁都不理的人就只跟你做朋友呢？她为什么不找别人呢？她是网红，她认识的人还少吗？”

“或许是因为我任劳任怨、包子脾气、会帮她做事？”我讽刺地说。

周育南愣住，大概没想到我会替他把他想说却又不好意思说的话给讲出来。

半晌，他悻悻地道："我不是这个意思。"

我没觉得气愤，还有些想笑。终于，我没忍住对着他笑了起来。他周育南有什么资格说夏山呢？至少夏山没有吃完饭理直气壮地把碗筷朝我面前一推。

这是周育南第一次在我面前落了下风，他的脸红一阵白一阵的，难得闷不吭声没有分辩。过了许久，他走到我的面前说："晓彤，也许你不相信，但我真的是为了你好。"

我看着他，他有些艰难地咽了一口口水："安安稳稳过一辈子不好吗？"

他也知道我不相信，但我们还是像这座城市里每一对看起来相爱的情侣一样。我们每天都问对方下班了没有，情人节他会给我送花，我也会拍照修图后发朋友圈。我们甚至是人们眼中的佳偶，因为我们之间没有变心、背叛、诱惑等变数。我们一心一意做一对凡人，如同周育南说的那样，安稳不好吗？

这个世上有多少人和我们一样，以爱情和安稳为庇护，心安理得地接受自己的平凡、无枝可依和害怕孤单呢？

4

"夏山为什么叫夏山呢？"

"因为妈妈喜欢山。"

"喜欢山？"

"是的，山它就在那里，不会走掉，也不会说话，它会一直静静地守护你。无论你去哪里，只要你回来，山它还在那里。”

放学后我曾和夏山并肩坐在天台上，望着远处绵延的山脉。

“这么说来，山真的是太寂寞了。”

“也许寂寞的是那些东奔西跑的人。不管他们走过多少地方、认识多少新的人，他们心里始终有一块地方是空的。晓彤，你有这种感觉吗？”

我没有。我们年级有三个叫晓彤的人，我想这两个字对我爸妈而言也没有什么特殊的含义。如果户政窗口的人建议我叫晓花，那么现在我的名字就会是晓花。

一个普通人的心是没有资格空出一块的，他们的心被生活里的鸡零狗碎填满。忙完一天后，他们只需要坐在沙发上看一集综艺，跟着电视哈哈笑上一番，他们的心就好像被填满了，就这样日复一日直至死亡。我的爸妈是这样，周育南是这样，按照他们的期待，我也应该这样。

“你有妹妹吗？”我转移话题。

她有些诧异地看了我一眼，仿佛不是太能理解我为什么会这样问。她回答：“没有，爸爸很早就没有跟我们在一起生活了。是我妈妈先提出来的，她是一个……”她歪着头想形容词。

我接上说：“天真的人。”

她点点头：“天真的人，你也是。”

我本想说我怎么会是呢，但虚荣阻止了我。我想也许我的身上真的有某种连我自己都未曾发现的特质，是它吸引了夏山，它使我拥有了夏山这样一个本不可能拥有的朋友。

而这个特质它绝对不应该是我的好脾气，至少我在心里是这么固执地认为的。

当我在大学好不容易拿了一次最末等的奖学金时，夏山已经在网上小有名气。我身边有不少女生是她的粉丝，她们买她推荐的产品，模仿她的穿着与妆容，惊叹她辍学的勇气。

我没有提过我和她认识这件事，也并不觉得自豪，反而害怕被人知道。

而那时周育南也在他的学校叱咤风云。他说有大胆的学妹在情人节时拦住他，往他怀里塞巧克力，说完他又解释道："但我是一个比较传统的人，我不喜欢那样的女孩。"这一点我相信，他是那种给主管发的邮件里有一个错别字都会担忧到寝食难安的人。他喜欢辩论，他滔滔不绝不是因为他自信，相反，他是因为害怕没有充分展示好自己而失去了被认可的机会。有些卑怯的人会表现出异于常人的大胆，但他们又恐惧真正大胆的人。

当他脆弱的时候，我们的感情就会好得出奇。他不再咄咄逼人，还会自我解嘲说："我跟电视里的那些男朋友差好远，我也就一个普通的985院校毕业生，不是超级学霸，也不是总裁，还是一个每天加班却买不起房的打工人。我没有带你去看极光，更不能在希腊向你表白。"

"那都是戏剧、幻想。"

"那你的幻想呢？"他忽然看向我。

每个人都幻想过爱情的样子吗？我的脑海里好像从未出现过一个具体的形象。比方说他应该有多高，应该有一双什么样的眼睛，应该学什么专业，应该用什么口气说话。我尝试着去想过，但我的脑海里依然一片混沌。

不像夏山，十多岁时她就向我精确地描绘过那个人的样子："他浑身上下的每一个细胞都散发着雄性荷尔蒙；他的眼神、他的每一个动作都带着侵略性；他是暴君、是狮子，又会给我最缠绵的吻。我们相爱又互相伤害，我为他笑也为他哭。"

彼时，这番话令我心神震荡而又疑虑、害怕。而今想起，我虽然对她所描绘的那种男人有着无法言明的抵触，却也仍然觉得她字字铿锵。她也确实是这么做的。

她的男友里有驻唱歌手、摄影师、诗人，每一个都和她一样爱得投入也恨得激烈。她的每次恋情都惊天动地，好的时候她在微博上一篇接着一篇写，连标点符号都透着一股甜。分手了她也一篇接着一篇写，仿佛每一个字都沁着血。

周育南完全无法理解，对此他一如既往地露出“这两口子有五险一金吗就这么作”的担忧的表情。他更担心我会被夏山影响，所以一再追问：“你呢？”

“我希望他会是一座山。”想了很久以后，我这样说。

5

夏山回来的那天没有提前通知我，她在微信上跟我确认地址时，我以为她又要给我寄东西。她也没说什么，就发了个OK的表情。等到我回家时，我看到她盘腿坐在门口，旁边放着一个一人高的大背包。她咧嘴一笑，对我比了一个手势。

我手忙脚乱地打开门，把横在门口的周育南的拖鞋踹到一旁，又去厨房给她倒水喝。我的脑子里一团乱，只有一张床，让周育南睡沙发？她会住多久？还是帮她安排酒店？

我端着水走出来时，她已经跪在地上把背包里的东西倒了一地。

“这是在非洲淘的手工木雕小人，觉得很像晓彤就买了。

“这是尼泊尔的一块布，觉得很好看就买了。你拿着披？也许还可以当桌布。

“这个是斯里兰卡的茶叶，我自己做的。

“这是骨雕，别怕，动物的骨头。不知道有什么用，给你摆着吧，怪好看的。

“这是……”

她滔滔不绝地介绍着，向我展示那个背包里的世界。我肩上披着花布，头上戴着毡帽，怀里捧着五花八门的物件，说够了够了。可她还是没有停，仍在继续。

我按住她的手：“夏山，你是不是不开心？”

她整个人愣住，像我们第一次相遇时我被巨大的恐惧钉在原地那样。她缓慢地抽出手，缓缓地坐在地上。她哑着声音问：“你呢？你开心吗？你每一次开心能开心多久？这个世界上有没有能够一直持续下去的开心呢？”

我想是没有的吧。

“是不是多努力都没有用？”

“你已经比很多人都努力了。”

“可我这里，”她捂着自己的胸口，“还是缺了一块。是少了钱，还是少了爱？我找不到那块拼图你知道吗晓彤，那种感觉就是，你手里有很多拼图，但没有一块对得上，没有一块可以填补它。我一直在想我到底缺了什么。”

她忽然不可抑止地笑起来：“可别告诉我是结婚、生孩子。”

我觉得很好笑，又很苦涩。

周育南就是在这个时候开门进来的。他立在门口，露出被雷劈过似的的表情。我以为他是在介怀不请自来的夏山，我不安地解释着——很多年后我才知道，当时他的那个表情不是意外，而是惊惧。

“你来干什么？”他脱口而出。

我连忙拽他的衣角：“她是我的朋友，你别这样好吗？”

“什么朋友？你还真以为她是你的朋友？”他莫名其妙发怒，扯掉我身上的那些披挂，“给你这些乱七八糟的东西就是朋友了？这花花绿绿的，都是些什么垃圾！她拿你当猴耍你还傻呵呵地跟着乐！”

“我们出去讲，先让客人休息。走吧。”我哀求他。

但夏山听见了，她根本忍不住，一跃而起：“周育南你说什么？我什么时候把她当猴耍了？”

周育南不甘示弱：“就你那一套我还不清楚吗？你不就是想证明你的魅力吗？”

“那你又算什么东西？你连拖鞋都还要人帮你摆整齐，就晓彤惯着你这种男人！”

“夏山。”

“晓彤——”她急着想要把我拉到她的身边。

而我几乎能听见自己声音里的颤抖：“夏山，你怎么知道他的名字？我从来没有跟你说过他的名字。”

我能感觉到这句话讲完后，我们三个人之间的气氛瞬间降到冰点。夏山愣住，缓缓放下拉着我的胳膊的手。周育南面色青白，我看到他的额头上冒出一层细密的汗。

我从来都没有跟她说过那个“相亲男”名叫周育南，周育南也从来没有跟我说过夏山认识他。他陪我去给她寄东西，而后激动地数落她，我总以为这是因为他不认可她的生活方式。我知道这个世界上没有满分的朋友，也没有满分的爱情。一个人勇敢仗义，同时她也粗心、毛躁；一个人安分守己，同时他又刻薄、自负。你不能只收下一个人的优点，你还得收下他们的缺点。

但如果那些你以为的优点只是一场误会呢？如果维系你和她以及他的那个唯一的闪光点其实并不存在，都只是一场误会呢？如果你信赖的、钦慕的、依恋的，只是你想象的样子呢？

6

我再次遇到周育南是在数年以后，我研究生毕业，面试结束，路过那家公司的会议室，转头瞥见玻璃窗里站在白板前挥舞着手讲话的他。他也看见了我，微微一愣。我看到他做了一个暂停的手势，然后朝着门的方向走了出来。

我停下脚步等他。

他一边笑，一边又有些局促和紧张，抓起旁边的一瓶水无论如何都要我接下："喝水、喝水。"

我也一直在笑。人与人之间的感情真是奇怪，当我们在一起时，我从来不觉得周育南这个人可爱，他对我也是诸多挑剔，好像自己是百般无奈选择了我。但当我们决裂老死不相往来以后，我们看见彼此如逢故友。

"一开始我没有想到你会辞职去读书，不过后来我觉得这才是你会做的事。"

"哦？为什么？"我有些好奇。

"你没发现吗？你一直是我们当中最成熟的。"他顿了顿，"我们都是看起来早熟，小孩装大人样，其实心里并没有底，不知道到底应该做什么，所以胡闹一气。你只是不爱说话，但你有主意。"

我摆手："不，不，我也没什么主意，我只是想得比较多。"

"你……"他挠挠头，"怪我吗？"

好像没有办法说怪吧。夏山说漏嘴叫出周育南的名字后我才知道，他们曾有过一段十分隐秘的初恋。我没觉得气愤，反而觉得挺好笑的。理想是做奶爸的周育南原来也年少轻狂过，他半夜假寐然后跳窗去找夏山，他们在校园里假装无意地擦肩而过，手里飞速交换写满情话的字条。他们还因为发现对方和别的男生或女生说话而气到互相咒骂……而这一切，周育南从来都没有跟我上演过。

在我的面前，他是一个再正常不过的正常人，甚至显现出对一切浪漫情事的不屑与抵触。我也曾失落地想，是否因为他不曾爱过我？其实不然。因为那个会跳窗去幽会的男孩并不是真正的周育南。

我问他当年为什么会和夏山分手，他理直气壮地说："因为跟她谈恋爱我的成绩退步了好几名。"

他又问："你和她呢？她还有联系你吗？"

"夏山？没有。"

过去我一直不理解周育南为什么总是欲言又止地提醒我夏山主动跟我做朋友这件事不对劲，我自认身无长物，顶多也就帮人寄寄衣服，这算什么值得贪图的东西呢？

后来我才知道，夏山，她是"外星人"的"总头目"。也许是出于寂寞，又也许是像周育南说的那样，为了证明自己的魅力，她会让那些仰慕她的男孩为她做一些她认为能够证明"爱意"的事情。

这些事情里就包括了给新来的一点下马威，可连她自己也说不清为什么那天会后悔。可能是这个游戏实在是索然无味，也可能是我吓得缩成一团的样子并不美观，又可能是她突然良心发现觉得欺负人不对。总之她跳了出来，阴差阳错，从始作俑者变成了我的英雄和我的朋友。

恶意因此被误以为是仗义，你说这是谁的荒唐，又是谁的幸运？

可那个非要别人跳窗和当"外星人"来证明感情的小女孩就真的是她吗？我分明记得她也曾捂住胸口说那里缺了一块，不是钱，不是爱。我也记得她说，没有人会绝对且永远正确。

我们往往只看到一个人的某一面，然后就笃定地认为这就是那个人的全部，并由此生出爱恨。

“她的微博也没更新了，以前分个手都要昭告天下。”周育南嘀咕。

“不用担心，我想她是去找东西了。”

“找什么？”

“这个。”我指了指胸口。

“不懂。哎，我早就说过你别跟她走得太近，她神神道道的。”

“放心啦，我有分寸的。”我笑道。

“你当爸爸啦？”我看见他的手机壳上印着婴儿的照片。

他翻过手机：“是啊是啊，上周刚刚满周岁。你赶时间吗？要不要一起吃个饭？我给你看抓周的视频，小孩真的是太好玩了……”

吃饭时，周育南问我在研究什么，我说在研究如何让机器人理解人类的语言。

“学会了以后机器人能写诗？”

“能。”

“会哭吗？”

“从技术上来讲是可以实现的。”

“它哭的时候是否伤心？”

“我不知道。”我老实地说，“人类的悲欢都无法共通，所以我想我们应该也永远体会不到机器人伤心时是什么样的。”

“忽然担心我的小孩以后会和机器人谈恋爱。”周育南郁闷地道。

“也没什么不好啊，找个好机器人谈恋爱，哈哈哈。”

周育南哭笑不得：“什么样的机器人是好机器人啊？”

“看它在成长时遇到了什么样的人。”

我们人类应该也是这样吧，懵懵懂懂并不知道自己应该怎样成长。我们一路遇到这样或那样的人，我们从中选择并抽取出不同人身上的不同碎片，有好的、有坏的，最后拼凑成一个形象，那是我们想要成为的样子。

那个背光而立伸出手的夏山，那个戴着羽毛帽子的夏妈妈，那个无论寒暑都坚持跑步的校长，那个不够自信的周育南……勇敢又心虚，骄傲又浮夸，坚定又固执，强大又脆弱，是这些人和这些碎片让我终于明白我应该成为一个纯粹而又复杂的人，能够理解和接纳所有光明与其背后的阴暗。

临别时，周育南问我："对了，你找到山了吗？"

我没想到他还记得这句话。

我想了很久，最后我说："我想我是找到了。"

每个人都是自己的山。

风起时，我忽然很想念我的朋友夏山。我想回答那个问题：人要拥有什么以后才会觉得心安？

是拥有自己啊，夏山。

不见茶花好多年

到最后，我们仍然是朋友。

这，也算是命运对我们的厚待了。

文／夏七夕

楔子

楚白，我们已有两年未见了。

奇怪的是，两年后的今天，我不但没有忘记你，反而心血来潮地走遍了城里的所有烟酒店，去寻找一种叫“茶花”的烟。最终，寻找未果。转而我才明白，我早已不在当初那个有茶花的城市了。可是，关于你的那段往事，却历历在目，清晰如昨。

1

我最讨厌下雨天，因为下雨天到处都是湿漉漉的，穿双新鞋子都要被泥水浸染。

我边诅咒这鬼天气，边付钱给出租车司机，然后拿起了伞推开车门。

就在我刚推开车门的一刹那，就有一个冒失鬼像一道闪电一样冲撞了过来，我一只脚刚踩出车外，另一只脚却还在车里，又被这冒失鬼一撞，直接再次跌进了车里，在车外的那只脚也随着我的动作瞬间浸满了泥水。

那个冒失鬼不停地说对不起，对不起。我抬起脚看着脏兮兮的鞋子欲哭无泪，这可是我新买的CONVERSE啊。但是转瞬，我的怒气便转移到了这个罪魁祸首身上。我不耐烦地仰起头对冒失鬼说："对不起能换回我一双新鞋吗？"

但是就在我说话的那一瞬间，我看到了冒失鬼的脸。

祁楚白，那就是我第一次见你。

当时的你没有打伞，全身都湿透了。你抹了一把脸上的雨水，清秀的脸随之浮现，你的眼睛明亮有神，却带着焦急。而刚刚的那句对不起，也在我看到你的那一瞬间显得格外有诚意了。

但我是一个立场坚定，不被美色左右的人，我并没有因为你的英俊和诚意而原谅你。要知道，在这个世界上，谁都没有我的鞋子重要。我执拗地拉着车门说："你要支付我的洗鞋费。"

那时你居高临下地看着我，显得有点气急败坏，你肯定觉得我斤斤计较得像中年妇女。但是你却好风度地什么都没说，而是直接从口袋里掏出学生证塞到我手里说："我是祁楚白，你随时可以去找我。"

我不再说什么，拿起伞下了车。我刚撑起伞，就听到身后"砰"的一声车门关闭，再回头时，车子已经扬长而去，消失在氤氲的雨雾里。

我握了握手里的学生证，上面的你笑容明朗，眼神里散发着安定。

不知为什么，我觉得照片上和现实中的你相差很大，明明同是一张脸，给人的感觉却那么迥异。直到我第二次见到你。

你说我给你的第一印象很不好，一个斤斤计较的小气鬼。

说这话时，你坐在我面前抽一枝细长的女士烟。

我还没来得及去找你，你却找到了我。因为那天下车时，你的冲撞让我倒在车里，日记本也随之落在了车里，你随后坐车捡到了。

你像一个痞子一样涎着脸说："小气鬼，能不能用这个日记本抵消洗鞋费？"

我看着坐在对面叼着烟的你，终于明白了你为什么与照片里的形象大相径庭。记得拿到你的学生证那天我还问了好朋友小惜，让她确定你是不是我们学院的。小惜却告诉我你不但是我们学院的，还是优等生，每次考试都名列前茅，是同学们的学习榜样。

而现在坐在我面前，叼着女士烟的小混混，实在跟外边风传的你的形象挂不上钩。学生证上的你，笑容澄澈青涩，而坐在我面前的你，笑起来却大大咧咧，带着玩世不恭。你穿着干净的白衬衫，纽扣却开到了第三颗，露出了长长的脖颈，一点都不像优等生的模样。现实果然容易摧毁人的想象。

我讨厌男生抽烟，但最让我不能容忍的不是你抽烟，而是你竟然抽女士烟。我觉得你真的是变态。所以我凶神恶煞地问你，到底什么时候赔偿我洗鞋费。你却淡定地把身上所有的衣兜都翻过来，然后冲我拍了拍。我知道，你的意思是你没有一分钱。祁楚白，我真的是对你鄙视至极。原来你斯文的外表下，有一颗败类的心。

2

当两个人不认识时，这世界很大。但当两个不同世界的人认识后，这个世界又开始变得很小。

几天后，我们再次狭路相逢。不过这次，曾标榜身无分文的你却搂着一个女孩子招摇过市地走进了酒吧。我看到你叫了很多酒，然后甩出一沓钱给服务生。那些钱的分量，够我吃一个月的了，也够我买一双新CONVERSE鞋了。我愤怒得眼睛都红了，认定你欺骗了我。

我决定跟踪你，我在酒吧对面的KFC坐下，要了一杯可乐，慢悠悠地喝。直到那个女孩子扶着烂醉的你走出酒吧，我才从KFC里走出来跟上你们。

她把你扶到了公交车站，你却突然推开了她。她跺脚看了看你，然后便准备转身走开。但是她转身的时候看到了我，我愣愣地看着你们，我以为她是你女朋友，你们吵架了。但那个女孩子却突然对我开口："你喜欢他吧？"

一句话惊得我倒退两步，我说："我不认识他。"

但她却仿佛知晓我的掩饰，苦笑了一下，说："不要爱上他，你不是他喜欢的类型。"

那一瞬间不知道是什么原因，我竟然仿佛着了魔，开口问她："那你是吗？"

她愣了愣，抬头看了看天空，然后垂下头叹了口气，说："算是吧。但是，我也只能成为替身。"说完，她便摇了摇头走了，临走前，交代我送你回家。

我不知道她怎么那么肯定我认识你。

但是我看着烂醉如泥的你，又不忍心丢下你不管。所以，最后是我扶着你，一步一晃地坐上公交车。落魄的你，让我连追账的事都忘了。

你坐上公车交便直接靠到椅背上睡了起来，你熟睡的脸像一个孩童。

但是，司机的一个急刹车，让你从熟睡中惊醒，直接向前冲了过去。然后，就发生了一幕让我对你印象尽毁的事情。你"哇"的一声，突然狂吐起来。顿时，刺鼻的酒味布满了整个车厢，周围的人或鄙夷或厌烦地看着你，我只得不停地对别人回以带着歉意的微笑。更可恨的是，你还吐到了我另一双新鞋子上。

我当时的感觉就是欲哭无泪。难道你跟我的鞋子有仇吗?上次的洗鞋费还没还给我,这次又欠我一笔。但是,我已经没有心思考虑你总共欠我多少洗鞋费了,因为你的呕吐导致我们提前两站便下了车。我不知道再在车上,别人会不会用眼光杀死我们。

吐过后的你有些许清醒,下车后,你指着我问:“你怎么在这里?”

说完你又若有所思地“哦”了一声,然后从身上掏出钱包扔在我手里说:“我现在有钱还你洗鞋费了,给你,拿去,都拿去。”说完,你便跌坐在了路边。我翻开钱包找你的家庭住址,但只在夹层里看到一张你和一个女孩的合影。

照片里的你,笑容青涩,女孩画着蓝色眼影,眼神里带着不羁,就像刚刚碰到的女孩子。那一瞬间,我终于明白了她的话。原来,你喜欢的女孩是如她那般的,但不是她。

你坐在地上从兜里摸出一支烟,然后又翻出打火机,点了几次都未成功,甚至差点烧到自己的头发。我走过去帮你点上。

我看到你手里的烟,依旧是上次见过的女士烟。我看了那个烟盒,通体白色,只有一瓣红色的茶花印刻在上面,旁边还有小小的两行字,我没看清。但是,我知道了你抽的烟原来叫茶花。

看着席地而坐,还带着醉意的你,我想势必是拖不动的,所以也就在你旁边坐了下来。你把头垂在膝盖间,抽一下烟,就抬头吐一口烟雾。以前我看到其他人做这个动作时便会嘲笑他们装忧郁,但是你这个动作却做得连贯自如,让我不由自主地想把你的忧郁转移。我看着你嘴里茶花细长的烟身,想和你有个话题聊,不至于两个人坐在这里无聊,于是便问出了早就好奇的问题:“你为什么喜欢抽茶花,这是女士烟。”

你仰头吐着烟圈,我以为你没有听到我说话。但是过了好久你叹了口气说，因为，烟盒上有一句很漂亮的话，叫作“与君初相识，犹如故人归”。

那一瞬间，我分不清自己到底是对你一见钟情，还是被你说这句话的表情蛊惑了，路灯打在你脸上，有淡淡的微笑。

我坐在你旁边，可是你的瞳孔里却映着别人的影子。

世上最艰辛的爱，不是生离死别，也不是两两相忘，而是两个人明明近在咫尺，心却远在天涯。

3

我跟好朋友小惜打听你的消息，我说她给我的消息有误。

小惜却说，那是因为她那天没给我讲完我便跑出去了。紧接着，她便告诉了我你的情况。

她说，你是优等生，却在遇到江芷的那一天变了。

江芷是学校里出了名的不良少女，起初她跟人打了赌要追你，每天守在你下课的路上堵你。学校里的同学把她当笑话看，但出乎意料的是，最后，你们真的在一起了。但是后来，她却又和前男友和好了，他们和好后，她便不再理会你。

而你，却因为她，开始天天逃课。你像她追你一样开始追她，你每天在她出现的KTV、酒吧、游戏厅等待，可是她男朋友却找人把你打了一顿。而她，也已经不给你任何机会，因为她辍学了。

这本是一个很平淡的故事，但是祁楚白，因为有你这个主角，让我听的时候觉得内心一阵支离破碎的疼。我可以想象你是放下了怎样的身段，而祈求一段不属于自己的爱情。

小惜说你的成绩下降得比自由落体都快。

祁楚白，我想起初次见面你塞我手里的学生证，那时的你，真的是充满了希望和阳光，安静盎然的模样让人喜欢。

现在，你的青涩被戾气代替，并不是你自怨自艾，而是你真的喜欢江芷喜欢到了骨子里。这些，都是你对她的妥协。

因为你的宿醉，我们算是熟识了。

我是院学生会的一员，你每天上课都会迟到，我便找机会把你的名字划掉。你旷课去打游戏，我便帮你打个完美的请假条。你没钱吃饭，只要叫我一声，我便随你一起去餐厅。你讲你玩的一个游戏，看你的眼里都透着兴奋，我就陪你一起玩。

所有人都好奇我怎么突然和你走得这么近，就连辅导员都把我叫到办公室，痛心疾首地对我说，你已经堕落了，希望我不要步你的后尘。

可是我拒绝不了你出现在我的生活中。

以前我最讨厌的便是一些女生自以为是救世主，是女神，可以将失足青年挽救，让他们早日踏出泥潭，于是盲从般地跟随他们左右。可是，如今我却变成了这个样子。我固执地以为，你以前曾经那么好过，所以你一定能变回来。

我不怕等待，不怕付出，也不怕时间长。可是我难过的是，你朋友问我是谁，你拍着我的肩膀特豪迈地对他们说：“我一铁哥们儿。”

直到那时，我才明白，原来，在你心里，一个铁哥们儿，便代替了你对我的所有称呼。

也是那时，我明白，原来，在你的心里，谁都代替不了江芷。

4

没过几天，我便见到了那个女孩子口中的真身，你曾经的正牌女友江芷。

那天我们一起走在去游戏厅的路上，一个穿白T恤的女孩迎面冲撞过来。你惊喜地看着她叫：“小芷？”

我听到这个称呼，立刻绷紧了全身的神经。我不明白那时自己的心态，我只是觉得，要好好看一下这个曾改变你生命轨迹的女孩。

平心而论，江芷很美，属于那种艳丽型的女生。她涂深色的眼影，穿一件白色T恤、贴身牛仔裤，显出玲珑有致的身材。

她抽着烟斜睨着你问道：“这么快就找了新女朋友？”

你拉着我焦急地对她解释道：“这个是我的铁哥们儿阮清妍。”转而又对着我说：“清妍，这个……是江芷。”

那天，破例地，你没有随我一起打游戏。我独自去了游戏厅，并没有玩我们经常玩的射击，而是跑去玩我曾经嘲笑过的弱智游戏打地鼠。那是连三岁孩童都觉得简单的游戏，可是我却玩得津津有味。

看着那些地鼠的头不停地冒出来，我就拿着旁边的小锤子痛快淋漓地打下去。我承认我真恶毒，我把那些地鼠的头想成了江芷。就这样，我买的五十个游戏币都花在了打地鼠上，你看，我对她的嫉妒是多么根深蒂固。

直到华灯初上，兜里没了一个游戏币，我才走出了游戏厅。

可是我刚走到门口便吓了一跳。你鼻青脸肿地朝我走过来，让我错以为是自己出现幻觉。就在我站在原地发愣的时候，你却兴奋地扑上来说：“清妍，江芷说她有点想我了，江芷说她有点想我了。”

我看着你高兴得像个小孩子，惊愕地指着你的脸问是怎么回事。

你告诉我，江芷来找你，是因为她和男朋友说了分手。她说男朋友其实对她一直不好，经常打骂她，甚至还背着她交了另外一个女朋友。她痛哭流涕，她想念对她好的你。你走在街道上安慰着她，为了给她挡住拥挤的人流，手环着她的肩膀，却被她男朋友的兄弟看到了，告诉了他，于是，江芷的男朋友带了一群人，把你痛打了一顿。

在医院护士给你擦碘酒的时候你还在那里不停地说话，你说："清妍你知道吗，江芷说她发现自己喜欢我了，我好开心。虽然被痛打了一顿，但以后，我们就可以在一起了。"你脸上的伤口随着你的微笑抽动，你痛得龇牙咧嘴，可是你却告诉我你好开心，你们以后就可以在一起了。

祁楚白，那一瞬间，我的眼泪都差点落下来。我看到过你因为一个人而伤心了很久，却从未看到过你因为一句话而欢喜半天。

这是第一次，却是因为那个叫江芷的女孩。

那一刻，我终于承认自己败了，败在了江芷手里。

那天，送你回去后，我走在回家的路上，独自买了一包茶花烟，学你的姿势抽了我生平的第一支烟，苦涩浓烈的味道呛得我眼泪直流。原来，这烟，并不好抽。

我一直以为爱情是一个人的事。如果得不到想要的爱，那心愿无非是所爱的人找到幸福。

但是在转角处，便碰到了去看你的江芷。她提着在超市采购的一大堆东西，看了我一眼，我立刻把手里的烟藏到身后，但她已经看得一清二楚。她不动声色地看着我微笑问道："阮清妍，你知道楚白为什么那么喜欢茶花烟吗？"

我不吭声，她看到我的困窘，张扬地笑了起来，她说："因为，这是我喜欢的烟。"

她还说："抽完烟后，把烟盒点燃，便会看到一个女人精致的侧脸，这是我一开始抽这个烟就告诉楚白的一个小秘密。楚白说，那个侧脸像我的侧脸，所以，他以后不管走到哪里，都会带着茶花烟，就像，把我带在了身边。"

我的心脏不停地抽动，痛楚蔓延至全身。祁楚白，我以为，我们没有故事总会有一个回忆，但是你残忍得连最后一个回忆都让我觉得是偷来的。

5

我开始过起了一个人的日子，我的改邪归正让老师们感到欣慰。

我听阿桑的《叶子》，她唱：我一个人吃饭，旅行，到处走走停停。也一个人看书，写信，自己对话谈心……我想我不仅仅是失去了你……

祈楚白，我知道，我们这一生，爱总是很短，遗忘却很漫长。

而我的青春仿佛是因为爱你才开始，但是你却令我看破了爱这个字。

你们的世界开始离我越来越遥远。我还是穿着自己的CONVERSE逍遥自在，我还是讨厌下雨天。但是，我却再也没有在下雨天碰到一个如你一般的男生，不打伞，微笑令人惊艳——

"只打了个照面，五月的晴天，闪了电。"

如果不是小惜说起你，我真以为之前的相遇只是一场幻觉。

但小惜的一句话却在我心里掀起了惊涛骇浪，她说你跟校外男生打架斗殴，被学校贴了告示，而且你好像还在四处借钱。你这样家庭还算优渥的人，怎会突然陷入困境？

我承认自己修行还不够，从听到你的名字开始，就一直焦灼不安。

我找到了你。我真的不敢相信眼前的人是你，是那个曾经微笑澄澈，皓齿洁白的人。你的面色很难看，一脸病容。你看到我时，在抽细长的茶花烟。我的心微微一颤，你整个人陷在沙发里，瘦得让人难过。

看到你的那一刹那，我的眼泪都在眼眶里打转。

我说："你是怎么了，到底怎么了？才一个月不见，你怎么变成了这样？"

你看着我，疲惫地笑，说："清妍，好久不见。"

那天，喝完了茶，我了解了事情的来龙去脉。

江芷退学后便和她前男友混在一起，她跟着他们打架，抽烟。

在她离开那些人，和你在一起后，便向你坦白了一切，并愿意为你改正。

但是，她的前男友虽然有了新欢，却仍不愿意放过她。于是某天给她打电话，说你在他手里，让她速去平时玩的酒吧。

江芷见你心切，便傻傻地去了。但是她去了之后却没有见到你，只看到以前的一群朋友起哄。她气愤地转身要走，却被前男友的新欢拦住，意外就这样发生了。

然后，她就因为故意伤人被拘留了。

对方要求巨额赔偿，不然就不接受调解。

看着坐在对面憔悴的你，我心痛难忍。

你说因为跟江芷谈恋爱，父母已经把你的零花钱都停掉了，你现在必须借钱将她赎出来。

都说爱一个人，便会变得勇敢，从前没有经历过的事，都将变成小小的试炼。

看到你，我便信了这句话。

当初是优等生的你，恐怕做梦都不会想到自己会有这样艰难的一天吧。派出所这样离你遥远的词也会出现在你的世界里。

那一刻，我做了一个自认为很伟大的决定。我告诉对面的你，不要慌张，车到山前必有路，柳暗花明又一村。事情总会好起来。

6

我将自己所有的CONVERSE鞋都卖了，我有几十双CONVERSE鞋，不同的款式，有的一次未穿，有的只穿过一两次。

最后，我把换得的钱交到你手里，你震惊了。

你说："清妍，你哪里来的钱？"

我微笑着说："是我卖鞋赚来的。"

你像接到了一个烫手山芋一样立刻把钱推回到我手里，你说："我不能要。"

我问为什么。

你犹豫了半天，才困难地说出口："我……看过你的日记……"

这次，轮到我不说话了。

我是阮清妍，父母在我七岁那年便离婚了。母亲远嫁他国，父亲，很少有联系。我记得母亲临走前，带我去买了一双鞋。她说，女孩子都要有一双好鞋，这样走很远很远，都不会累。要善待自己的脚，因为它会支撑着你走完这并不平淡的一生。

在那之后她就远走高飞了，我不知道她是不是也有一双舒服的鞋。

但她买给我的那双鞋，让我永远记住了带五角星的CONVERSE。所以，我渐渐长大后，便有了搜集CONVERSE鞋的怪癖。我将那些鞋全部摆在家里的柜子里，每天都要看它们一遍。这样我便会觉得安心。

因为父母离开后，我觉得这些鞋就是我世界里的唯一。

寒暑假我都会出去打工，虽然父母也会寄钱给我，但我仍坚持自己打工买鞋，因为那样我会觉得心里踏实。我幼稚的想法便是某一天能将所有CONVERSE出品的鞋都买回来，那样或许母亲也就回来了。

我的日记上，写的便是这些支离破碎的过去，以及可笑的愿望。

我说："楚白，救人重要。"

你望着我重重地点了点头，眼里盛满了泪水。

你说："谢谢你，清妍，你是我这辈子的朋友。"

我惨然一笑，对你挥手。到最后，我们仍然是朋友。这，也算是命运对我们的厚待了。朋友，总好过陌生人。你说是不是？

7

那次之后，我便很久很久没有看到你。

小惜说，后来，你的父母知道了你们的事，不同意你和江芷，你们便私奔了。

整个学校的人也都知道了。

你被留校察看的告示揭了，换成了勒令退学的。教过你的老师无不摇头惋惜，他们在课堂上拿你当反面例子讲。

他们说你以前很好很好，每天按时上课，从不旷课逃课，你的作业每次都是优秀，还为学校拿过大大小小的奖。最后，却和一个不良少女谈恋爱，误了自己，误了前程。

他们以此来不停地警示学生不要盲目相信爱情。

祈楚白，我经常想你穿白衬衣，规规矩矩把所有扣子都扣上，戴着黑框眼镜的模样。这，不是所有优等生的特点吗？

我常常想，如果我先遇到你，那现在是不是会是另一种境地？

但想过我便笑起了自己。爱情是一个不讲先来后到的东西。

你知道吗，我把所有的CONVERSE鞋都卖了，唯独两双，我小心地珍藏。

第一次，你在下雨天像一道闪电一样冲撞而来。第二次，你在公交车上为另外一个女孩喝醉酒，我却成了护送你回家的使者。

因为我觉得这是你留给我的唯一印记，我终于明白了母亲说的那句话，她说，穿上最舒服的鞋，就可以去找到最爱的人。

祈楚白，我想或许你不是我最爱的人。你只是我萌动青春里的一道风景线，教会我爱这个字。

但是爱情就像跳圆舞，带你入场的人，不一定会陪你到散场。

那次碰到江芷，她还告诉我一件事。她说，你告诉她我们是因为一次打车认识的，而那次你焦急地打车，便是去找她。因为，她怀孕了。她男朋友并没有陪她去医院，所以你代替了那个角色。

那时，她扬扬得意的表情，让我竟有些羡慕她。

不管她有怎样残破不堪的过去，你都不愿意放弃她。而且有万般勇气，即使众叛亲离也要保护她。

但是，后来江芷从拘留所出来，曾托人给我带了一封信。你一定不知道吧。

她说她出来后，你们便会私奔离开这座城市。她说，阮清妍，直到这时，我才真正羡慕你，你的懵懂天真是我这辈子都想拥有的东西。可是，亡羊补牢，为时已晚。我再也回不去了，回不去过去的那种天真，回不去过去那段纯白的感情。她留恋你，但她不能再伤害你。所以，她计划在你们私奔的时候，独自悄悄离开。

放手，便是她给你最好的回馈。她不是不爱你了，她只是爱不起你。

最后她在信的末尾交代，阮清妍，以后，请你好好对他。将我的那份，也一起附上。

8

果不其然，当你们私奔的流言在学校已经慢慢消散时，你父母为你疏通关系，你又回到了学校。

回来后的你像变了一个人，不笑也不闹，安静地穿梭在学校里。记得你回来那天，拿了一沓钱给我。我坚持不收，你却打听到了我的账号，直接把钱存了进去。

你握着我的手说："清妍，你是我在贫困潦倒，颠沛流离之时，看到的唯一希望。"

你安静地上课下课，像以前一样努力学习。

我们偶尔会一起吃饭，周末去游戏厅打游戏。

你的底子很好，也很聪明，所以，学习成绩在两个月后便赶了上来。

你依旧是任课老师的饭后谈资，他们总会告诉学生，你如何深陷泥潭，他们如何极力挽救，最后你又是如何好好学习，天天向上，奔着更高的学历而去。

但是你没有选北京，而是选了武汉的学校。

我奇怪地问你为什么。你说，因为你和江芷到武汉后，她便消失了，她留信给你说让你好好生活。你说，不管如何，你都会在这个城市不停地等她，寻找她。

那一刻，我突然泪盈于睫。

我不明白是什么力量让你对江芷如此执着。

你却抬头问我："你有没有很爱很爱一个人？"

我无语。

你接着说："我的青春，是因为江芷开始的。只要她在，不管离我多遥远，我的爱都不会因为距离结束。"

之后，我来到了长沙，开始了新生活。

我想，我没有你这样的勇气，对一段爱死心塌地，执迷不悟。

与君初相识，犹如故人归。江芷是你的故人，而我穷尽一生，恐怕都不能成为你的故人。

所以，我只能退回到自己的位置。

像老朋友一样在相邻的城市与你遥遥相望。

9

两年后的现在，我突然想起了茶花烟，遍寻整个城市都没再看到。

我不甘心地去淘宝拍。但是我收到的茶花，却没有了那行诗。我问店主，店主说茶花烟厂早被收购了，收购后茶花烟便改版了。

顿时，我失去了所有兴趣。

我打电话给你，问你："你现在还抽茶花吗？"

电话那头的你，声音明朗。你说："茶花早已不是以前的茶花了。"

那天我们聊了很久很久，你说你在武汉寻找了两年，没有再遇到江芷，却碰到了另外一个女孩。那个女孩，就是你现在的女朋友。

所有的事情，因为你的这句话，时过境迁，尘埃落定。

我终于也放下了自己的所有坚持，决定去谈一场新的恋爱了。

祈楚白，我没有告诉你的事便是，其实江芷在两年前便去世了。

你回来后没多久，我偶然看到新闻，说是一个女孩，纵身跃进长江。

谁都不明白她背后有怎样的痛苦，让她如此。她身上没有一点可以证明自己身份的东西。

她曾对我说过，她的父母，早就不在人间了。所以，她才会走这样一条阴暗，找不到出口的路。她说，她会静静地来，也会静静地走。这便是，她对你的爱的最好交代。但是，我没想到的是，她会选择如此决绝的方式。

祈楚白，所有错过的事都不能弥补挽回。

让过去过去，让未来到来。我愿意守着这个秘密，看你安静地度过一生。

借着烟花数红豆

我不喜欢你，
你应当知道的。

文／倾顾

1

我认识你以来，最清晰的记忆是——二十六年。

杨过同小龙女分开十六年，这真是度日如年。若我同爱人分开，哪怕一秒我也痛不欲生。所以我总想，将我们这二十六年借给他们就好。我们俩老死不相往来，他们俩比翼双飞。

可你不这样想。我第一次将这个天才的想法告知你是在我上小学六年级时。那时我们相识八年。我学习不好，胜在认字较多，一本《神雕侠侣》磕磕绊绊读完，便忙不迭同你分享。你正在打篮球，汗将头发浸得湿漉漉的，垂下几缕遮住了眼睛。一旁站着个女生，我记得好像是初中部最漂亮的一个，替你抱着外套和书包。

真是一朵鲜花配了狗屎。我正这样想着，就看到你一边眉毛挑高，露出一个似笑非笑的表情："你整天瞎琢磨什么呢？卷子拿出来我看看。"

我们今天公布了期中考试成绩，雪白的试卷上鲜红的数字还没有我的体重大。我立刻后退，警惕地道：“你又要去告状？”

“幺幺。”你叹了口气，“你自己都这样说，看来又考砸了。”

我成绩不好的事让我妈感到非常挫败。她同我爸都是当年第一批大学生，念了最厉害的两所学校，强强联合生下我，我却怎么都不开窍。有时我甚至会怀疑，其实你才是他们的亲生骨肉。

我被你从小衬托到大，我妈一提起你就想揍我。因为你我活得提心吊胆，讨厌你实在是太过正常。

我转身要躲，可你牵住我的书包，轻而易举就将卷子拿了出来。

“这种题你都能做错？上课又在看小说？”

你的口气太讨厌，我怒气冲冲踩了你一脚后转身就跑，听到身后那个女生笑着说：“你妹妹挺有意思的。”

你说了什么我没听到，转身看到你抬手投了个篮。篮球划出一道漂亮的弧线，稳稳地落入了框内。

你是校草、学霸、篮球高手，身边的朋友三天两头地换着。夸我可爱的那个替你抱书包抱了一个多月就没了踪影，我八卦地问你：“她哪里不好？”

“没什么不好。”

“那你为什么没有和她继续做朋友？”

你笑了一声，漫不经心地说：“玩不到一起，就不会继续做朋友了，有什么问题吗？”

你这话没问题，可是是单方面的。

我又遇到她一次，在一个下雨的傍晚。她蹲在你家后面那条街边，不顾形象地坐在马路牙子上小声地哭。我走过去又退回来，给她递了一包纸巾。她没有接，看着我难过至极地问：“璩从烈呢？”

你的姓罕见，配上你好看的脸，天生要当主角。可我却记得你犯了错被罚抄名字一百遍时苦着脸的样子，所以我始终不懂她为什么愿意将自己淋得湿润狼狈，还要抓着一个小姑娘问你在哪儿。

我心底生出恻隐之情，对她说："他还没回来。"

"他去哪儿了？"

"你真的要知道吗？"我顿了顿说，"他送别人回家了。"

你是天生的社交高手，小小年纪就懂得如何让人对你交付真心。好的时候，你是最好的朋友，所以一旦翻脸，就会让人从天堂掉入地狱。我看到她的表情都僵住了，悲伤一瞬间凝固，泪水从眼角落到嘴边，将这寒冷的春日渲染得更加冰凉。

我陪她在路边坐了好久，她哭着扯光一整包纸后对我说："妹妹，你千万不要再和璩从烈做朋友了。他这个人太坏了。"

我用力点头，总算有人看穿了你的真面目。那天我目送她离开，回家后因为淋雨发起了烧。我爸出差了，我妈只好叫你来背我去医院。

你像是吃了化肥，个子迅速拔高。少年人肌肉线条流畅，把我背在背上十足可靠。可我不想看到你，拼尽力气咬你。你不以为意，还把我往上托了托："天天跟猪一样吃那么多，肉都长到哪儿去了？你悠着点儿，别硌到牙了。"

你这个人……真是气死我了！

到了医院已经接近凌晨，急诊室的小护士睡着了，你先替我盖好大衣，这才去开药。我从大衣的缝隙看你，你后背出了汗，T恤被浸湿了，可是双目明亮，好看得令人发指。

扎针时你捂住我的眼睛免得我害怕，我小声问你："你到底喜欢跟什么样的人做朋友啊？"

"你怎么这么八卦？"你没好气，"生病了就老实点吧。"

我又要生气，可浑浑噩噩也就睡着了。这一生似乎总是这样，我们错过很多关键的问题，到了最后一无所获。

不过是大梦一场。

2

我十六岁那年同你相识十二年，一本《神雕侠侣》翻烂，转头去追琼瑶奶奶。

你念了高中，被保送去大学，每周回来一次，偶尔身后会跟着漂亮女生。你的审美始终如一，一定要最漂亮的女朋友，依旧花心。

我青春期，脸上长痘，身材发胖，高二分了文理科，可数学差得一塌糊涂。我爸妈升职了，更没空管我，拜托到你那里，你就抽出半天时间来为我补习。

这件事没有经过我的同意就已经定下。冬日难得的太阳天，我正昏昏欲睡，你却自己推门进来说："猪，该上课了。"

你总叫我猪，从小时候叫到现在。我毫无羞耻之心，一边拿了零食吃，一边坐下说："你不去约会吗？"

"满分一百五，你考了三十二，还多亏了选择题蒙对。如果我再去约会，你就只能去南湖挖莲藕了。"

你说话时总爱挑高一边的眉毛，我听喜欢你的女生说，这叫风流倜傥。

可我不与世俗同流合污，怎么都看你不顺眼："可我文综只扣了二十八分。"

"那又怎么样？"你说，"不是讲好要念一所大学的？"

"我哪有这个本事？"我冷嘲热讽，"我就是烂泥扶不上墙。"

这话我妈常说，怪我成绩不好，不能为她争光。她以前当过播音员，骂人也能骂出花来，夸你的时候更是不得了，能连续说上半小时。我有一次不耐烦地打断她，她正在气头上，差点要给我一耳光。是你拦住她说："阿姨，幺幺还小，不懂事呢。"

其实我已经懂很多了，我只是什么都不能说。

你听我这样讲难得沉默，半晌沉下脸去。我不知道你为什么生气，有些忐忑，就听到你低声说："可我一直在大学等你呢。"

就像是杨过初遇小龙女，所有人都轻辱他、鄙夷他，只有那个仙女一样的人愿意护着他。哪怕我告诉自己，越好看的男人就越可能是害人精，可我还是不能免俗。

你一共替我补习了一年半，我的数学从三十二分考到了一百三十八分。高考成绩出来时我妈总算眉开眼笑，给了我一大笔钱，要我请你吃饭。

他们大人之间关系复杂，你我的父母几乎从不往来，可我妈喜欢你喜欢得要命。我重任在身，把钱往你面前一丢说："想吃什么？"

那时你已经开始创业，不必再向家里拿生活费。不过你只瞥一眼就笑了："自己留着当零花钱。我带你去吃饭。"

你带我去了三平山那边的饭店，我和我妈来过几次，价格贵得令人咋舌。我爱吃这家的松仁玉米，你替我端到面前，像大哥哥一样同我讲话："上了大学不要忙着谈恋爱，女孩还是要多读书，往后念研究生的时候，我替你选导师。"

"你凭什么替我选？"我拿筷子戳玉米仁，"你又不是我的谁。"

"小丫头翅膀硬了。"你随手掏了烟出来，被我瞪了又举手投降，"行，不抽……幺幺，听哥一句劝，你这样好看的小女生，太容易被骗了。"

"你觉得我好看？"

你哽了一下，旋即大笑：“你们女生可真是……怎么就这么在意这个呢？”

长得好看对女生来说多重要，不然你的女朋友怎么个个貌美如花？

过年时我推着自行车出门，正好遇到你。你买了一辆摩托车，好像是哈雷的，国外进口，好几万块钱。我抻长脖子，没看到后面坐了谁，于是出言讽刺：“怎么今天‘独守空闺’呢？”

“扯淡。”你把头盔摘了，很潇洒地一甩头，“你这是去哪儿？”

“买糖葫芦。”

“多大人了，还爱吃糖葫芦。”你嘴上这样说，却又说，“上来，我带你去。”

我假装矜持，到底还是走了过去。你转身替我戴安全帽。冬天的风冷飕飕的，你用牙把皮手套摘了，就这么叼着。你的指尖是凉的，我打了个哆嗦。你连忙收回去，搓了搓，这才又替我系好。

我坐在后面不敢碰你，可你扯着我的手搂在腰上：“抱紧了，别掉下去。”

“我又不是小孩子了，怎么会掉下去？”

“不是小孩子还吃糖葫芦。”

车子开得快，两边的景物像一条线似的掠过。你背脊挺得笔直，是从小修炼出的身形。日后港媒拍到七十岁的郑少秋，仍是当初的秋官模样。若你到七老八十，想来也一定是这样的老帅哥。

只是你现在正意气风发，皮夹克配牛仔裤，好看得好比最惹眼的明星。我仍旧平凡，因为学习紧张，将头发剪短，丑得要命。

可你为我挑了一串最好看的糖葫芦，又鲜艳又甜蜜。我举着不舍得吃，望着金黄色的糖霜出神。你摸口袋却又住手，应当是想起我不爱闻烟味。

“幺幺，”你说，“等暑假我带你出去玩吧。”

我“嗯”了一声，小心翼翼地舔了一口糖葫芦，那甜味从舌尖一路到了胃里。可你又说了一句话：“我妈回来了，寒假我大概不能陪你了。”

原来人的心情一瞬间就可以改变。

我没了胃口，你也不再说话。那糖葫芦被我拿回家，搁在窗台上，被风吹了一个寒假，最后生虫被我妈丢掉了。

3

我不喜欢你，可我更讨厌你母亲。

听说她当年是文工团的，弹钢琴，在琴房里坐一下午，窗子边偷看的人能换三轮。你的容貌就是遗传自她。小时候她牵你上街，你们俩都像是在发光。

可我记得，我四岁那年第一次去你家。你家沙发上套着白色的绉纱，蕾丝绣出漂亮的花纹。我坐在那里，去接饮料的时候不小心洒到了地上。你母亲笑了一下，声音温柔地说：“真是同杨乐坍一样上不了台面。”

杨乐坍是我妈的名字。

“台面”这个词我过了好久才理解是什么意思，可我早在理解之前就看懂了她的眼神。她提起我妈的口吻不屑而厌恶，就好像是提起踩在脚上的泡泡糖。

我妈是农村人，靠自己的努力考上大学。她不会弹钢琴，家里的沙发套大红大绿土得要命。

可你母亲没有资格轻视她。

自那以后，我再也没有去过你家。也许小孩子的爱恨太明显，你母亲也不准许我们再见面。

还好——你会不会怪我用了这个词？可我真的庆幸，还好她为了艺术追求，抛下你和你父亲出国定居了。你父亲是大忙人，新闻里常能看见。你没有地方吃饭，就只能来我家蹭饭，所以我们才能这样磕磕绊绊一同长大，我出去也能觍着脸说一声同你是青梅竹马。

可只要她回来，我们就要像陌生人。哪怕在路上遇到，也要目不斜视。

年三十那天我爸没赶回来，据说是某个县山体滑坡，他要去现场。我和我妈早就习以为常。我妈是个很能自娱自乐的人，打开电视放春晚，又开了一桌麻将。我坐在桌前，有些无奈："妈，起码四个人才能打吧？"

她本来正看着小品哈哈大笑，闻言一愣，却又满不在乎："嗐，那就不打了，我忘了你爸和从烈没在。"

其实我爸不常回来。可我没说什么，坐在一旁陪我妈看电视。十二点多的时候，外面开始放鞭炮，焰火将半边天空都割开，又艳烈又妩媚。我眼角扫到一个身影，猛地站起身。我妈被我吓一跳："怎么了？"

"爸回来了。"

"怎么可能……"

我妈话没说完，门就被敲响了。我顾不上说话，冲过去把门打开。我爸站在外面，呢子大衣上有星星点点的水迹。我这才发现外面下了雪，将他迎进来后问："不是说今年赶不回来了吗？"

"大年夜总要在家。"

我爸看起来年轻，说是三十出头也有人信。他说话温柔，当初也是一代男神。我和他一起走进屋内，我妈这才懒洋洋地站起来说："回来了。"

她这是在装模作样。我爸回来，最开心的就是她。我懂事，找借口回房间，却又忍不住发信息给你："我爸回来了。"

你回得很快，说知道。我再问，你才说："刚刚在外面遇上了。"

我爸也喜欢你，说你小小年纪，就腹内有丘壑。可我还是觉得不对，犹豫了一下问你：“能出来吗？”

我在床上“埋伏”到凌晨两点多，估摸着爸妈都睡了才溜出去。外面雪下得正大，所谓的鹅毛大小，一片片落在浅灰色的水泥地上。你就站在路灯下，手里捏着烟，却也不抽，就那么任由烟灰越积越长。

日后在许多梦里回忆起，你的面目并不清晰，只有这漫天大雪同一盏姜黄色的路灯。灯下你背对着我，烟雾缭绕。我望着你，离你很近，却隔你很远。

我想上前拥抱你，可梦境到此为止。

我叫你一声，你回过神，将烟掐灭了，先替我拍了拍帽子上的雪：“也不打把伞出来，冻感冒了怎么办？”

“你怎么会遇到我爸的？”

你的手停住：“出门买烟遇到的呗。”

“璩从烈！”我提高音量，“你跟我说实话啊！”

你沉默下来望着我。你眼珠颜色浅，深情款款似乎情根深种。可我知道，你们这样的浪子都有这样的眼神，才好欺骗姑娘们的芳心。我避开你的视线，半晌听到你淡淡地说：“江叔叔在我家院子里，和我妈见了一面。”

一瞬间而已，我从头凉到脚。不知过了多久，我才反应过来你在叫我的名字。你看着我，一副好担心的样子，可我抬起手就给了你一巴掌。

“你就那么看着他们俩？璩从烈，那是我爸爸！”

如果人有童年阴影，那我的阴影是在八岁那年。我妈出去进修，就在我家院子里，在那棵她亲手种下的无花果树下，我看到你母亲同我爸抱在一起。

你母亲美呀，哪怕我妈也是有名的大美人，可怎么比得上她？而我爸风度翩翩，这么相拥，如同一对璧人。

所以他们为什么没在一起？我不晓得，那是上一辈的恩怨。只是我觉得有些恶心。既然各自组建了家庭，又何必将家都安置在一起。

我天赋异禀，自小就懂装傻充愣，可我没想到，你居然比我还要过分。

这一巴掌送你，我掌心发麻。你英俊的面孔渐渐浮肿，却只是说："幺幺，对不起。"

"我妈去国外，就是因为得了抑郁症。幺幺，我不敢刺激她……她要做什么，我没有办法……"

"她生了病就可以欺负我妈？就可以把我爸抢走？我爸大年夜赶回来，却还要先去看她？"

我第一次这样口舌犀利，说得你节节败退。

你是不是忍无可忍了？不然怎么会扳住我的脸，就这样吻过来。

原来接吻是这样的。天上的雪花还在往下落，落在唇上，又凉又甜。我傻在那里，手脚都不知道该放在哪里。半晌，你松开我，我听到你的声音有些沙哑："幺幺……"

你要对我说点什么呢？说你喜欢我，说你要和我在一起？可你又顿住了，像是齿轮生了锈，许久才慢慢说："对不起。"

又是对不起。

这一夜你统共没说几句话，颠来倒去全是致歉。我稀罕这些吗？雪下得太大了，我冷到极点，只好后退。你要追来，却又停下脚步，像是做错事的小孩子，用忧伤的眼睛看着我。

你不要看我。你让我难过，让我讨厌你，可我却无法真正怨恨你。

你瞧你，长得好看，名字也好听。原来你就是有这样的魔力，让人人都爱你。

我转身就跑，你在身后却不敢上前。雪踩上去嘎吱作响，焰火的声音渐渐低下去，世界安静如同枯萎的鲜花。我不敢回头，冲到家门前才去看你。你站在我十步外的地方，面目被遮挡。我吸了一下鼻子，听到你说：“幺幺，别哭了……小心着凉。”

你若是再说对不起我一定会狠狠地恨你，还好你没有。我擦了一把脸，这才发现自己真的哭了。

屋内爸妈正窃窃私语，我听到我妈难得撒娇说：“这次回来，一定要多休息两天。有空带幺幺和从烈出去吃顿饭，幺幺考试辛苦，从烈功劳也大。”

“怎么不讲自己？你才是咱们家最大的功臣。”

我爸的声音还是那样温柔，可我却有些反胃。他和你母亲在一起时是否也是如此？或者会更加深情款款？

可人是怎么做到，一颗心给了一个人，却和另一个人朝夕相对，甚至还要白头到老的？

太恐怖了，我做不到。

璩从烈，你呢？

4

那年的冬天格外冷，过了三月后，雪仍旧没有融化。

我爸在家待了不到一周，其中三天都不见踪影。我妈说他是外出应酬了，可我注意到，你母亲那几日也出门了。

我不晓得他们俩做了什么，可我看到我妈在家替我爸煲汤时忽然发了火。我妈早年练舞蹈，腰腿都有旧伤，一大早起来去买了活鸡回来，又要守在炉子前，片刻不停地将油星撇掉。这么辛苦一上午，可我爸最常说的却是有事，不回来了。

六个轻飘飘的字就抹杀了一个女人的操劳。我同我妈大吵一架，因为我忍无可忍，不愿看她一人蒙在鼓里。可我到底还是将那伤人至极的话咽了回去，冲出家门却无处可去。春天的街道上，柳絮飘了满天。天空是灰蓝色的，日光并不清晰。

你站在巷子口，不晓得在干什么，忽然伸出手，折下了伸出墙头的一朵花，那早开的春花娇嫩至极。我本想避开，却又看到你身边站着人。

她真美……我说的是傻话，你哪个女朋友不美？只是这一位当得起倾国倾城，日后我在电视上见她，一笑生烟霞。如今尚显稚嫩，却足以令人目眩神摇。

你一定也被迷倒了吧，不然怎么会望着她这样温柔？我看到你将花递给她，却没有收回手，就那么替她将一缕头发别在了耳后。她抬起头，你们对视一眼，甜蜜地笑了。可我还记得那一夜你的神情，半张脸红肿，望着我，像是要哭了。

别人都要你笑，只有我差点要你哭。你不喜欢我，再正常不过。亲我的那一下，大概也只是想堵住我的口，要我别再出口伤人。

我都明白，可是心这种东西，不听我的。

我要退回去，可你眼尖，立刻看到了我。我瞧见你眼睛亮了一下，要追过来，可你的女友伸手挽住你的手臂，问你："阿姨要我们去给她买蛋糕，她喜欢什么口味的？"

你停住了，视线在我身上扫了一圈，又落回到她的怀抱。我不知是出于什么心情站定，希望你追来，还是希望你别来？只是你已经走了，同她一道，商量着去北城还是南湾。

日光将我的影子拉长，映着枝头落了的花，形单影只得要命。

自那天起我就不走那条路了。这里这么大，不是刻意，也很难遇到了。

5

我二十二岁生日时，把所有的小说都拿去丢掉了。《神雕侠侣》落在最上面，我随手翻开，看到上面写着：璩从烈是头猪，天天就知道泡妞，谁喜欢他谁眼睛瞎了。还是杨过好，只喜欢小龙女一个人。

可那时的我没看出来，杨过其实也是处处留情。一见杨过误终身，他只是见过最好的，千帆过尽罢了。

那字迹还有些稚嫩，我看得笑出声。旁边收废品的阿伯问我："这本还要吗？"

我犹豫了一下，还是说："不要了，都拿走吧。"

他拿去废品站能卖十几块钱，也算让这些东西发光发热了。这段时间我听过你的故事，你同那位大美人谈了恋爱，和别的莺莺燕燕都断了联系。你清心寡欲，竟然只为了一个人守身如玉，出人意料，又在意料之中。即使我是男人，也会为她折腰。

我大学里没谈什么恋爱，一直好好学习。你一定想不到，我居然被保研了，导师是学术大牛。你当初还说要替我操心，可我已经长大了，自己就能处理好一切。

有个师兄向我告白，我本来想拒绝的，可他挑了挑眉说："别忙着拒绝我，江同学，我也不是认真的，咱们学海无涯，一起做个伴，等遇到更合适的就散。"

他这句话有些打动我。我说回去考虑，抱着一大堆书走到宿舍楼下，远远地就看到你站在那里。

你瘦了不少，可还是英俊。老天不大公平，总把好东西给一个人。而你就是那个幸运儿，只是站着，所有路过的女生都在偷看你。

我有些迟疑，可你已经转过头来："幺幺。"

“啊？”我说，“怎么了？”

“站着干吗？过来啊。”

我这才走过去：“你来做什么？”

“好久没见到你了，正好路过，来看一看。”

瞧你扯的什么谎。你早就毕了业，创业成功，正是最忙碌的时候。我妈跟我抱怨说：“从烈那孩子，辛苦太过，也不知道那么拼命干吗。”

你是辛苦，瘦得两腮都微微下陷，越发衬得一双眼睛目光锐利。我看你走了神，直到你接过我手里的书才反应过来：“好久不见了。”

“你这个小丫头一直避着我，想见也见不到啊。”

我“哦”了一声，觉得无话可说。人与人真奇妙，从无话不谈到无话可说，从来都是无迹可寻的。似乎等到发现的时候，已经覆水难收。

我的房间在六层。电梯坏了，两个人走楼梯上去。你在前面，腿长步子迈得大，却总在拐角处站定等我。我不常锻炼，爬上去已经气喘吁吁，你伸手就要替我擦汗：“瞧你这四体不勤的样子，还当代研究生呢……”

可我一侧头，让你的手落了空。你也不觉得尴尬，自然地收回去，就当没事发生。

房间只我一个人住。一室一厅，一个人正好，两个人就显得拥挤了。你坐在我那张单人床上，腿局促地收起来，看起来有点可怜。我不忍心，问你：“你是不是有事要跟我说？”

“是……”你顿了顿，“上次不是说暑假带你出去玩吗，太忙就忘了。现在闲下来了，一起吧？”

上次已经是很久以前，我不知道你是怎么从记忆里翻检出来的。我含糊地“嗯”了一声，正绞尽脑汁想找个借口拒绝，可你已经站起身：“那就说定了，过几天我来接你。别天天闷在学校学习，都快成书呆子了。”

我没忍住笑了：“谁是书呆子了。”

"你呀。过去就知道看小说，谁知道现在这么爱学习。幺幺，这可真是士别三日，当刮目相待呀。"

你就是臭贫，我总算没那么拘束，瞪了你一眼："催我学习的是你们，现在又要我别太用功，你们也太难伺候了吧。"

我们俩说着，你已经走了出去。电梯修好了，我们并肩等着。上电梯前你忽然掏出一个小盒子，丝绒面，绑着蝴蝶结。

"生日没赶回来，不过礼物我买了。你心眼小，千万别说我忘了。"

"谁心眼小了？"我翻个白眼，没绷住，还是笑了，"谢谢呀。"

"不客气。"

我看着你，你眼里仿佛藏着一整片的海。走廊里的灯暗下去，远处不知道谁在念英文，那灯复又亮了，将你的眉眼笼得清晰温柔。

"我来接你，别忘了。"

"不会。"

"幺幺……"你说，"你那个师兄……算了，没什么。"

我没听懂你这话，还想追问，可电梯门已经合拢了，你的面孔我看不到了。我把礼物拆开，里面放着小小的吊坠，圆润鲜艳的红宝石，几颗垒成一串糖葫芦，小巧可爱至极。我"扑哧"一下笑出声，随即却又沉默。

你记得我，我也记得你。

可我们怎么就变成这样了？

6

你来接我是在盛夏。

校园里到处都是梧桐树，知了落在上面，叫声此起彼伏。我苦夏，瘦了好几斤。你一看到就惊讶地道："怎么瘦成这样？"

“没胃口。”

“小时候怎么没这臭毛病？我记得你去外面玩完回来，还能吃三大碗饭呢。”

我大窘：“你胡说什么，我什么时候吃过三大碗？”

你哈哈大笑，替我提行李上车。车是新买的。你一直这样，女朋友找最漂亮的，车也要最好的。

车里的冷气吹得人总算心静下来，你又丢给我一条毯子：“别冻感冒了。”

“我们这是去哪儿呀？”

“你总算舍得问了。”你笑出声，“去山里避暑。你要是不听话，就把你卖了。”

我懒得理你，缩在那里玩手机。你不知道吧，我偷偷关注了你的微博。你不常发东西，偶尔发一些乱七八糟的话，没人看得懂，所以粉丝寥寥。可我喜欢一字一句地咀嚼。想着你这句话是什么含义，那张图又是在哪里拍下来的。

你最新一条，说要完成一个很久以来的梦想。和我有关吗？我不敢这样猜。

我们的目的地真的在山里，是新建成的度假别墅。你领我进了一间，假装漫不经心说：“喜欢吗？”

屋子被装修得古色古香，房梁上还悬挂着一条绳子。我猜不出这是做什么的，很努力忍住笑问：“这是什么？”

“活死人墓。”

“什么？”

“活死人墓啊。”你说这样的话一定也觉得羞耻，不然怎么难得地结巴了，“你小时候不是喜欢小龙女，吵着也要住活死人墓？”

你说着，拍了拍地上的一块石头：“给，你的床。”

我终于大笑出声，没力气只好坐在石头上。你在一旁护着我，怕我笑到跌倒，却又无可奈何：“别笑了，给点面子好吗？”

半晌我才停住，抬眼看你。你的脸色已经恢复正常。

“喂。”我对你说，“谢谢。”

“跟我还客气什么。”你大概想揉我的头发，却又忍住，收回手笑了，“人家烽火戏诸侯，我也就是装修一下别墅而已。”

我有没有告诉过你，这是我过得最开心的一段时间？

这片度假区刚刚建成，只有我们两个人。我没有去问你的女朋友，你也没有提我们之间那个吻。我们两小无猜，青梅竹马，仅此而已。

只是有一天，有一天晚上你半夜把我拉出来。

山里的夏夜也是冷的，我裹着外套还冻得不行。你在一旁促狭地笑：“瞧你一蹦一跳，像是小兔子。”

我瞪你一眼，你这才说：“给你一个惊喜。”

你话音落下，远处就亮起了焰火，方圆十几里一瞬间被映得亮如白昼。那烟花在最高处绽开，繁盛如写到了最后一章的小说，所有爱恨情仇都在一刻迸发。

多美，多决绝。

也许我人生中很多重要的事都要有烟花陪伴。我看累了，席地而坐。你怕我冻到，要我靠在你身上。我闭上眼睛，你以为我睡着了，可你不知道，我是在装睡。

远方亮起一点焰火，复而熄灭，像是隔着毛玻璃，雾里看花般模糊。风将草吹拂得弯下，你也低下头，将一个吻轻轻地印在了我的额头上。

我忍住没动，听到你叹了口气：“幺幺……”

我脖子上挂着你送我的小糖葫芦，贴着胸口，又凉又滚烫。这一年是我们认识的第二十六年。杨过等小龙女十六年，我们已经比他们多了十年。可这十年有什么用呢？

我们之间不过两个吻，最热烈的，似乎也只有那一耳光。

说来好笑，可我笑不出来。

我慢慢睁开眼睛，同你对视。

你没有惊讶，也没有回避，望着我忽然说起别的事来："你开学前我陪你去见一见你们导师吧。老爷子喜欢喝酒，我这儿正好有瓶好酒。你这小丫头脾气差，总要人家照应一下才好。"

我没回答，你又自顾自说："你这个专业以后还是走研究路线比较好。不然留校当老师，校园还是比社会要好点，没那么多乱七八糟的事儿……"

"你是不是要走了？"

我问完你就安静了。夜里好安静，我听得到你的呼吸声。许久，你自嘲地一笑："以前没发现你这么聪明。"

"我九月就要去美国了，不回来了。你也知道……我妈的抑郁症越来越严重了。她当初被家人强迫着嫁给我父亲，一直郁郁寡欢……所以我想，我去国外多陪一陪她，也许会好一些。"

"你不要责怪你的父亲了，江叔叔应该已经放下了，只是怕我妈发病才会这样包容。幺幺，你的父亲真的很温柔。"

"你那个女朋友呢？"

"她是我母亲安排的，我不能拒绝。"

我从你怀里直起身，你没有看我，就那么仰着头看天空。焰火都熄灭了，你眼里的光也落了幕。二十六年，我们错过了多久？

"我一直在等你长大，想带你来山上看焰火。我都计划好了，看焰火的时候要从身后抱住你。你从小就瘦得像是小猴子，我真想把你养得胖一些。可惜……”他说，“我不能多说了，幺幺，我是个坏男人。我自私过了头，临走还要让你伤心。”

我忍不住笑起来，眼泪却簌簌地落下来。你没有抱我，也没有替我擦眼泪。你只是说：“我的愿望没有实现，可我至少……”

“我知道。”我打断你，深吸一口气说，“璩从烈，我都知道的。”

你的话没有说尽。有些事就是这样，不需要说得太明白，彼此心知肚明，也就够了。

7

你走时我没有去送。

你沉默地向前，走过川流不息的人群。世界像海，分开又聚拢。我站在很远的地方看着你。我不知道哪一架飞机将送你远去，可我知道，我们之间再也没有什么可能了。

记得有一天，我进了你的房间。你还在睡着，眉目平静。我望着你，忽然看到你床头放着一本书，封面陈旧，像是被摩挲了千百遍，上面《神雕侠侣》四个字都模糊了。

我屏住呼吸翻开来，看到里面自己写的那行孩子气的话。在下面，你添了一句话：我是头猪，可我也只喜欢一个人。

我不喜欢你，你应当知道的。

可我只是忘不掉你半边眉毛挑高，就那么看着我的样子。你说不喜欢了就分开，可你没有告诉我，如果喜欢，该怎么办。

终南山下，活死人墓。可惜从头到尾，我们都没当过一天的“神雕侠侣”。

Part 2:

少年意气

日月如移越少年

他在年少时遇见了最想共度一生的人，
却在能给她一切时弄丢了她。

文/狄戈

楔子

石伽伊大学毕业典礼那天，北京城的天像能感知情绪一样，大雨从早下到晚，和班里的同学吃完散伙饭后，众人又冒着雨跑进隔壁的KTV。班长把钱包拍到前台，豪情万丈地说要包夜。

那晚，大伙儿喝到东倒西歪，唱到声嘶力竭。石伽伊踹走了一位鬼哭狼嚎的男生，点了一首好些年她都没敢唱的《我恨我痴心》，唱着唱着就泪眼婆娑起来。

表弟蔡琪来接她："行呀你，他们说你粤语歌唱得就跟广东人似的，深藏不露啊。"

"我男友是香港人，这歌是他一个字一个字地教我唱的，但我找不到他了。"说完石伽伊又哭了，边哭边嘟囔，"今天喝的这是什么酒啊？这么辣眼睛。"

蔡琪一看，这是真伤心呢，忙过去哄她："走了就去找回来呗，您是谁啊，您可是勇往直前的伽爷啊。"

2013年清明节假期之际，蔡琪陪石伽伊坐上了直飞香港的飞机。对此，蔡琪表示："瞧这日子选的，知道的您是去找初恋，不知道的还以为您去扫墓呢。"

石伽伊心想：可不就是怀着扫墓的心情去的吗！

蔡琪让石伽伊讲讲她和那位港仔的故事，石伽伊想了半天，然后意味深长地对蔡琪说："小时候总想快点长大，觉得长大了就可以天天和他在一起，可等我长大了才发现，还是小时候最幸福，起码还能见到他。"

1

1997年7月1日香港回归那天，石伽伊被她妈妈打了屁股。因为她偷偷跑出去看烟花表演，忘带钥匙的石妈妈下班回来敲不开门，只好跳墙进了院子，结果踩坏了新买的高跟鞋。七岁的石伽伊被打得号啕大哭，从此对香港有了心理阴影。

因为京港合作机制的建立，内地和香港的贸易往来进入了一个崭新的阶段，石爸爸辞掉文化局的闲职，和朋友做起了转口贸易生意。和香港的往来多了，便认识了一个那边的老板。

石伽伊还记得2000年的北京城特别冷，大雪下完好些天都没化，她天天缠着石爸爸带她去什刹海滑冰，石爸爸却一直没空。后来为了哄她，石爸爸带她去了北京饭店。那是石伽伊第一次进到富丽堂皇的北京饭店里面，也是她第一次见到不同于胡同里坏小子的清俊少年。

那天她见了好多位不认识的叔叔伯伯，却只记住了那个头发梳得一丝不苟、脸颊白皙又沉默寡言的霍景澄。

石爸爸说他是从香港来的，让她称呼他为景澄哥哥。她一听“中国香港”，就不自觉地摸了摸屁股，唇红齿白的少年同样拒绝叫她伽伊妹妹。

他们谈生意时，霍伯伯让她带霍景澄去逛逛天安门，石伽伊便趁机偷偷跑去什刹海滑冰。十岁的北京女孩蹦蹦跳跳地去搭乘公交车，十四岁的中国香港少年默默跟在她身后。

石伽伊帮他投了币，仰着脖子对他眨了眨眼睛：“会溜冰吗？保准比去天安门好玩。”

霍景澄看着她明亮的眼睛，一脸迷茫：“我听唔明你讲乜（我不明白你说什么）。”

石伽伊眨巴着眼睛挠挠头，表情比他还迷茫，他说的这是什么话？

结果就是，语言不通，没法交流。

沉默了一路，直到到了什刹海，小话痨石伽伊终于又忍不住，试探性地问：“English？”

霍景澄点了点头。

石伽伊咧嘴笑了，第一次想感谢身为英语老师的“母后”长久以来对自己的“折磨”，于是她叽里呱啦把刚才那段话又用英语说了一遍，霍景澄再次点了点头：“猴（好）。”

“猴？哪儿呢？Where？”

霍景澄看着眼前这个四处张望的活泼女孩，轻轻笑了一下，看得石伽伊愣了愣，只觉得这小哥哥可真好看。

第一次来北方，第一次见到雪，第一次滑冰的霍景澄当晚回到酒店就发起了高烧，第二天他爸爸便急匆匆地带他回去了。为此，石伽伊被石爸爸罚跪了一个小时，从那以后，再提到香港，石伽伊感觉疼的不只是屁股，还有膝盖。

石伽伊当晚在带着小锁头的硬皮日记本上记上一笔——不顾江湖道义出卖朋友的火井成，小心别让小爷我逮着你。

然后霍景澄就在半年后那个炎热到她恨不得天天含着冰棍睡觉的夏天，再次出现了。

2

石爸爸带着霍景澄到她家时，她正对着电风扇唱《我恨我痴心》。石伽伊一见到他，几步蹿到他面前："霍景澄你说上次发烧是不是因为你自己不穿棉袄给冻的？"

霍景澄白皙的脸颊热得有点泛红，看起来可爱了些，但表情依旧冷冷淡淡的。他还是那句话："我听唔明你讲乜。"

石爸爸一巴掌想拍她的脑袋："还敢提，没跪够是不是？"

石伽伊反应快，一下蹿到霍景澄身后。他个子高，将她挡了个严实。石爸爸这才想起霍景澄还在旁边，那要拍下去的手立刻换了个方向挠了挠自个儿的头，呵呵一笑。

霍景澄不自觉地跟着勾了勾嘴角，紧接着腰间的T恤突然一紧，石伽伊一双小手拽住他的衣服从他身后露出脑袋对着石爸爸做了个鬼脸。

石爸爸吩咐石伽伊好好招待她的景澄哥哥后便急匆匆地走了。石伽伊纠结了半天，一咬牙，把她平时舍不得吃的酒心巧克力和北冰洋汽水拿给霍景澄。没想到他吃了一颗巧克力后，不太满意地皱了皱眉头，然后就从自己的衣兜里掏出一颗石伽伊从没见过的巧克力球给她。

即使过了很久很久，石伽伊依旧记得那个炎热的晌午，她坐在呼呼作响的风扇边，吃到了世界上最好吃的巧克力。那个给她巧克力的少年坐在她家的格子沙发上，眉眼平和，静静地看着她。

后来的很多年，霍景澄每次到北京都会给她带这款巧克力。从那以后，酒心、金帝和吉百利都再没能打动她，她只对这种巧克力球情有独钟。霍景澄也从没纠正过她的叫法，直到后来大小超市货架上摆满了费列罗，恋人之间也开始时兴互送时，石伽伊才知道它的名字。那时有别的男生送给她，她也总是嫌弃地摆摆手表示：伽爷我是吃费列罗长大的，早吃腻了。

2001年，北京申奥成功后，大家想方设法要让城市变得好起来，于是石伽伊的暑假作业的其中一项就是列出十二种北京城中存在的“小毛病”。这可难坏了石伽伊，她一直觉得全世界就属自己的家乡最好，没有任何毛病，绞尽脑汁想了好些天也只写了两条出来。

霍景澄来的时候正是开学的前两天，她像抓住一根救命稻草般地让他说出北京哪里需要改进。

霍景澄伸手一指：“那位阿伯。”

石伽伊扭头一看，斜对面的张大爷脱了褂子，踩着拖鞋搬着一把躺椅到胡同口荫凉处一歇，大蒲扇有一搭没一搭地扇着，嘴里哼着京调别提多惬意自在。她不懂：“张大爷总给我买冰棍儿吃，怎么就不招您待见了？”

霍景澄挑眉看她，半晌没说话。石伽伊知道他又没听懂，嘟囔了一句：“你就不能学学普通话。”

“English。”

“OK，OK……”

3

后来石伽伊还是以张大爷做了反面教材，说他光着膀子坐在胡同口会影响城市形象，从而艰难地完成了暑假作业。更值得高兴的是，她吃掉了霍景澄兜里所有的巧克力球，还学会了《我恨我痴心》的粤语的正确发音。

那天晚上，霍叔叔的大轿车来接霍景澄走的时候，石伽伊拽着他的胳膊不肯撒手。霍叔叔哈哈一笑，用生硬的国语说：“阿妹跟我回香港哇。”

吓得石伽伊转身抱住石爸爸，石爸爸也笑：“小丫头崇拜霍小公子，舍不得他走呢。”

当时石伽伊还不太理解崇拜的具体感觉，她想可能跟自己喜欢谢霆锋是一个意思。

之所以崇拜霍景澄，是因为石伽伊献宝一样拿出谢霆锋演唱会的碟片放给霍景澄看后，他的神情并没有多艳羡。要知道，之前她们班好几个男生向她借她都没肯呢。

石伽伊问他难道不觉得谢霆锋很帅？霍景澄可有可无地点了点头。石伽伊不放弃，继续给他看她收集的《当代歌坛》上的图片，手舞足蹈地给他表演谢霆锋摔吉他时的样子：“多叛逆啊。”

那时候小，觉得突破常理，不循规蹈矩的叛逆就是帅。

“我看过。”他说。

“你有这张碟？你们那儿的电视里会放吗？”

霍景澄耸了耸肩，用那种像是说天气很好风和日丽般波澜不惊的语气说：“我在现场看的。”

崇拜应该就是从那时候开始的。想想小时候的崇拜真的太容易了，仅仅因为他看过谢霆锋的现场演唱会。

石伽伊问霍景澄喜欢哪个明星，她猜不是古天乐就是苏有朋，毕竟那时候他们因为《神雕侠侣》和《还珠格格》火得一塌糊涂。可霍景澄却说他喜欢张国荣。

所以，2003年4月1日的那天晚上，石伽伊翻箱倒柜地找出霍景澄留给自己的电话号码，用家里的座机打了好多遍，可最终都没成功。她那时候并不知道怎么拨打香港的电话，也不知道MSN怎么用。

等到石爸爸回来，石伽伊冲过去抱住他的胳膊："爸，你打霍伯伯的手机，我要和霍景澄说几句话。张国荣跳楼了，我怕霍景澄也会跟着想不开。"

那天，她想尽办法也没找到霍景澄，半夜睡不着时还偷听到她爸妈的对话。

第二天下午，石伽伊碰到对面的张大爷。她还没说话，光着膀子的张大爷一个箭步就冲回家，穿了件褂子才走出来。石伽伊帮张大爷搬了把椅子放到门口："张大爷，您别怕，我再也不说您影响市容了，我就想问您几个问题。"

张大爷抖了抖衣服坐到椅子上，点燃烟斗，等着她问。

"在外面养着的小的，私生的，进不了大宅是什么意思？"

张大爷伸手点着石伽伊的小脑袋瓜子："是不是瞎看什么电视剧了，这都不是什么好话，小孩子家的别瞎问。"

后来学校第二次让大家提出合理化的建议时，石伽伊把在户外抽烟影响居民健康写了进去，张大爷依旧是反面教材。

从那以后，张大爷再也不给石伽伊买冰棍儿吃了。

4

四月中旬的时候，石伽伊接到了霍景澄的电话。她习惯性地用英文跟他打招呼，霍景澄那边好半天都没说话，石伽伊以为他还沉浸在悲伤中，又询问他是否还好。没想霍景澄一字一句慢慢地说："石伽伊，我缩滴对乜（石伽伊，我说得对吗）？"

石伽伊一愣，反应过来后哈哈大笑："缩滴对（说得对）！你跟谁学的？”

他学会的第一句国语是她的名字，像是早有预感一样，她学会的第一句粤语是——我恨我痴心。

对于张国荣的事，霍景澄只说他很遗憾。

石伽伊问他：“霍景澄，你孤单吗？孤单就来北京找我玩啊。”

他说：“你为什么觉得我孤单？”

石伽伊不敢告诉他，她偷听了石爸石妈的对话，知道他是霍伯伯在外面的女人生的孩子。他不能进霍家大宅，还总是被他妈妈关在家里，只有来大陆时霍伯伯才会带着他，那是父子俩少有的团聚时光。

“因为电视上说不说话的小孩都孤单。”石伽伊随便瞎扯。

电话那头的霍景澄轻轻地笑起来，石伽伊愣愣地拿着话筒。他很少笑，所以她想象不出他这么笑的样子。那天，霍景澄一反常态地说了很多话，他说他爸爸不在的时候妈妈经常酗酒；他说他不想待在家；他说他收到很多巧克力，全都给她留着；他说学校还是英语教学，一些小学已经把普通话作为必修课了……

最后他说：“石伽伊，你教我说普通话吧。”

石伽伊说：“猴。”

三天后，霍景澄便独自来了北京。在一个雨天的傍晚，他拎着旅行包敲响了石伽伊家院子的大门。

那次他在北京住了很久，因为非典突袭，全城戒严，霍伯伯在电话里让他好好待在石伽伊家，他说香港的情况更严重。

最高兴的无疑是石伽伊了，霍景澄带来的包里全是零食，除了他常带的巧克力球外，还有凤梨酥、薯片、金龟唛。石伽伊抱着他的包说：“霍景澄你每周都来一次北京吧，实在不行半个月来一次也成。”

那一年春天，大、中、小学全部停课，哪里有个头疼脑热的立刻就会有全副武装的医务人员来把人带走，几乎到了草木皆兵的状态，石爸爸也勒令两人不许出门。

石伽伊嘴上满口答应，但野惯了的孩子哪能在家待得住。用石伽伊的话来说就是冒着生命危险，也要带着霍景澄逛遍北京城。

有一次路过新街口，霍景澄对吹糖人产生了浓厚的兴趣。石伽伊走出胡同拐了弯才发现他没跟上来，跑回去时发现，他双手插兜站在吹糖人的大爷面前看得津津有味。石伽伊乐了，立刻点了个孙悟空和猪八戒。

她都快把猪头吃完了，他的孙悟空还没动一下。石伽伊问他怎么不吃，他说："好污糟（好脏）。"

弄懂了他要表达的意思后，她教他"脏"字的发音。他发音不太准，石伽伊很着急："是脏，不是咂，再来一次，zang。"

"脏？"

"对，再来一次……"

那天，他们俩在人家摊前一个劲地脏来脏去，气得吹糖人的大爷把后来的几个糖人都给吹变形了。要不是生意好，他势必要给他们科普一下什么叫非物质文化遗产。

蔡琪推了推石伽伊，告诉她别傻乐了，准备下飞机。

石伽伊揉了揉酸痛的腰，觉得别看都是中国的地界，但北京离香港还真远。想着那时候她总缠着霍景澄往北京跑，他也依着她，每次见他都是神清气爽的，丝毫不见疲态。

而且他带来的零食养刁了她整个少女时代的胃。

真想他啊。

5

下飞机后，石伽伊拉着蔡琪直奔九龙的尖沙咀。蔡琪十分不满："伽爷，酒店在旺角油麻地，你跑尖沙咀干吗？"

石伽伊不敢告诉他自己是去买饼干，一直低头假装在看手机导航。结果到了珍妮曲奇店的门口，看到排得长长的队伍，两个人都有点蒙。前面三十多岁的大姐说着一口东北方言，她说这店几十年如一日地火爆，早上开门到晚上关门就没有不排队的时候。

石伽伊想起以前霍景澄每次去北京都会给她带好几盒珍妮曲奇，有些心疼，忙问大姐："谁都得排队吗？长得帅的本地人也得排吗？"

大姐像看傻子一样看着她："满嘴的京片子装什么本地人？本地人咋啦？四大天王来都得排队。"

珍妮曲奇是"景澄牌百宝袋"里继费列罗之后石伽伊最爱的零食，现在她家的曲奇盒子还能摞得很高。铁盒上印着店铺地址，吃得多了，连地址也背得滚瓜烂熟。

排了两个小时才买到四盒曲奇，蔡琪感叹说："你的初恋对你真好啊。"

石伽伊往嘴里塞了一块饼干，还是那个味道，香甜香甜的，就像霍景澄在身边时的感觉。她鼻子一酸，含糊道："我可能要孤独终老了。"

去酒店他们是坐的双层巴士，街道上的车很多，可司机开得还是飞快。两人坐在二层的第一排，那感觉就跟坐过山车似的。蔡琪吹了一声口哨，扭头对石伽伊说："瞎说什么，我这不陪你来找他了吗？哎，对了，他家在哪儿？"

"不知道啊。"

蔡琪差点没把她从巴士上扔下去。他咬牙切齿地说："石伽伊你跟我说到底有没有这个人，你说是不是你自己臆想出来的？"

石伽伊有时候也会想，会不会霍景澄根本就没出现过？可能他就是自己年少时做的一个比较真实的梦，街边的糖人是她自己吃的，天桥的杂耍是她自己看的，王府井万花筒和十二钗是她自己去买的，骑着自行车从北锣鼓巷经过国子监经过后海的只有她自己，在后海的酒吧门口不敢进去时也不是他把她拽进去的……

“可能真的只是臆想，不然为什么他会走得悄无声息，四年来杳无音信呢？”石伽伊说完又立刻在心里否定——可他给的疼痛却这么真实。

这里于她来说代表了疼痛。小的时候，屁股疼、膝盖疼……

如今，是心疼。

6

2006年的春节，霍景澄和霍伯伯一起来了北京。石伽伊发现他似乎又长高了不少，而她也不再像以前那样高兴地黏过去，她也有了少女的娇羞。

霍景澄依旧是一副波澜不惊的样子，他说：“你好像长大了。”

有一天，石伽伊半夜睡不着，出来找零食路过父母的卧室门口听到他们俩在聊天。她听到爸爸说：“要不是霍小公子喜欢伽伊，经常往北京跑，我这种小商人根本入不了霍总的法眼。”

那晚，石伽伊睁着眼睛听自己的心跳听了整整一宿，起床的时候还觉得心里麻酥酥的，人走在地上都是飘飘然的。

霍景澄上大学的那段时间经常会打电话来，也没什么要说的，他本来话就少，问一句北京冷吗？Uncle和Aunt身体好吗？你又喜欢了哪个明星？好了，我要去上课了，我要去吃饭了，我要去睡觉了……时间从来都不超过一分钟。

石伽伊恨恨地想，霍景澄整天酷得跟个什么似的，她爸到底是怎么看出来霍景澄喜欢自己的啊！

她十八岁生日那天，石妈妈做了一桌子菜，请了她的几个发小和同学。蛋糕又大又华丽，也许因为六月初要参加高考，也许是为了犒劳她这一年的努力学习。

结果，那个大蛋糕没吃几口，全都糊脸上了。

就在大家打得分不清谁是谁时，霍景澄来了，风尘仆仆。

他看了一圈，伸手把石伽伊从那帮“牛鬼蛇神”中拽了过去：“石伽伊你能不能有点女孩的样儿？”

石伽伊惊奇地看着他：“啊？样儿？霍景澄你会发‘儿’这个音啦？”

霍景澄顿了一下，轻笑起来。她永远都抓不住话里的重点。

石爸石妈没和小孩子一起闹腾，早早地出门遛弯去了，所以其他人说话也就很大胆：“终于让我们撞见了。伽爷，你这哥哥可真俊俏啊。”说完大家就一起起哄。

石伽伊脸一红，想到脸上有蛋糕他们也看不出来，便故意高声道：“都该干吗干吗去吧，别在这儿添乱了。”

一帮人一哄而散，然后就听霍景澄说：“石伽伊，你们说的话我全能听懂了。”

石伽伊的脸忽地又红了。

她房间的桌子上放满了生日礼物，霍景澄扫了一眼，被一盒巧克力吸引了注意力，后来脸色就不太好看了。石伽伊拿着毛巾准备去洗脸，注意到霍景澄的目光，她故意说：“那是我一男同学送的。”

霍景澄的脸色更难看了。

石伽伊的心怦怦直跳，趁着脸上沾满了奶还喝了点酒，胆子一大张口便说：“霍景澄，我爸说你中意我。”

霍景澄怔了半晌，只说："石叔叔比你聪明。"

"啊？"石伽伊还没明白过来，霍景澄已经将那盒巧克力扔进了垃圾桶，然后就见他慢悠悠地走到她面前，伸出手指将她嘴角的奶油抹掉一块，随即将手指送到嘴边，舌尖一勾，奶油就全数卷进了嘴里。

石伽伊整个人都愣在了那儿。

"甜的。"他说。

也不知道过了多久，石伽伊才找回自己的声音，她问："你还吃吗？"

那晚，石伽伊又失眠了。霍景澄就睡在她隔壁，两人仅一墙之隔。石伽伊紧靠着墙，脑中全是傍晚时两人单独在一起的场景。

她问他你还吃吗，他点头，然后他低头……

霍景澄只在北京住了一天就回去了，在走之前，石伽伊告诉他，她父母同意她报考香港的大学了。霍景澄的眼睛瞬间就亮了，像是装满了星星一样。他说："港大还是中文大学？我会申请念和你同一所学校的研究生。"

"你原本是怎么打算的？"石伽伊问他。

他摸了摸她的头发，轻轻地说："来北京读研。"

7

香港夜晚的街道热闹非凡，如果是商业闹市区，警察会骑着摩托车进行交通管制，马路只许行人通行。蔡琪穿梭在各种店铺中，拿着单子帮七大姨八大姑买包包、香水、化妆品，折腾到后半夜回酒店时他说："原来香港人都会说普通话啊，来之前我还特意学了几句粤语。"

石伽伊什么也没买，陪着蔡琪走走停停，吃了叉烧饭和章鱼丸子。叉烧很甜腻，章鱼丸子里面原来真的有章鱼。

蔡琪也不指望能帮石伽伊找到初恋，他说她压根儿就没想找，就歌里唱的“我来到你的城市走过你来时的路”那种，回去后忘掉过去重新开始，想想也挺好。石伽伊表示，他前面说的话都对，她很久以前就想来看看霍景澄长大的地方了。但后面那句不对，她可不会忘了霍景澄，这辈子都不会忘。

第三天，他们去了星光大道。因为霍景澄，石伽伊喜欢上了这个地方，看港产电影和TVB电视剧，所以她喜欢的大多数明星都是香港人，也都在星光大道上留下了手印。

夜晚的维多利亚港有点冷，对面的香港岛高楼林立灯火通明，蔡琪指着那边：“你猜那里的金融中心住了多少社会精英和亿万富翁？对了，你初恋是做什么工作的？”

他本来是要当律师的。

石伽伊带霍景澄去护国寺吃小吃时说，她以后想卖煎饼馃子，要不卖豆腐也行，她喜欢摊煎饼，切豆腐。她问霍景澄长大后想干什么，他说他要成为律师。

石伽伊说律师是要说话的，他这么不喜欢说话，一定当不了。霍景澄说，他不说废话，律师也不说废话。后来啊，他没少跟她说废话：走路要稳不许颠不许跑，扔垃圾要走过去扔不许离远了抛，记住自己是女孩不要和男生勾肩搭背，饭前要洗手，饭后要漱口，接吻要闭眼……

石伽伊捋了捋被风吹乱的头发，说：“他应该是娶了何小姐，继承了公司。”

2008年发生了很多事，爸爸和他的合作伙伴分道扬镳，不再与香港那边有生意上的往来；石伽伊的高考志愿被石妈妈偷偷改成了北外；看完奥运会开幕式回家时，她和霍景澄在胡同口接吻被石妈妈看到；住了十几年的胡同面临拆迁，石爸爸在二环内一高档小区买了房子；霍伯伯被廉政公署拘控后自杀，遗产多数留给了霍景澄母子，霍氏集团岌岌可危，霍景澄被送往了国外。石伽伊再得到霍景澄的消息是半年以后，石爸说，霍家和何氏联姻，终于稳住了大局。

她曾想尽办法联系他，但他的手机打不通，他留给她的MSN号码纸也找不到了。自此，两人失联四年半。

8

蔡琪说有几样东西得去海港城买，石伽伊不肯陪他去，他也不理会，直接买了两张去香港岛的渡轮票。

“你一定知道他住哪儿，听说富人都住什么深水湾浅水湾的，我们得去碰碰运气。如果今天没偶遇咱就死心回北京，你乖乖相亲。”

石伽伊心不在焉地陪他买了一天的东西，夜幕降临途经皇后大道时，一辆十分少见的豪车从他们眼前驶过。蔡琪拿出手机跟拍了半天，却意外地拍到一位中年大叔软绵绵地倒在豪车前面。蔡琪怒道：“原来这里也有碰瓷的，哎哟我的正义感哦。”

车主是个漂亮女人，她烦躁地一直在打电话，碰瓷的男人却倒地不起。蔡琪走过去一把将他拽起来，昂首挺胸义正词严地与他理论良久。最后，那人见蔡琪拍的视频清晰，站起来骂骂咧咧地跑了。蔡琪听不懂，问石伽伊他说了什么，石伽伊说：“他让你小心点，大陆仔。”

女人介绍说自己姓何，递给蔡琪一张名片。石伽伊看到名字后脸色一变，扭头要走时，却见何小姐朝她身后摆了摆手，一张艳丽的脸笑得更加明艳。她说：“Ginath，已经解决了，应该谢谢这对大陆来的情侣。”

石伽伊记得以前霍景澄的朋友给他打电话时，从不叫他的中文名，似乎都习惯互相称呼英文名。那时候，石伽伊觉得Ginath好听极了，为此她还给自己取了个英文名，叫Eleven。霍景澄听后，笑到不行。记忆中，他从来没那么开怀地笑过。

蔡琪听不懂自然不会解释什么，而石伽伊在见到霍景澄后，整个人都魂游天外了。

他还是四年前的模样，不动声色就能迷得女孩们心中小鹿乱撞。但又不全一样，头发短了些，模样成熟了些。他的视线从蔡琪身上移开看向她时，神色也不再温柔，漆黑的眸子深如大海，那种探不到底的幽深让她紧张起来。在这种眼神下，石伽伊觉得好像有一只手狠狠地攥住自己的心脏，她疼得不能呼吸，也说不出一个字来。

何曼思、霍景澄，再看两人熟识的模样，石伽伊突然后悔来这一趟。她是来求证什么的呢？是他没娶何小姐吗？

不过来了也好，也许自己就能死心了。

再反应过来时，她已经跟着他们到了兰桂坊的酒吧。

蔡琪与何曼思、霍景澄的朋友们聊得热火朝天，普通话和半吊子粤语再夹杂着英语，听起来很滑稽，他们却乐在其中。只有霍景澄没说话，坐在那儿喝了好多酒。

他再次端杯时，石伽伊忽然看到他手腕内侧的文身，脑子一热走过去便将他的手拽过来，上面清晰地刺着阿拉伯数字“11”。

他的朋友们吃惊于这位内地女孩的胆大，在一旁好意提醒她，别在Ginath身上浪费时间。

蔡琪这才意识到石伽伊的反常，他脑中一震，像是开了窍一般：“姐，他就是你要找的人？”

微醺的霍景澄双眸幽幽一闪——姐？

石伽伊没理会任何人，倔强地站在他的面前，指着他手腕上的“11”哑声问：“什么意思？”

9

霍景澄曾问她为什么要叫Eleven，石伽伊说因为她叫“十加一”啊，十加一不就是十一吗？也不知是哪里好笑，总之那天他笑得不可抑制。

“11吗？他说是他的女朋友啊，我们猜他有十一任前女友。”有人替他回答。

“那再交女朋友后，要改成十二吗？”不知是谁接了一句。

“那就在后面加一啊，再交再加一，一直加一，加一，加一……”何曼思说完，众人笑了起来。

“伽伊，石伽伊……”霍景澄声音低低地叫出她的名字，脸上的神色复杂难辨。石伽伊的呼吸一窒，他反握住她的手，将脸埋在她的手心里，“是来找我的吗？”

有人起哄，有人不解，有人问他：难道认识？这女孩是谁？

他也不看他们，低声用粤语说：“这个小丫头是我的命根子。”

石伽伊想起一个暑假的下午，在高中繁重的课业下，石妈妈难得答应让她看半天的电视剧。陈小春的《鹿鼎记》她百看不厌，她说韦小宝是她最喜欢的金庸笔下的人物，霍景澄说他以为是杨过。

韦小宝说双儿这个小丫头是他的命根子，就因为这一句话，他就超越杨过成了她心中的第一。

原来她说过什么，他都记得。

他可能不知道，她看了十多年的TVB，全部是粤语原声，她听得懂。

“原来你就是北京的那个小女孩，”何曼思好奇地看着她，“Ginath找了你好多年。”

何曼思简简单单一句话就概括了霍景澄的这些年，其实他远比别人以为的要辛苦。那个夏天，他失去了父亲，失去了石伽伊，近乎崩溃。

石爸发现自己的合伙人和香港那边的人越来越大胆，便及早抽身出来不再与他们往来。再加上霍家复杂的家庭关系，石爸石妈一商量，干脆买了房子搬离了胡同，换了手机号码也改了女儿的志愿。巧的是那段时间霍景澄被送往了国外回不来，两个孩子就这样在人为天定中断了往来。听说霍家和何家联姻时，石爸不确定那人是不是霍景澄，但他还是听了石妈的话，那样告诉了石伽伊。

"去了哪里？石伽伊，去了哪里？北京城怎么那么大？"昏暗的酒吧里，灯光闪烁着，音乐由轻缓变得震耳欲聋。

石伽伊伸手抹了一把眼泪，凑在他的耳边，轻声说："好在这里地方很小。"

我一下就找到了你。

当年，娶何曼思的是他同父异母的哥哥霍景豪。而他，已成为霍氏律师团队的首席法律顾问。

何曼思对他三天两头飞北京表示不解，他说，他在年少时遇见了最想共度一生的人，却在能给她一切时弄丢了她。

霍景澄最终成了律师，石伽伊却既没摊成煎饼，也没卖成豆腐，不过她还有一个愿望有待完成。

她曾对逼自己相亲的石妈妈说，她要嫁给身高一米八四，长得帅，大她四岁，话不多，姓霍的香港人。

不是我，是潮汐

模糊地迷恋你一场，

就当风雨下潮涨。

文/卷耳白

1

谈碧微那一巴掌落在我脸上时，其实挺痛的。

但我这人天生皮糙肉厚，我甚至都没伸手去捂，任由脸颊火辣辣地疼。而她的失态亦不过几分钟，姬朗宁泊好车过来时，我们俩已一派和煦。

在这之前，我没想过，我们仨的重逢会是在这样的场合。

那天不是清明，墓地人迹罕至。

临走前，姬朗宁要送我，我说我开了车，他递给我一张喜帖，叫我别迟到。白底镶金的帖子，落款是他与谈碧微。姬朗宁要结婚了，终于。我曾无数次幻想过那番光景，总以为会五脏凋零六腑俱焚，未想竟无悲无喜。

他们走后，我坐在墓碑旁的空地上，望着墓碑上的相片。

黑白的相片，有些许褪色。相片上的人像是隔着一层白雾，潮湿模糊，又像是刻在心尖，鲜活如昨。那是一个年轻的男人，下巴尖尖，长眉长眼，没有笑，显得有些清冷。

但我知道，他一笑，眼角便会微微上翘，如湖水般潋滟。

我忽然想起那会儿谈碧微的话。她狠命地赏我一巴掌，眼底是愤怒的巨浪："姬梅紫，要不是你，霈林怎么会连命都不要！你怎么还有脸来祭他！"

霈林，姬霈林。

我像惊涛骇浪中的一叶小舟，被撞得支离破碎。

后来我独自开车回家，下了好大的雪，那辆老旧的福特陷在了路边的积雪里。我点燃一支白万，将手伸出窗外，看着那一丁点火星被雪覆盖。许多年前，我第一次踏进姬家大院时，亦是这么大的雪。

奇怪，1992年的事，想起来就跟昨天似的。

2

1992年，我跟着我爸披星戴月由上海到北京。

我叫梅紫，我爸叫姬青山。我们不同姓，他是我的继父。他对我好，和亲生闺女没两样。他本来是上海里弄里的剃头师傅，我妈走后，他没像别人所猜想的那样丢弃我，为了让我过得更好，他关了理发店，却投资失败，只好带着我回了老家。

那天的雪积得很厚，北京四合院厚重的门发出"嘎吱"声，我还未反应过来便被一个雪球砸中，冰冷彻骨。一个穿着红毛衣的少年跑过来，一边拿出手帕替我擦脸，一边喊："你砸到人了霈林！"

手帕很干净，他的手很暖。后来我回想起来，所谓的一见钟情大抵如此。那是一种执念，一开始便扎进心底，顽固得如同牛皮癣。

顺着他的目光望去，我看到那个用雪球砸我的罪魁祸首。他站在阴影里，穿着黑色滑雪衣。酷似的两张脸，红毛衣少年俊朗，他却有种阴柔的漂亮。

我后来才知道他们是谁。

姬家在北京是大户，老姬先生是上将，参加过抗美援朝，小姬先生也就是我爸的父亲，从政多年却英年早逝，就连姬太太亦是大学教授。三进深的四合院，我亦步亦趋地跟着我爸，姬太太坐在厅里替我们介绍，红毛衣是哥哥姬朗宁，罪魁祸首是弟弟姬霈林。

辈分是种奇怪的东西，我名义上的叔叔却更像哥哥。

我爸将我领到姬霈林跟前，让我喊小叔，我却忽然结巴了。而姬霈林，在我铆足了劲的同时，当着所有人的面站起来，无视我走了出去。我杵在原地，脸“唰”地红了又白，还是姬朗宁安慰我：“他脾气不好。”

那是我头一回领教姬霈林的脾气。那年我十二岁，改名为姬梅紫。我不像普通女生，那些叽叽喳喳蜜罐里长大的女生。我的童年一直都笼罩在父母离异的阴影里，我有强迫症，一紧张就结巴，心情不好便躲进屋里画画。同学们都认为我是个怪人。

再也没有比置身人群中却感到孤独更可怕的事了。住进姬家后，我更能理解这句话。好在只有六年而已，六年后我成年，便不用再寄人篱下。我所能做的只有拼命念书，低头做人。

其实姬家对我不薄，姬太太出身知识分子家庭，不笑时总透着威严，但她对我挺好，替我安排了学校，让我安顿下来，不至于颠沛流离。并且，我得以天天见到姬朗宁，我成了他的学妹。他打篮球比赛，我呐喊助威；他辩论演讲，我做忠实听众。1994年的迎新晚会，他演小品，我上台献花。有人问姬朗宁我是谁，他回答：侄女。

我挺满足这样的称呼，故事到这里也可以结尾了。但有些情愫就像是古井壁上的苔藓，越隐蔽越疯长，那些我打算一辈子烂在肚子里的心事，在某天被阴差阳错地点破。

那天我见到了谈碧微，在姬朗宁十八岁的成人礼上。

姬太太为姬朗宁宴请亲友，吃完饭姬朗宁让我一道去溜冰。那会儿溜冰很是时髦，我被豪华的场面震慑，躲进角落，直到谈碧微出现。第一眼，我便知道姬朗宁待谈碧微是不同的，他看她时眼睛太过明亮。

见他们俩牵手有人起哄，我独自走出溜冰场。回到家，我将偷偷给姬朗宁画的素描拿出来。对于一个十四岁的姑娘来说，烧掉纪念物便意味着斩断过往。就在我做着这样一件神圣的事时，画纸飘到门外，落在一双鹿皮鞋旁。我抬起头，便看到姬霈林。

他弯腰拾起来，目光停留在纸上。

这是我最窘迫的时刻，我甚至忘了去夺，“砰”的一声，用尽全力关上门。

画纸的右下角，写着一行细细的字：所爱隔山海。

3

其实那句话我只是随意摘抄自一部诗集的。

纵然如此，我还是对姬霈林这个人恨得要命，我恨他窥视到我的内心，如小偷般偷走了我最珍贵的心事。

姬朗宁的成人礼后，谈碧微开始以同学的身份出入姬家，有时他们出去玩，也会带上我，他对他们说：“我侄女，不准欺负她。”

我其实并不想去，总觉得自己是个局外人。同样是局外人的还有姬霈林，每次活动，他总是很无趣，除了谈碧微偶尔会拿些水果糕点给他外，他几乎不搭理任何人。

我发现他是个挺特别的存在。他经常旷课，赋闲在家，他唯一的爱好是折纸飞机。

姬家大院的西面有个方形露台，一只只白色的纸飞机从露台起飞。我曾捡到一只，还给姬霈林时，恭恭敬敬地喊他小叔。他睬都不睬我，我犹豫着问："小叔能不能把画纸还给我？"

姬霈林拿走了我给姬朗宁画的画像，却没有任何表示，这让我十分不安，总觉得证据落入敌人之手，敌暗我明。谁知他居高临下看了我片刻，慢慢说："物归原主罢了。"

当时我一定是脑子短路了，那句话直到很久以后才懂。

为了拿回那幅画，露台成了我蹲点的地方。放暑假后，我时常捧着书坐在石阶上，一坐就是一个下午。姬霈林几乎从不和我说话，他有一台小型录音机，搁在地上放歌听。唱歌人的声音充满磁性："模糊地迷恋你一场，就当风雨下潮涨。"

七月的北京万里晴空，连风亦热气腾腾的，晒洗的被单鼓胀如帆。我们俩就像不期而遇的过客，自顾自却有所关联。这样的日子持续了好久，直到露台迎来第三位客人。

那天台风警报，我在露台看到惊心动魄的一幕。那一幕的主角，男孩是姬霈林，而女孩——是谈碧微。我躲在转角，怒气翻腾。谈碧微走后，我不知从哪里来的勇气，冲到姬霈林面前大吼："她是二叔的女朋友！"

说完我就跑了，没几步便被他逮住。天开始下雨，姬霈林盯着我，睫毛湿漉漉的："你在替二哥抱不平？"

我咬着唇不吭声。

他不放松："跟你有什么关系？"

我胸口起伏，一时间不知如何回答。

姬霈林漆黑的眼睛暗了暗，随后竟笑了，嘴唇白得像纸。我起先觉得他矫情，不就淋点雨至于吗。后来觉得不对劲，伸手碰到他的额头，被滚烫的温度吓坏了："你发烧了！"

他沉默着掉头就走，我跟在他的身后，他进了屋，躺在床上有气无力："别告诉我妈。"

那一夜我很晚才回去，姬霈林迷迷糊糊中一直拽着我的手。

他生病的事还是被姬太太知道了，姬太太请来了家庭医生。我在门外碰到姬朗宁，他像对待小朋友般摸摸我的脑袋："老毛病了，你小叔不能感冒。"

后来我才知道，姬霈林不只是感冒，他患有一种家族遗传性免疫缺陷病，一点细微的感染都会一发不可收拾。姬先生便是因为这种病去世。到这一代，一半的概率落在姬霈林身上，而姬朗宁则幸免于难。

所以他总请假，还那么不合群。我忽然有些难过。

假期结束后，我向我爸提出放学后去姬霈林屋里做功课。后来姬霈林问我为什么，我回答他："因为我觉得小叔挺闲的。"

因为我觉得他挺寂寞的。

我原以为他会臭脾气地赶我出门，出乎意料，他沉默片刻后，喊我："姬梅紫。"

我睁大眼，他轻敲我的作业本："这道题你也会做错。"

4

姬霈林十七岁，我出现在他的生活中。

我慢慢了解他，他爱灰色，口味清淡，他反复放的那首歌是张国荣的《有心人》。我在人后没喊过他小叔，他也再没叫过我姬梅紫，姬家大院直系旁系一大堆孩子，我排行第七，他索性叫我小七。

连我自己都觉得不可思议，这个在相遇的第一天用雪球砸我、让我难堪的男生，竟成为除我爸以外，我在姬家最熟悉的人，就连我十五岁那年的蜕变都被他亲眼见证。

那个傍晚，我在解开一道繁复的化学题后，毫无预兆地肚子疼。和平日吃坏肚子不一样，那种痛无法言喻，痛到想要蜷成一团。我跑去厕所，看到裤子上的鲜血，我忘了躲在里面多久，直到姬霈林敲门。打开门时我蹲在角落里都快哭了。他花了很长时间才弄清楚状况，一刻钟后，他错开目光，递给我一包东西。那一整天，我都面红耳赤心跳如鼓。

十五岁那年，我的初潮不期而至，是姬霈林从天而降拯救了我。当时的情景，我毕生难忘。如果不是后来发生的事，我想我们俩会成为一辈子的亲人。

可惜，没有如果。

姬霈林这人挺会冷嘲热讽的，他曾问我是不是属牛的，因为我在解题时总是一根筋。其实他不知道，我一向如此。

高一那年，我报名参加了一个校外的新闻学培训班，在报名表上原因一栏，我认认真真地写：我想追赶上他的脚步。

姬朗宁就读的大学，正是以新闻学出名。

姬霈林将那份报名表丢在我眼前时，我正在吃饭，他也不说话，就这么静静地看着我将最后一粒米饭塞进嘴里，才开口："你没说过你想学新闻。"

我其实对新闻并不感兴趣。

"你喜欢的是画画。"他一针见血，不给我喘息的机会，"小七，你是为了和二哥一个学校。"

十九岁的少年，成熟冷静，目光深邃得让我想逃跑："你以为这样便可以吗？幼稚。"

轻轻的两个字扯断了我微弱的希望，我像只被激怒的野兽："不用你管！你是我什么人！"

他薄薄的嘴唇抿成一条线，忽然一把将我按住。他力气太大，我无法反抗，只能拼命仰起头。记得刚来时我们俩差不多高，此刻他竟已长高许多。我抬头看到他白皙的脖颈上跳动的青筋和微微滚动的喉结，他却已松开我，眉目冷淡："是啊，我算你什么人。"

但最后，他出卖了我。我不知道他跟姬太太说了什么，只记得姬太太将我叫去，听着京剧，一字一字地说："你不是想学新闻吗？我给你找了一所学校。"

那所全寄宿制的学校远在日本。我听着"君王意气尽，妾妃何聊生"，心沉落谷底。

去日本前最后一次见姬霈林，是几天后，我们俩在院子里不期而遇。我目不斜视，冷着脸脚步飞快，直到我快要走远，他才问了一句莫名其妙的话："非得是二哥吗？"

我当时气极，回他："是！宁吃鲜桃一口，不要烂杏一筐！"

1997年香港回归，我由北京的高中辍学，提着一个简单的樟木箱子远赴岛国。我还记得他最后那次背对我的身影，瘦长如一棵寂寞的树。

可我头也不回地离开了。

5

在大阪的日子很宁静，与我一同出国的还有另外三人，彼此熟稔了，一起逛心斋桥，一起看《东京爱情故事》，为赤名莉香哭得稀里哗啦。

三个月后，又来了个中国交流生，人长得胖墩墩的，是姬霈林的远房表哥，他们喊他老葛。老葛人不错，就是有事没事老跟我提姬霈林。他来了没多久便塞给我一部诺基亚，财大气粗地说是他用剩下的。那会儿手机还是时髦货，我吓得没敢要。后来我每天吃拉面，他又往我饭卡里打了不少钱，说是借我的。

他们猜老葛动机不纯，否则不会如此殷勤。只有我知道，老葛其实是个细作。我偶然听到他打电话，汇报我的行踪，事无巨细，电话那头是姬霈林。

于是我再没理睬过老葛。

我读高二那年，姬霈林来了大阪，我住在同学家；我升入大学的第一年，他第二次来，我在北海道滑雪；我快毕业那年，他第三次来，我在一位日本学生家做家教。

之前，我从未想过会出国；而后，我没想过再见姬霈林；最后，我想不到还会回北京，回姬家大院。2002年末，我接到姬太太的国际长途，我爸年纪大了，她希望我回去照顾，并说已经替我找好工作。2003年初，我二十二岁，回到北京。

姬太太替我安排的工作，是在一家电视台做记者。我在日本念的是新闻学，也算实现了当初的梦想。但我没有见到姬朗宁，只听到一些关于他的零碎消息。他在美国念研究生，由最初的新闻系转攻医学，同去的还有谈碧微。他们俩毕业后一起在当地医院当实习生。

从十二岁开始，我便在追随他的脚步，然而十年间，我们无数次擦肩而过。

而姬霈林，因为总是请病假，大学课程读到一半后中途辍学，年前又感染肺炎住进医院。

我在电视台实习的第一天，接手一桩工地坍塌事件的报道。也是那天，我与姬霈林暌别多年后第一次见面。那天下着大雨，我穿着雨披，满脚泥泞，他的黑色奔驰停在工地外，等着我收工。

整整六年，转瞬而已。

他刚出院，乍看还是旧时模样，身材瘦削，眉目狭长。只有当他靠过来时，我才发现他已不再是当初那个孤僻少年，而是一个男人，周身散发着成熟的气息。他问我日本好不好，我告诉他，东京不如北京，北海道比不过哈尔滨。

他听得笑起来："这样啊，那怎么舍不得回来？"

"哪有，恨不得立马飞回祖国母亲的怀抱。"我看着他，"身体好些了吗？"

"就这样。"他一语带过。

二月的天空没有一颗星，不知开了多久，他停下车："我去看过你，三次，你用了三个借口。"

他极淡地一笑："小七，你在逃避我。"

我鄙视说谎，只好沉默。

他注视我："那么你这趟回来为了谁？大哥，还是二哥？"

他说得没错。要不是为了这两个人，非洲美洲大洋洲，无论哪里，我都不会再回姬家。我以为我会理直气壮，开口却结巴了。

"还是老样子。"姬霈林神情了然，"一心虚就说不清话。"

我索性闭嘴，他发动车子："无论如何，总算回来了。"

6

我在电视台实习期间，出过一次意外。

在某次医患纠纷事件中，死者家属情绪失控，拿起一把水果刀朝医生挥舞。而我站在中央，极倒霉地挨了一刀。两寸长的口子，在右脸上，鲜血"汩汩"地往外冒，当时不觉得，隔天半张脸都肿了，我打电话去电视台请假，却被告知已有人替我请了假。

替我请假的人是姬霈林，吃过饭他来接我去医院。忘了是从什么时候开始，自然而然地，他已经习惯了替我做主。我不想去，他也不强迫，到了下午，家庭医生来了，他总有办法让我无计可施。我的伤口有些感染，医生替我先消毒再缝针。送医生出门时，我听到他问："会不会留疤？"

我并不关心答案，他却似乎比我更在意。后来伤口并未留疤，我对着镜子故作叹息："要是留疤就再补一刀，变浪客剑心。"

"放心，我不会让我看着长大的小姑娘破相的。"他站在我身后说。

我回姬家大院快三个月，与姬霈林一直维持着不卑不亢的疏离，他似乎也并不介意。

离实习期结束还有半个月的时候，我的论文遭遇瓶颈，好像是小时候养成的习惯，我最后想到了姬霈林。他找来一位当记者的同学给我辅导，转正考试通过那天，我觉得有必要一笑泯恩仇，于是打电话给他："周末请你吃饭。"

电话那头有片刻沉默，他问："你会不会做日本菜？"

"关东煮算不算？"

然而最后我也没能为他做关东煮，周末的清晨，姬朗宁回来了，他辞去了美国的工作，跟着谈碧微一起回来了。也就是那天，我鼓起勇气向他告白。但他吃惊过后轻声说："我一直把你当侄女，梅紫，永远都是。"

赤名莉香没有等到她的永尾完治，而我，在得到之前，也彻底失去了姬朗宁。

我脸色惨白地跑出去，姬霈林静静地站在门口。

后来那辆黑色的奔驰一直跟在我身旁，不紧不慢。我跑累了，蹲在地上，他走到我跟前，不动声色地将我横抱起来。我像疯了一般踢他，他将我关进后车厢，一路上，他紧握方向盘，喜怒难辨。车子在蜿蜒的公路上疾驰，犹如离弦之箭。

后座上放着关东煮的食材和几瓶清酒，我拿起一瓶，"咕咚咕咚"喝下去，辛辣直冲喉头。直到我拿起第二瓶，他才蓦然将车停住，一字一字说："你不会明白对一个年纪轻轻就失去丈夫，独自带大孩子的女人来说，儿子有多重要。我妈不会允许二哥娶他名义上的侄女为妻的，何况你的家境和条件，哪一样她都看不上。"

他微微一顿："所以，不用难过，你和二哥本来就没可能。"

他说得极冷静，像一把尖刀在我心上来回割。我终于放声大哭，哭到眼前漆黑。他将我扳过来，我想要挣脱，他的声音沙哑而隐忍："世上难道只有姬朗宁一个男人？"

许多年前，他也问我，是不是非要是姬朗宁。

我只要姬朗宁。我闭上眼，泪水顺着脸颊淌入头发，他的手插进我潮湿的头发，忽然吻住我的唇。开始时生硬，渐渐如潮水般汹涌，他闭着眼睛，深情而痛苦。

直到快要窒息，我才用力推开他。他靠在座位上大口大口地喘气，脸上是一种透明的苍白。良久，他低声说："那幅画，我一直以为画的人是我。你不知我有多高兴。"

原来这便是"物归原主"的含义。

我听到他很轻地叹息一声，如呢喃般："小七，我居然会爱上你……"

酒劲上来，我昏昏沉沉，只想做一只鸵鸟，埋进草堆睡去。

7

十二岁时的初遇，十六岁那年的质问，在日本时的探望，那天的吻。

我不是蠢到一丁点感觉都没有的，然而，有时我情愿做一只鸵鸟。我怕我的回应会令我彻底失去他。看，我多么自私，但现在我都没办法再骗自己。

那天后来姬霈林将我送回了姬家大院。隔天我接到主任的电话，让我回电视台。

2003年，北京第一例SARS患者入院，市面上出现抢购米醋和板蓝根的风潮。那会儿整个电视台为了SARS事件忙得焦头烂额。同事交给我一份Z医院派遣的医护人员名单，说里面有一对白大褂情侣，女孩被派去疫区救援，男孩决定跟去广东，真是情深。我在名单的最末尾看到姬朗宁与谈碧微的名字。

当天下午，我向主任自告奋勇跟团去采访疫区的工作。

姬朗宁乐意为爱粉身碎骨，而我，明知没有结果，却仍固执地想要守在他身边。

临行前一天，我打电话给姬霈林，约他在后海见面。有些事，总该说清楚的。在风平浪静的什刹海边，我犹豫许久才把话说出口："小叔，我以后，还是喊你小叔吧。"

他没回答，只问我："你要去广东？"

我点点头。

他竟是笑了："那是个什么地方你知道吗？所有人都拼命离开，你却要一头扎进去。"

说到最后他忍不住咳嗽，却不管不顾依旧冷冷地盯着我。

我知道。可当时的我却如着了魔般执迷不悟，以为只有与所爱并肩作战，才能让他明白我爱他的决心。

在我下车前，姬霈林说："有一种新研制的药，可以治我的病。"

我微微一顿，他说："如果你去，我会拒绝用药。"

我扭头望去，他的侧脸似乎更瘦了。而他脸上的神情让我想起许多年前，他站在雪地里看我时的样子，孤傲，不羁。他宁可让自己变成小孩，用如此幼稚的方法，逼我让步。

可最后我还是义无反顾地关上了车门。

这天是2003年4月1日，愚人节，香港艺人张国荣由文华酒店24楼纵身跳下，化蝶而去。不知怎么的，我最先想到的是姬霈林。我打电话他不接，后来我在露台找到他，他坐在地上，没有喝酒，也看不出伤感，只是安静地放着那首《有心人》。

看到我，他甚至笑了笑，问我："小七，要是有一天我走了，会不会有人哭？"

我回答不出来。他偏过头凝视我："你会不会？"

许多年后，我想起那个晚上，心还是会疼，丝丝缕缕拉扯不断的疼。他在孤注一掷地与我赌一把，最后输得体无完肤。

他从来都是个骄傲的人，我知道，他宁愿骄傲地守在自己的世界里。所以我没想过，骄傲如他，也会义无反顾跟来广东。

2003年4月，我在广东K医院。

医院很大，病区是一排平房，过道逆着光，又长又阴冷。我采访完一位患者，穿着笨重的隔离服，蹲在走廊上喝水时，看到了那头的姬霈林。他穿着自己的衣服，没有一丁点保护，就这么出现在我面前。

很久以后我才明白，那也是一种骄傲，他骨子里是那样骄傲，不肯服输。

我几乎是朝他吼："你疯了是不是？快回去！"

他却格外平静："好，你跟我走。"

门外响起喧闹声，几个医生从急救车上跳下来，抬着担架，飞快地跑向病房。我看到姬朗宁的身影，他跑得很快，根本没有留意到我们。我招呼着身后的摄像师跟上，又看了姬霈林一眼，咬牙追上去。

接下来的好几天，我忙得脚不沾地，无暇顾及其他。再后来姬霈林的消息，我还是从谈碧微口中听到的，他住在附近的旅馆里，因为高烧而被隔离了。

8

姬霈林并未感染SARS，只是普通的流感。

可这场感冒特别顽固，隔离半个月后，姬霈林回到北京，姬太太请来医生，在屋里谈了很久。医生说，由于免疫力低下，他的肺部长期有炎症且呈纤维化。

我站在门外的屋檐下，姬太太出来时看了我一眼，那一眼情绪复杂。

我轻手轻脚地走进去，天渐渐暖和起来，四月的黄昏时分，夕阳照在碧纱窗上，在地板上投下斑驳的光影。姬霈林半靠在床上，并未回头，只望着窗外慢慢说："我爸去世前也患过一场久治不愈的感冒。"

"人一辈子哪能不感冒啊。"我故作轻松。

他侧过脸，话说到一半又咳嗽起来，咳得满脸通红，睫毛垂下来，神情痛苦。

"你说什么？"我手忙脚乱地去拿水。

他喝了水后终于不再咳："我说，你有没有听过一句话？只有爱情跟咳嗽瞒不住。"

越是隐瞒，就越是热烈。爱情就跟咳嗽一样。

我将温度计递给他："不许再说话。"

"小七。"

我抬起头，他笑了笑："你还欠我一顿日本菜。"

"等你好了，等你好了我煮给你吃，你可别嫌难吃。"

他将温度计放进嘴里，难得温顺地闭上眼，等我回过神时，他已经睡着了。

那天晚上，姬太太在客厅里等我。

年幼时我觉得她既美丽又威严，有些怕她，去日本后，我也不是没怨过她。然而最后，我却忽然有些同情她。她眼角已长出清晰的皱纹，看着我说："是霈林求我让你回北京的。"

我怔住，她又接着说："这么多年他第一次求我，我自己的孩子，从未见他那么紧张过。"

我站在那里不吭声，她放低声音："你能不能多陪陪他？"

几天后，姬霈林好了些，退了烧，人也精神了点。我们俩在西厢房的阁楼上煮了一大锅关东煮，在鲣鱼汤里放上鳕鱼卷、蟹肉钳，冒着乳白色的热气。

夏天来临的时候，我买了一台遥控飞机模型，姬霈林只用了三天时间便组装好了。我们跑到露台上，看着飞机旋转着缓缓上升，比纸飞机飞得更高更远。然后我们俩坐在地上，望着那片蔚蓝的天空。这片天空，跟儿时一模一样，然而，一转眼便很久。久到我们已成年，不得不面对离别。

初秋时姬霈林又病了一场，胃口越来越差。中秋节我排队买到了他最喜欢的莲蓉月饼，他一口气吃了两个。

除夕夜，姬霈林陪着我放烟火。巨大的烟花在夜空绚烂绽放，他从背后环抱住我，我不敢动，也不想动，他的骨头硌得我生疼，他的拥抱平静得像是取暖。我忽然想起有一年，他将我紧紧抱在怀里说，是啊，我是你什么人。

北京下第一场雪时，姬霈林问我："你会不会理发？我的头发长了。"

他没忘，我爸从前是上海里弄有名的剃头师傅，而我也跟着学过。

但他到底高估了我，我竟然不小心将他的耳朵割破了。倒是他像个没事人似的，问我："你知道我妈为什么反对你与二哥，却对你在我身边不闻不问吗？"

我不知道。

"因为我时日无多，本来便不是姬家和她的寄托。二哥才是。

"可就算时日无多，我还是想要和你在一起。

"我说有种新药可以治我的病，其实是骗你的。我以为那样可以留住你。"

"小时候我总觉得这个世界真不公平，百分之五十的概率，为什么偏偏是我。可是小七……"他握住我放在他肩上的手，一根根与我十指相扣，"后来我却觉得无比幸运，我比二哥幸运，可以毫无顾忌地和你在一起。我从来没有那么感谢过我这具生病的身体。"

姬霈林走的那天，是三月。院子里的西府海棠开了，我采来一株放在他的床头。一转身，他闭上了眼睛，在蝉翼般的薄光里，神情安宁。窗台上，放着他送我的纸飞机。

但我知道，那个折纸飞机的人，再也不会醒来。

9

姬朗宁大婚那日我还是迟到了。

到达酒店时，新郎已被灌得酩酊大醉，新娘亦不知所终。我好不容易将新郎从那群饿狼般的损友中解救出来，他满脸通红地摸摸我的头，就像小时候那样："梅紫，你来了。"

我扶他到阳台吹风，他靠在栏杆上，我望着天边那轮金黄色的月亮，问他："姬朗宁，你真的那么爱谈碧微吗？"

他怔了怔，很久才轻轻摇头："不知道。或许因为她另有所爱，所以我才更想要得到。”

我错愕地睁大眼睛，他笑了笑：“那么你呢？你真的那么喜欢我？”

笃定多年的答案，那一刻，我竟开不了口。

不知为何会想起那天在四合院的庭院里，我拿着剪子给姬霈林理发。深一刀浅一刀的，不仅将他剪成了癞痢头，还割破了他的耳朵，鲜血汩汩地往外冒。他侧脸沉在阴影里，是一贯的漫不经心。也许是我眼花，竟然觉得他在笑，那笑软软的，倒像是初春黄昏胡同里的风。

我、姬朗宁、姬霈林三个人，我是一片乌云，活在阴霾里。姬朗宁是阴霾后的太阳，我渴望将我照亮的阳光，所以我渴望他，以为那样就是爱情。

而姬霈林，姬霈林是什么呢？

后来，我展开那只纸飞机，在角落里找到一行字。

——模糊地迷恋你一场，就当风雨下潮涨。

姬霈林是昨夜的一场潮汐，天亮退去，了无痕迹。

归来已是湛江夜

但愿这天下所有错失的爱情，
都还来得及去寻回。

文／由巴斯树

1

圣诞夜。

科研组在烤肉店聚餐，覃浅感冒了，坐在角落里，撑着昏昏沉沉的脑袋打瞌睡。

酒过三巡，组长大着舌头宣布，下周会有新人加入，姓沈，叫……说到这里，他醉眼迷离地顿住，随即拿起桌上的手机，在屏幕上手写了个字，然后朝在座的人晃了一圈，说叫这个……

有人大声笑组长是文盲，也有人睁大眼睛去辨他写的那个字。不知谁在大声科普，说读聿（yù），那人重复，叫沈聿。

两个字灌进耳朵里，覃浅猛地惊醒。组长的手机还举着，她望过去，炽白的灯光下，屏幕有些反光，但足够她看清那字的一笔一画。

包间里很热闹，有人在八卦这位即将到来的新人，也有人举杯邀覃浅。她茫然地举起酒杯，沾到唇，一饮而尽。

53度的白酒，一入口，火辣辣的，流经咽喉，直接呛出了眼泪。

第二日，覃浅便请了病假。

冬日里的病症，大多缠绵，沈聿报到那日，覃浅已经连打了三天点滴。烧退了，咳嗽却不止，她缩在被子里养精蓄锐。

外面不知何时下起了瓢泼大雨，覃浅把手伸到枕头下，摸出手机打算叫外卖。屏幕显示有三条未读信息，全是韩菲菲发来的。

第一条：新人，帅得没边!!

第二条：朋友，请及时回归组织欣赏他。

第三条，是一张照片。

韩菲菲发来的是一个后脑勺，画面还有些糊，很明显是偷拍。只是他坐的位置似乎有些奇怪……

覃浅猛地从被窝里坐起来，披头散发地看原图仔细辨认。没错，他面前确实是自己的办公桌。

覃浅深呼吸了好几下，问：我的桌子？

那边回得倒是迅速：对，他的电脑申请了还没下来，组长让他先将就一下用你的。

覃浅盯着那行字，脸色发白，眼睛发酸。多年后，不止她的人，连她的办公桌，在他这里，都成了将就。

2

关于重逢时的场景，覃浅思考了一夜，穿衣走位甚至连表情都给自己设定好了。

小病初愈，组长象征性地关爱了两句，随后为她隆重地介绍新同事沈聿。覃浅的脸上立马挂上演练过千万遍的淡然式的微笑。

沈聿一如多年前冷冷淡淡的模样，礼貌而疏离地说道，抱歉，这两天占用了你的电脑。

寒暄完各自散开工作，只是没想到，沈聿的座位被排在了她对面。整个上午，覃浅觉得自己感冒复发了，头昏脑涨的。关于对面那张脸那个人的回忆，铺天盖地侵袭她的大脑。

十点半，覃浅放弃了和自己做斗争，起身，拿了椅背上的外套，直奔顶楼。

昨日大雨，今日天阴，整个世界雾蒙蒙一片。覃浅站在护栏旁，寒气迅速侵蚀她的全身，退却了所有因回忆而被燃烧起来的因子。直到冻得手指发木，她才转身往回走。

“嘎吱”一声，有人推门上来了。

覃浅顿住，是沈聿正跨步走上来。

有那么一瞬间，对视与对峙着。

但一如多年前，覃浅率先败北，她移开视线，太冷，整张脸都被冻住了似的，连象征性的笑容都扯不出。

她略低头，往前走。

擦肩而过时，沈聿突然开口，好久不见。

好久，不见。

好久，有多久？

久到覃浅觉得这辈子都不需要再见了，可他就这么毫无预兆地出现了。

覃浅的鼻子有些发酸，想走，才发现手臂不知何时被他拉住了。

那么近的距离，呵出的白气萦绕在两人之间。

覃浅手臂一扯，挣不脱，抬头看向那人，这才发现沈聿也盯着她。那双眼明净而深邃，可她看不懂。

她想说你放手，可甫一开口，喉咙口发痒，猛地咳嗽起来，呛得她的脸泛红。

沈聿手一松，身边的人就趁机跑下了楼。

覃浅坐在茶水间，握着水杯暖手缓神。到底是从什么时候开始，仓皇而逃变成了她的主题曲？

3

覃浅是邻森制药厂科研组出了名的高冷美女，在这几年里，冰冷的眼神和鲜见的笑容浇灭了多少前仆后继的男士的热情？沈聿这一来还没几天，他清冷的模样就深入人心。

倒是有人突发奇想，觉得这两人简直天造地设。这性格上的相似点，或许能成就一段旷世奇恋？

有人哈哈大笑着问："是奇怪的奇吗？"

已过了午餐时间，食堂里稀稀拉拉几个人吃着饭谈笑着，最后不知谁总结了一句：这两人要是结了婚，家里不得静得跟灵堂一样？

语毕，所有人哄笑。

总结者笑到一半，突然顿住，端着盘子起身溜了。众人还在疑惑，转过身才发现，两位主角正各自坐在他们身后，安安静静地吃着饭。

一瞬间，整个食堂只剩下他们两人，隔着一张桌，面对面坐着。

良久，沈聿的嘴边漾起笑意，说道："倒是……"

很少见这样的你。

覃浅眉毛一挑，深吸一口气，还是接了话："嗯……想试试高冷地拒绝别人是种什么样的感觉。"

沈聿看着她，破天荒地追问了句："然后呢？"

覃浅起身，笑着回道："挺上瘾的。"

沈聿和覃浅是大学校友，覃浅比他小一届。刚入校时，她便听说了关于沈聿的各种传奇八卦。

后来见其真人，她在心里评估了一下：除了话少以外，他身上具备的所有条件，可以算得上是校草的高配版。

覃浅是个行动派，看上了就直接追，花式表白，攻势猛烈，却怎么追也追不到，甚至连话都搭不上几句。

覃浅感到挫败，但并不气馁。

到了大二，覃浅干脆天天去蹭他们学院的课。请了几顿饭复印到了他们系的课表，再和自己的对接，结果空余时间能蹭的全是他的专业课。

第一节课，她还带着笔记本一本正经地坐着，结果完全听不懂。书上的字她个个都认识，可被台上的教授一讲解，她就完全不懂了。覃浅对着借来的课本发蒙，心想，万幸只是借名来谈情说爱的。

一周后，覃浅总结了整整两页她认为很有专业难度的问题，在课后拦住沈聿求解。

沈聿脸上依旧没什么表情，倒是难得地回了她话，只一句："听不懂以后就别来了，占了别人的座。"

两人就站在讲台前，课后，人群鱼贯而出，倒也有八卦者驻足观望事态的发展。

只听覃浅笑呵呵地回了他一句："好啊，如果你答应做我男朋友，我就听你的话。"

沈聿头也不回地走了。

后来，很多个时日里，覃浅也会自省，但更多的是费解。当初自己是从哪里来的那么多的勇气，去喜欢那么冷傲的一个人？

4

自那日食堂事件以后，办公室突然像是成了茶水间。其他组的同事有事来谈事，没事来聊一会儿天，只不过视线有意无意总会在覃浅与沈聿之间打量几圈。

两人依旧是面对面的办公桌，各自面无表情地忙碌着，一副两耳不闻窗外事的乖学生样。

每个来围观的群众心里都浮现两个字：般配！

覃浅为了避开围观群众，干脆抢了韩菲菲的活，去实验室观察培育的疫苗。沈聿进来时，恰好看见覃浅认真观察记录数据的样子，突然笑了一声。

覃浅回头，沈聿看了一眼她手里的数据本，问道："他们知道你化学挂过科吗？"

覃浅一愣，面前的人穿着无菌服，白色口罩遮住了大半张脸，只露出那双深邃明亮的眸子。

只是此刻，那双眼里皆是戏谑。

大三那年，两人的关系毫无进展。唯一有进展的是，全校皆知沈聿是覃浅的男神，别人碰不得。

沈聿的化学期末考试，教授分发试卷时见到覃浅，问她怎么考试还来。覃浅就坐在沈聿旁边，笑嘻嘻地道："陪考呀。"

教授也是个老顽童，竟然现场给她阅了卷。一百分的卷子，覃浅空了大半，答上的也只对了三分之二，最后的成绩惨不忍睹。

当年没有过丢人的念头，今时今日，覃浅倒觉得有些羞愧。幸好她的脸也掩在白色口罩下，略微低头径直走出了实验室。去更衣室将无菌服换下，再走出实验大楼时，迎面是疾行而来的韩菲菲，说是厂长要找她谈话。

因为进实验室手机必须关机，韩菲菲才特意跑过来找人。刚交代完话，就见大楼里又走出一个人。

韩菲菲看清那人是谁后，又瞅了两眼身旁的覃浅，才支支吾吾小声说道：“你知道好几个组都在赌，你和沈聿到底会不会成吗？”

覃浅将手插进风衣口袋里，呵着白气问道：“你买了什么？”

韩菲菲“嘿嘿”一笑：“我？我没参加。我们是好朋友嘛……”

覃浅笑：“我可以让你赢！”

“真的？那沈聿开始追你了没？或者你也可以反攻嘛！加油！”

覃浅停在办公楼前，给还处在兴奋状态的韩菲菲泼了一盆冷水：“那你输定了！”

厂长谈话的内容很简单，中心思想明确：科研组这次研发的新药，因为研制和实验周期过长，成本相应增加，原本已打算放弃。而沈聿此次就是带着资金与合约前来的，请多配合。

厂长的话点到即止，覃浅装傻，笑着说：“好的，以上内容我会转达给组长。”

覃浅走出办公楼，见前方的树荫下站着一个人。

她走过去，枯黄的落叶飘散在脚边，眼前的人双眸依旧深邃明亮，只是她不愿再沉沦。

她走过去站定在他身前，声音轻浅得像这冬日里的晨雾。她说：“沈聿，不管你来的目的是什么，别招我！”

挂过的科，可以重修。

但失败的明恋，我不想再来一次。

我已放弃你。

5

覃浅学的是财会专业，大四那年在大伯的公司里实习，每天跟着小出纳外出跑银行、工商、税务。

S市的经济似乎特别繁荣，每次办事取了号都要等上一两个小时。恰好沈聿就在附近的市立医院急诊科实习。

覃浅成了急诊科的常客，也不做什么，只是坐在等待区，手托着腮帮子静静地看他穿着白大褂在急诊室里忙碌地穿梭：细心地帮老爷爷打点滴，弯身哄害怕打针而哭闹的小朋友……他认真的模样，为那张冰冷的面容平添了些许柔光，覃浅的心也跟着融化。

全科室的人都默认覃浅是沈聿的小女朋友，只有当事人，依旧不解释，也不附和。任凭旁人挤眉弄眼，悄然起哄，他也只是淡淡地瞥一眼每天精心装扮出现的覃浅。

那天，S市下着前所未有的大暴雨。银行里几乎没有等候的客户，只五分钟便办完了所有业务。覃浅走到门口，外面是瓢泼大雨，可脚下却没有丝毫犹豫。

狂风加暴雨，到达急诊科门口时，覃浅的大腿以下几乎像是在水里泡过一般，湿透了。好在她穿的是深色长裤，并无透明感。

覃浅收好伞，在原地跺了跺脚，一路过来鞋子踩过无数个小水洼，现在每走一步，都会发出“咯吱咯吱”的水声，抬起头恰好看到沈聿向她疾步走来。

顾不上双脚的黏腻和难受，覃浅手里抓着伞，迎了上去。刚走两步，前方突然有几人推着担架床疾奔过来。覃浅反应不及，直直地往后退。不料脚底一滑，她整个人就跌坐在了地上。

沈聿只是看了她一眼便直奔门外，耳边随之响起的是救护车的声音，由远及近。

场面纷忙杂乱，也不知到底推出了几张担架床才把所有病人都送进急诊室。她只记得，沈聿最后在她身前停了一下，居高临下地看着她，那眼神里透着前所未有的冰冷。他说：“你知不知道你在这里很碍事？以后不要再让我见到你。”

那一瞬间，她突然有种窒息的错觉。

她只张了张嘴，什么话都来不及说，身前的人就疾步走开了。她甚至不记得是哪个好心人将自己扶了起来，靠墙缓了许久后，才一步一踉跄地走入雨中。

她走过玻璃门，看到自己的倒影时才发现，原来这么多年，自己爱得这么狼狈。

当爱变成别人的累赘时，再深沉，都只是一场独角戏。

6

那一日，沈聿值了整晚班，刚在宿舍躺下，就被电话吵醒了。

四车追尾，重大交通事故，车祸现场就在附近，伤者正被送来。

连台手术，直到傍晚才结束。他已没有力气再挪地方，和衣坐在恢复室的地上，靠着墙眯了一会儿。醒来时，天已经黑了，外面依旧下着雨。

沈聿刚走到门口，护工阿姨拦住他，将一把黑伞塞到他手里，说道：“刚你女朋友留下的伞。”

护工阿姨看了他一眼，语气里明显带有些责备，又继续说道：“小沈啊，不是我说你，刚才你对她也太凶了，小姑娘都是哭着走的……”

沈聿看着手里被硬塞的伞，愣怔了一会儿，才反应过来阿姨口中的小姑娘指的是覃浅，而她刚刚哭了？

覃浅追了沈聿整整三年，虽然他从未回应过，但他几乎每天都能见到她的身影，教室、自习室、食堂，甚至系里举办的拓展训练，她都能想办法混进来。每一次见到的，都是她喜笑颜开的样子，就仿佛这世上没有任何烦恼能在她的心间停留。

护工阿姨拍了拍他的肩，关切地道：“回去可要好好哄人家。女孩都爱吃甜品，你多买一些，吃到嘴里，心就甜了。”

那晚，明明身体很疲惫，可他却怎么都无法入睡。闭上眼，脑海里都是覃浅哭了的样子。

静谧无眠的夜，将人的思绪无限放大。沈聿轻叹一声，起身，想去厨房倒水。走出房门，打开灯，一眼就看到竖在门口的那把黑伞。

沈聿在原地站了一会儿，伞留了下来，那……就问一问她是怎么回去的吧。

回到房间，摸到手机，他这才想起来，自己根本就没有覃浅的联系方式。

后来呢？

沈聿连续买了一个月的甜品，可再也没有遇见想哄的那个人。

7

年前最后两周，药厂的生产线基本停了，开总结大会，做明年的预算和计划，各个组排值班表……忙完这些事，这一年的工作就只剩最后一样了——年夜饭。

所有的饭局都是同一个套路，每个人都深陷劝酒与敬酒之间。而那一晚，覃浅最惨。饭局刚过半，不知谁起了头，她曾经拒绝过的那些倾慕者一个个都端着酒杯过来敬她。

都已是微醺的状态了，酒壮胆，单身狗直接化身成为单身狼，最后竟排起了队。起先韩菲菲还站起来替她挡，后来看这架势，直接吓退了。

覃浅的眼皮直跳，完全没有退路，正琢磨着要不干脆一口闷，先把自己灌醉了了事，省得在这儿被围攻。突然，有只手拿走了她手里的酒杯。

覃浅抬头，是沈聿。

覃浅的酒量几乎是一杯倒，不过刚刚她只抿了几口，还假装喝茶吐掉了一些，现下没醉，只是脸上泛起了红晕，衬得眼神晶亮，整个人看起来格外动人。

沈聿看着她，有些恍神。

自从上次覃浅跟他摊牌以后，两人在工作期间基本零互动，连待在办公室的时间都是错开的。于是两人的绯闻渐渐淡了下来，无人再提及。

这会儿终于有人觉出了苗头，借着酒意问沈聿："替酒不谈理由谈身份，沈医生，请问你今天是什么身份啊？"

沈聿回神，抬眸看了一眼问话的男人，笑着答："男朋友。"

语出，一片哗然。

沈聿这次带来一份大合约，厂长就差没把他当佛爷供着了。他今天的座位就在覃浅对面，刚开席时，接二连三有人去劝酒，厂长一个眼神便逼退了所有人。

覃浅知他滴酒未沾，不是醉话。

不过是替她解围的善意的谎言，只这三个字，倒更像是一个巴掌，打在了她往日在他眼前乱晃的脸上。

这情景，她也无法反驳，只好僵着脸，配合他继续演下去。身旁的韩菲菲还在扯她的衣袖，用口型问什么时候暗度的陈仓。

气氛太热烈，沈聿连干了三杯白酒，众人才放过了他。沈聿放下酒杯，手突然揽上她的肩，头凑到她的耳边轻声说："能扶我走吗？这已是我的底了。”

他凑得太近，说话时双唇微动像是在轻撩。覃浅一阵战栗，还没反应过来，他整个人的重量就都压向了她。

8

邻森制药厂坐落在S市的郊区，而这次聚餐地点定在市区的酒店。厂长备足了酒，还下令所有人都不许开车。

覃浅是扶着沈聿打车回去的，制药厂提供宿舍给值班人员，差别是覃浅与韩菲菲是两人一间，而沈聿直接住在办公楼的顶层，三室两厅的套间只住他一人。

覃浅将他扶到沙发上坐下，也不好意思直接甩手走人，便起身去厨房给他倒水。

沈聿听着她的脚步声，闭上眼捏了捏眉心，问道：“往年都这样？”

将杯子放在他面前的茶几上，她一愣，随即反应过来，他问的是今天排成队来敬酒的场面。

她摇头，不是。

她来这里工作三年了，前两年她都是提前走，过年的班也都是韩菲菲替她值的。今年韩菲菲被家里逼着回去相亲，她才留了下来，倒是留出了一场好戏给旁人看。

两人相识近十年，若是朋友，再相逢定然是拥抱与干杯。可对于他们的关系来说，倒是可以对应那句话——不如相忘于江湖。

覃浅的心莫名“怦怦”地跳快，心底隐约觉得，此地不宜久留。

她舔了下嘴唇，刚想告辞，一直靠在沙发上的沈聿突然睁开眼睛看向她，起身说，我去给你倒杯水。

覃浅忙说不用，也不知是沈聿没站稳，还是覃浅因为慌乱推了他一把，总之两人都跌坐在了沙发上。

覃浅，在他怀里。

她的头恰好枕在他的臂弯里，四目相对，那双深邃的眸子里终于有了自己的影子。思绪一动，感觉便被无限放大，眼看着他的唇就要落下来，只是最后一丝理智还是让她偏过头去。

她深吸一口气，手抵在他的胸前，声音已然冷静自持，陈述事实道，沈聿，你没醉。

沈聿盯着她，无声地对峙。

良久，他的嘴边勾起一抹笑，问道，覃浅，你写给我的情书，到底打算什么时候念给我听？

9

覃浅这辈子只写过一封情书。

那年她升了大三，对于毫无进展的境况，覃浅反思了整整一星期，最后得出一个结论。

男生找女朋友的标准，无非两点，外貌与内涵。美貌这一点她可有自信了，所以她把原因归结为，沈聿还没见识到她的内涵。

她泡了两天图书馆，参考了徐志摩、拿破仑、亨利八世、温斯顿·丘吉尔生前写的情书，然后将沈聿堵在了回宿舍的路上。

对于沈聿，覃浅从来都是单刀直入。她扬了扬手里的信，笑着说，我知道你拿回去也不会看，而在这里看的话呢，路灯伤眼睛，不如我给你念一念吧？

若是换了旁人，沈聿摆的那张脸叫面瘫。可就是他，即使整日面无表情，即便话少得像个哑巴，纵使那一刻身前的少女热情洋溢地要朗读情书，他却依旧一副事不关己的酷样。

在她打开信纸，清了清嗓子，打算用最深情的语调读出来时，他的手机突然振动了一下。他扫了一眼，只说了一句有事，便转身走远。

独角戏里所有的黯然神伤，皆是旧日伤疤。她独自舔舐过，愈合过，而后深埋心底，以为再无以后。可现在，那个人突然出现，将所有过眼云烟都抓了回来，再一点一点撕开，呈现在她眼前。

回忆至此，覃浅的心忽地被狠狠揪了一下。

用了力将人推开，覃浅从沙发上起身要走。他抓她，她甩开；他快步拦住她，她努力逃。第一次，她在他面前如此歇斯底里。

覃浅放弃挣扎，盯着他，眼神里的冷是最后的武装，声音里没有任何波澜，说道："沈聿，你不要欺人太甚。"

沈聿看着她，什么都没说，只是伸手扣住她的下巴，低头，吻上去，狠狠地。

她的反应从惊恐到挣扎，沈聿任她打、推、掐，扶在她腰间的那只手，只是将她箍得越发紧。

沈聿出生于医学世家，从小便知，医生这个职业，除了靠过硬的专业技术以外，身体素质也同样重要。36小时on call，应对连台手术是常有的事。念书时，沈聿没有别的爱好，除了学习，空余时间便是锻炼身体，工作后更甚。

别看他一副斯文冷淡的模样，却是跆拳道黑带九段。覃浅的那几下对他来说，等同于挠痒。

覃浅的身体被他箍得动弹不得，只有一只手可以自由活动，正努力掐着他的腰。突然，手腕被抓住，那人的拇指在她的手背来回摩挲，他的唇也突然离开，凑到她的耳边，说道："别动，过会儿手疼。"

他的声音有些喑哑，却又有种说不出的缱绻温柔，像是她曾经做过的任何一个关于他的美梦。

不真实，迷离，却又令人沉醉。

10

覃浅再度跌入那个梦里。

这一次，唇齿纠缠，十指相扣，覃浅闭着眼，感受着那温热的双唇，在她的耳边、脖颈、脸颊各处流连。

她的手环上他的脖子，主动去回应。

她青春年少时深爱过的人，此后岁月中深埋心底的人，此刻正抱着她，温柔地亲吻。她想，他一定是醉了，那就让她也彻底醉一回吧。

第一次，或许也是最后一次。

两人亲吻到浴室门口，覃浅伸手去拧开门，随即将人推进去，微微昂着头。那双眼波光潋滟，咬了咬唇轻声说："身上都是酒味，你先去洗个澡好吗？"

沈聿笑着捏了捏她的下巴说："好。"

覃浅帮他带关上门，沈聿走到洗手池前，脑海里都是她刚才妩媚如丝的那一眼。他挤了牙膏刷牙，才刷几下动作就顿住，总觉得有什么不对。再开门时，客厅里哪还有覃浅的影子。

只是这一夜，谁都没有入眠。

沈聿替覃浅挡酒时，韩菲菲就坐在旁边，"狗粮"自然吃得最多。等两人相互搀扶着离开后，韩菲菲想到自己孤家寡人一个，竟然还要坐一天一夜的火车赶回家去相亲，她再次举起酒杯时豪饮了起来。

覃浅逃出沈聿的公寓时，韩菲菲恰好被人送回宿舍。覃浅接到电话时，出租车还没走，她扶着韩菲菲又钻进车里回了她自己的公寓。

当晚，韩菲菲抱着覃浅又哭又闹又吐，残局太惨，覃浅收拾好又安慰了她一整夜才算停歇。

而沈聿，自覃浅离开后，在沙发上坐了整整一夜。

那几年，覃浅缠着他的时候，他都记不清她的脸。反而自她消失以后，她的身影、她的五官、她做过的每一件事，却在他的心里一点一点清晰起来。

他冷言冷语，他视她为空气，他专心致志地徜徉在知识的海洋里，只因为她是他并不想要的意外。所以在心理上，他选择无视、逃避和暗示自己，他不要心动。

暗示的咒语是不要心动，是因他不自知，心已动。

11

韩菲菲是早上六点顶着宿醉的脸去赶的火车，覃浅被折腾了一夜，等她走后才终于得以抱到被子。人累极了，一沾床，便昏昏沉沉地睡了过去。

也不知睡了多久，梦里有人敲门，覃浅不愿起来开门，翻个身子缩进被子里继续睡。可敲门声却换成了手机铃声，梦里覃浅将手机关机了。可那铃声就像是魔咒，永远解不开似的，在耳边持续响着。

梦里好像有人拍了拍她的脸，有一只手在摸她的额头，还有人将她抱了起来，身体沉沉浮浮的。覃浅努力睁开眼，似乎看到了曾令她魂牵梦绕的那张脸。

那人一脸的关切和焦灼，双眸里盛满柔情。覃浅确信自己是在做梦，安心地闭上了眼继续沉睡。因为那个人，只有在自己的梦里，才肯露出那些她想要看见的表情。

等人清醒时，覃浅已经躺在病床上了。

头晕，喉咙有些难受，她睁着眼愣怔了好一会儿，刚想爬起来，突然有人按住了她的肩。

“别动。”沈聿倾身，用手背去探她额头上的温度，解释道，“你在发烧，呼吸道感染引起的。”

覃浅的脑袋木木的，余光瞥见他左手手背上也扎了针，问道：“你怎么了？”

沈聿露出一个同病相怜的笑容，说道：“我也感冒了。”

覃浅呆呆地继续问：“是我传染给你的吗？”

沈聿帮她掖好被子，笑道：“不是。”

床上的人立马翻脸，很凶地质问：“那是你传染给我的？”

覃浅从小到大最讨厌感冒了，只要体温一上升，她的智商就会立刻下降。就好比此刻，她竟然还怒斥他说，肯定是他昨天亲她的时候传给她的！

停在她嘴边拨发丝的那只手一颤，指腹贴着她的脸颊，稍稍摩挲。温软滑腻的感觉在心底散开，他嘴角微勾：“嗯，都是我的错。”

12

那日，是韩菲菲通知的沈聿。

她说覃浅是特别容易高烧的体质，沈聿敲了许久的门也没人应。过年时节又根本找不到开锁匠，最后沈聿只好直接去找物业，将覃浅公寓的门锁撬了。后来换门锁时，他顺便给自己留了一把钥匙。

那天直到晚上，两人才打完点滴。沈聿送她回来以后，便直接住了下来。他的说辞很完美，门锁也是临时找物业换的，他不放心，夜夜都很规矩地睡在客厅的沙发上。

之后的每一日，沈聿都会转去超市，买些食材回公寓做饭。

覃浅看着自由出入她的公寓的沈聿，终于忍不住问："你能把钥匙还给我吗？"

沈聿一怔，随即摸出口袋里的钥匙，摊开手心放到她面前，笑着说道："如果你答应做我女朋友，我就听你的话。"

那是多年前，她的台词。

只是那年她得到的是，他决然转身。而此刻，她的声音含混不清。她说，我以前没追到你，是不是因为没有强吻你？

沈聿笑着亲吻她的嘴角。

现在，还来得及。

窗外飘着细雨，她曾在无数个这样的日夜思念这个人。而此刻，他的吻，温柔缱绻；她的心，温软如绵。

但愿这天下所有错失的爱情，都还来得及去寻回。

深海与长空

命 运 以 顽 冷 的 砖 石 / 围 成 枯 井 / 锢 我 /
且 逼 我 哭 出 一 脉 清 泉 / 且 永 不 释 放
即 使 我 的 泪 / 因 想 你 / 而 泛 涌 成 河

文/小熊洛拉

1

周末的商场格外拥挤，尤其是三楼堆放着玩具的货架前，被家长牵着手的小朋友一个个神情兴奋，吵闹声在周围此起彼伏。

快到新年了吧，风早站在货架前打量着上面落了一层薄灰的拼图盒子想。

那是一盒木质拼图，蓝色的背景上是一座悬浮的岛屿。风早在午夜的剧院里看过那部电影，是宫崎骏的《天空之城》。每次从那排货架前经过，她总会下意识地把手放进自己的口袋里，那里面常常只有几张薄薄的零钞。

“现在有促销活动，价格很实惠！”售货员对怔在那里的风早说。

风早回过神来，微笑着摇了摇头。

准备离开时，她被一个硕大的纸盒撞了一下，东西噼里啪啦散落一地。

跟她道歉的中年人红着脸，手忙脚乱地整理。风早蹲下身帮他拾起，这才看到走在那人身后的男孩。

看上去不过十岁的模样，穿着卡其色的套头衫，微卷的头发贴在耳边，一脸的苍白与倦意，微微噘起的嘴看上去不开心极了。

“钟叔，拿不下了？”他停在那儿问中年人。

“拿得下的。”钟叔十分艰难地站起身来。

“先放去车里吧。”

“那你一个人……”

“我又不是小孩！”明明一脸稚气的男孩用力强调。

风早看出来了，他只是想把中年人支走，那双圆眼睛里打着什么主意，她瞥一眼就了然于心。男孩在货架前停了两分钟，看着中年人的背影隐没在视线里，然后他小大人似的叹了口气，往相反的方向走去。

人流就是在那一刻忽然拥过来的，商场三楼的库房意外起火，大人的呼号声和小孩子的哭声混成一团。风早在嘈杂的人声中听到广播里尖细的女声，不知谁绊了她一下，她整个人差点儿摔出去。

一瞬间，她看到刚才那个男孩站在楼梯边，一双手紧紧攥着铁栏杆，半个身子都悬着。

“笨蛋！”风早眉心紧蹙，站起身在人缝中小心地穿行。她花了整整三分钟才走完那不到一百米的距离，递出手去抓住那个小男孩，“到这边来！”

滚滚浓烟已经漫过来，风早下巴抵着自己的围巾，努力屏着呼吸，终于将那个男孩从楼梯上拽了过来。她把围巾解下来，将混乱中捡来的半瓶水倒在上面，然后递给一直剧烈咳嗽着的男孩。

“系好了。”她在嘴边比画。

但他已经没有力气抬起手了，他努力想睁大眼睛，眼睑却忍不住下垂。

风早使劲儿晃他的肩膀，要他保持清醒："别晕过去啊，小鬼！"

"你才是小鬼呢。"他迷迷糊糊地反驳她，"我有名字，我叫沈……"话没说完，身子已经软软地挨在她的肩上，只余耳语般的呢喃："迦南。"

商场的安全门旁有一侧供清洁工出入的通道，风早背着男孩，避开人潮，找到那小小的入口。她脚踝处忽然钻心刺骨地痛了一下，差点儿跌倒在地上，那是在楼梯边拽他上来时扭到的。

不能摔在那儿。

她心里想着，要是摔下去就爬不起来了。她扶着墙，咬紧牙，把全身的力气都绷住，快步走下楼梯。等到他们终于走到商场出口，外面已停满了消防车和救护车，还有贴着晚报名字的摄像车。风早看到朝她拥过来的人群，脚下一软，终于跌倒下去。

这便是他们的相遇了。

十三岁的白风早跟十岁的沈迦南。

2

那一年的《花城晚报》上，冬月第三版左上角的位置，封存着十三岁的白风早。照片上的她微垂着眼睑，交叠放在被单上的双手显出一点儿羞怯。她始终抿着嘴唇，对赶去医院采访的记者并没多说什么。

"当时是怎么想的？"

"没怎么想。"

"在那种情况下，能保持镇定真不简单。"

"嗯。"

她说不出那些报道里想写的夸张言辞，记者也觉得意兴阑珊，匆匆结束了采访之后，她才看到门边站着的男孩儿，是沈迦南。

他穿着浅咖色的短风衣，蓝色的围巾在脖子上缠了厚厚的两圈，身后跟着的人依然是钟叔。后来风早才知道，那是他家的司机。

“只有有钱人家才会有司机。”风早的爸爸咂着烟在她的病床边肯定地说。

已经是深冬了，医院的窗台上积着厚厚的一层雪，弥漫着药味的房间里却显得格外闷热。风早想去把窗户打开一点儿，看到沈迦南就只坐在病床上没有动。

“沈少爷啊！沈少爷您过来了！”风早远远就听到她爸爸夸张的语调。他喝了点儿酒，脸颊还微红。

沈迦南抿着唇，显出有些羞赧的神情。

“我们风早可是受了大罪啊，你和你爸爸讲没有，是不是应该……”风早爸爸把脸凑近了沈迦南，促狭地笑着，“救命之恩是不是？”

“是。”钟叔替沈迦南应着，拽过风早的爸爸向着医院长廊走去。

偌大的房间里就只剩下风早和沈迦南。他走到窗户边，把窗户打开一点儿。沁凉的风灌进来，他回过头对白风早说：“你觉不觉得有点儿闷？”

凉意使他原本就发红的鼻头显得更红了。

“你哭过？”

沈迦南噘噘嘴，把脑袋瞥向窗外。

“哎？小鬼。”

“你才是小鬼！”他故意露出凶相时把一双眼睛瞪得圆圆的，越发显出忽闪的睫毛，简直不像个男孩子。

风早忍不住有点儿想笑：“明明躺在医院的人是我，你哭什么？”

“他们没回来。”沈迦南沉默半晌，没头没脑地说道，“知道我差点儿就死了，他们也没回来。”

“本来是打算偷偷溜开，让钟叔找不到，好让他们着急的？”风早想到他在商场里动的那个小心思，当下忍俊不禁，“他们大概真是忙得不可开交呢。”

“我宁愿他们穷。”沈迦南垂着头说，“可以像你爸爸这样陪……”

“小鬼就是小鬼啊。”风早笑着打断他的话，“当你真正穷的时候，你就不会这么想了。”

风早出院的时候，是钟叔和沈迦南去接的她，风早爸爸指挥着钟叔把车一直开到了木棉路。那是一片等待拆迁的老房，三层矮楼的墙壁都被侵蚀成黑色，楼道里一片昏暗。风早的房间小得可怜，只放得下一张窄窄的单人床，半米宽的窗户底下伸出来一张方桌。沈迦南扶着风早在她的床边坐好，脸上显出有些局促的神情。

“没想到这样破？”风早一点也不介意让自己难堪的一面落到沈迦南的眼里，“你看，贫穷就是这个样子。”

沈迦南没应声，走到风早的小方桌前，望着楼下还覆着积雪的树回过头问她：“是桐树吧，我在自然学科的图画册上见到过。”

这个话题转移得太生硬，风早只是微笑。

“你有没有去过和丰广场的飞力士餐厅？我爸爸上次回来带我去了那里，那里的炸土豆特别好吃，元旦节时我可以喊钟叔带我们一起去吃。”他认真的样子可爱极了，风早看得出来，他在努力想令她变得开心一点儿，虽然她并没有为此不开心。

“我做的炸土豆更好吃。”风早顿了一下，开口说道。

3

风早再见到沈迦南，已经是三年后了。

老房子拖着没拆，剩下的住户少得可怜。风早下了晚课，摸黑走在楼道里，在石阶上差点被绊了一下，就听到一个试探般的口吻喊了一声："白风早？"

"啊？"

眼睛慢慢适应了黑暗，看出那个模糊的轮廓，几乎快要认不出："沈迦南？"

原本比风早矮了许多的小男孩已经与她齐高了，只有那双微垂的眼，还能看出一点幼稚的模样。他跟在风早身后，走过长长的楼梯间，一直到停在她家门前。

风早掏出钥匙来打开铁门，里面散发着霉湿的味道。她想起那年元旦，她买回一袋小土豆准备拎上楼时，钟叔的车子停在楼下，他摁了两下喇叭，她于是停下来望着他，而沈迦南并没有从车上走下来。

"他不来了。"钟叔有点儿抱歉地对她说，"太太来把他接走了。"

发生那件事后，他们觉得还是把沈迦南带在身边更稳妥一些。

"这是他准备送你的礼物。"钟叔把手提袋递到风早面前，是她在货架前为之长久停留看过的那盒拼图。

那一瞬，风早心里莫名有些酸涩。

"我梦到你了。"站在风早身后的沈迦南忽然开口说，"我一直梦到你哭，所以……而且在国外他们一样顾不上我，还不如回来的好。"

沈迦南没提，他是一下飞机就来找风早了，说话的口吻就像个小大人似的。风早打开电灯，回身望着他那一本正经的神色。

"我才不会哭呢。"她说。

楼梯间传来窸窸窣窣的脚步声，还有瓶子撞在墙上叮叮当当的声响。那声音在风早的门外停下来，然后一只手"砰砰"重击着铁门。

"开门，有人在吧！"

风早示意沈迦南不要出声，等到外面的声响渐渐小了，风早把立柜上的录音机取过来，对着老旧的铁门摁下播放键。一个听起来蛮凶的男声喊道：“给我闭嘴！他丫的滚开！听到没有？”

沈迦南有些诧异地看着风早，风早莞尔：“体育老师帮我录的，这一带总有酒鬼出没。”

这一次，听到收音机里咆哮声的醉鬼似乎并没有离开的意思，而是更加用力撞击着铁门：“谁在里面，出来！”

沈迦南猛地拉开了门，醉鬼踉跄了一下，摔在他身上。他反手擈住那醉鬼的手腕，拖着那跌跌撞撞的家伙一直走到楼梯口，又故意粗着嗓子喊：“别再出现在老子面前了。”

等他再回到风早的屋里时，她已经笑得直不起腰来。

“我演得好不好？”他问她。

“声音一点也不粗，没有震慑力。”她弯着眉眼说。

“那应该怎么讲？”

“别再出现在老子面前了。”风早给他表演，这一次，是沈迦南笑得直不起腰，“你的声音才没有震慑力呢。”

那天夜里，风早睡在她房间的小床上，沈迦南就睡在小厅的沙发上，他们隔着一扇薄木门，远远地跟对方说着话。

“钟叔说你爸爸结婚了？”

“嗯。”

“为什么不和他一起搬走？”

“我住在这里更舒服。”风早没说，爸爸是用沈迦南家给她的那笔钱结的婚，甚至还做起了一份小买卖，如今也不大喝酒了，有了个像模像样的家。只是那个家里，并没有她。

“你来我家住吧。”沈迦南忽然建议道。

“沈迦南……”风早忽然认真唤他的名字，“你不用可怜我，你也不欠我什么。我是救过你，但是……”

“风早，你以后和我结婚吧。”沈迦南打断她的话，自顾自地说道，“那样你就可以搬到我家里来，我也不会总是一个人了。”

“结婚才不是那么回事呢，小鬼。”

4

已经过了晚课的时间，沈迦南穿着钟叔给他找到的有些肥大的校服，从正门走进去时，只有三三两两的学生从他身边走出去，一边走一边窃窃私语着。

沈迦南敏感地在那些压低声音的讨论中听到了风早的名字。

他一只手拽紧书包带子，小跑着到教学楼。他爬上楼梯找到风早的班级，里面只有两三个在打扫卫生的同学。

“你找谁？”

“白风早。”

“哈！”打扫卫生的同学发出一声慨叹，“她在操场呢。”说完向身旁收拾着书包的同学求证：“对吧？”

“嗯，快去吧，去晚了就没得看了。”

操场上聚集了不少同学，甚至连篮球场的看台上都站满了人，个个一脸兴奋的神情。沈迦南挤到人群的最前面，就看到站在篮球架下一脸冷淡的风早，脚下堆满已经零落的鲜花，显然是被脚踩过了。有个背上挂着小翅膀的男生固执地挡在她身前，涨红的脸上显出局促的神情。

“白风早，你给我说清楚了！”

“说什么？”

“为什么把我的花踩烂，当着这么多人的面……”

篮球场的看台上传出一片嘘声。

“你……”

风早露出有些不耐烦的神情，伸手想要推开那个造型滑稽的男生：“让开，我要回家了。”

“今天你……”

“怎样？”沈迦南挤过去，挡在风早和那个男生之间，“她表达得还不够明确吗？你这样有意思吗？”

沈迦南个子不矮，已经比风早高出了半个头，但站在那个大块头面前，看上去仍是一个没有长开的初中生。

大块头看看他，忍不住笑起来，笑得背上背着的小翅膀都跟着一起颤抖：“弟弟，你几岁啊？”

风早伸手去拖沈迦南，但沈迦南稳稳地站在那儿，动也不动一下，一脸凛然地同大块头对视。

“篮球会打吧？”大块头从球筐里捡出一个球来，“别说我欺负你，你只要赢我一个球，我就让你们走。”

“好。”

那天晚上，他们两个人打了一场半个小时的比赛，大块头是高中篮球部的主力，谁也没想到，最后赢的那个人会是沈迦南。但投中那个球的同时，他也重重地摔倒在地，小臂擦出一道渗血的伤口。风早陪着他走路去附近的诊所，两个人一前一后，谁也没开口说一句话。

等到上药时，沈迦南忍不住倒吸一口冷气，另一只手下意识地攥住风早的手。

“现在知道疼了？”

“我才不疼呢。”

“不疼干吗拉我的手？”

沈迦南侧着头，眼角挂着浅浅的笑意。

风早伸出一只手去掸掉他头发上挂着的花朵残片："等会儿叫钟叔来接你，不要太晚回去。"

"白风早！"

"嗯？"

"今天你生日。"

"我知道啊，刚刚在操场上不是有人给我过生日了吗？"风早眼里带着戏谑的笑意，沈迦南忽然想起什么似的，"啊"了一声后把自己的书包拽过来，从里面掏出便当盒子。盒子里盛着已经糊成一坨的意大利面。

"我不会煮长寿面，只会做这个，钟叔说生日应该吃面条。"

风早的鼻子酸酸的，就像上一次收到他送的那盒拼图时，觉得眼眶几乎要被泪水给装满了。她拼命忍着，不动声色。

"你吃饭了吗？"

沈迦南摇了摇头。

"那等会儿我们回去煮面吃吧，煮真正的长寿面吃。"

"嗯。"

5

主持人已经叫到十六号选手，很快就到风早了，台下的评委举牌亮分时，后台也跟着骚乱了片刻。

"多少？"

"九点八。"有人侧过身说，"刚才已经直接通过了两个，现在只剩下四个晋级名额了。"

风早感觉喉咙干干的，伸手去掏手袋，看到里面装着的保温瓶上挂着一个可爱的笑脸标签。不用想也知道，能做这件事情的只有沈迦南。他已经十五岁了，还在继续长高，风早的额头只及他的下巴了。

“十七号，白风早。”主持人喊到她的名字，她起身准备好走上台去。

曲目是两周之前就选好的，反复练习了很多次，演唱该是没有任何纰漏的。可分数出来，却令风早的心一沉。最右侧的评委只给了她八分，不用算平均值她就知道不能晋级了。

准备离开后台时，有个并不太面熟的工作人员追过来，把一张叠好的字条递到风早手里：“陆老师给你的。”

就是那个只给她打了八分的评委，字条上面写着一串端正的数字，显见是他的私人号码。

风早打通了那个电话，接电话的陆老师先是对风早的成绩表示了惋惜，接着又提到自己愿意推荐她去华文唱片公司发展。他是有名气的作曲家，要拿到他的推荐也不是件容易的事。

“是有什么条件吗？”风早直截了当地问。

“我们出来谈谈吧。”

风早握着听筒的手紧了紧，半晌才应了声：“去哪儿谈？”

他们约在一间很清雅的餐厅，每张桌子之间都隔着一扇小小的屏风。两人面对面坐着，风早一双眼冷冷地望着陆老师，他也不觉得尴尬，只是微笑。风早十八岁了，已不是小孩子，她料到他不是第一次做这样的事，把明明有希望晋级的选手刷下来，跟她们做这一场交易。只是她自己甘愿吗？

“只要进了华文唱片，未来的发展可以想象。若是我再写两首歌给你……”他一边吃着桌上的菜，一边漫不经心地说道。

风早的手心沁出汗。

陆老师吃完后，抽出一张纸巾擦了擦嘴角，从口袋里摸出一张房卡推到风早面前:“你自己考虑清楚吧,我可以等你到十二点。”

那天晚上,风早站在自己逼仄的房间里,把一件件衣服换上又脱下。最后她伏在床边,枕着自己的小臂打起盹来。直到房门被轻叩出声,她才醒转过来。她踩着拖鞋打开门,就看到门外站着的沈迦南。白衬衫黑短裤,一脸的干净清爽。

“你看预报了吗?”他一进门就一脸兴奋地问她,“今晚有流星雨,我们班的女生都疯了。”

“流星雨?”

“嗯。”他注意到她身上的装扮,还有脸上才化了一半的妆,“你要出门?”

“没有。”那一瞬,风早在心里下定决心,“我从外面回来还没卸妆就睡了。”

“你困吗?”

“已经睡醒一觉了。”

“那我们也去广场吧,去等流星雨。”

“嗯。”风早应声,洗过脸,又换好衣服,跟在沈迦南身后去了广场。正是暑假,大家似乎都很自由,十二点的钟声已经响过了,石阶上还坐着不少高中生。

第一颗流星落下时,满场欢呼。风早远远看到追过她的篮球队大块头似乎朝着她的方向走了过来,沈迦南忽然扳过她的肩膀,握住了她的手。再转头时,大块头正有些尴尬地站在他们身前不远处。

“现在他走了。”沈迦南嘴角扬起,“这下他再不会骚扰你了。”

“所以放手吧,你这小鬼。”风早脸上显出愠色,抽出被沈迦南握着的手。

6

演出拖到十点才结束，风早急急地跟乐队的人告别之后就跳上了出租车。她在后座上把脸上的妆一点一点卸掉，再套上宽松的外套。出租车停下时，她刚把披散着的长发梳好。

她一下车就看到等在大门外的沈迦南，十八岁的他已经有了几近成熟的轮廓。远远站在那里，像一株挺拔的树。

"这边，风早！"他抬手招呼她。

她小跑几步，看到跟在沈迦南身边的女孩抬了抬眉，望着她的目光里带着些许敌意。

"我叫纪念念。"她主动跟风早打招呼。

大厅里聚着许多跟沈迦南一般年纪的人，他妈妈大概把整个年级的人请来了一半。而令人尴尬的是，她特意为沈迦南举办的这个生日会，庆祝的日期却是错误的。

"她太忙了，记不清我的生日也是能理解的。"坐在风早新租的房子里吃着拉面时，沈迦南微笑着说。风早一只手抬起来，想摸摸他茸茸的短发，最终却垂下了手臂。他已经长大了，她不能跟他有任何暧昧的举动。

"迦南，我饿了。"一直跟在他们身边的纪念念忽然拖住沈迦南的衣角撒娇般地说道，"你陪我去吃阿曼家的比萨吧。"

"后厨也有比萨。"

"我只想吃阿曼家的。"

"那叫钟叔带你去。"

"沈迦南！"纪念念跺了一下脚，"你妈妈让你照顾好我的。"

"你自己不会照顾自己吗？"沈迦南蹙起眉。

铺着地毯的台阶上，几个女生正欢快地唱着歌。纪念念的目光瞥向风早，忽然想到自己为何会看她眼熟了。她跟哥哥偷溜去鹿港时，看到过她在台上唱歌，她是那里驻场乐队的主唱。

“风早不是唱歌更好吗？还没送迦南生日礼物呢，唱一首吧。”纪念念像是漫不经心地建议道。

“好。”风早站到那临时的小舞台上，唱到一半，送餐的服务生从台阶上走下来，不偏不倚地撞到她身上，奶油浓汤把她的外套淋湿了大半。

纪念念第一个冲过去，要帮她把弄脏的外套给脱下来。

“不用！”风早下意识地护着外套。

“看看有没有烫到嘛。”纪念念还在用力扯她的外套，扣子绷开，露出里面有些夸张的演出服，现场忽然静了下来。纪念念用夸张的声音喊道，“风早，你在做什么工作啊，不会是在鹿港唱歌吧！”

“在鹿港唱歌怎么了？”沈迦南打断纪念念的话，理直气壮地回应道，“靠自己的本事赚钱丢人了？”

“正经人才不会去那种地方呢。”纪念念小声反驳。

“那你为什么去了？”

“我才没去。”

“你没去怎么知道风早在那里唱歌？”

纪念念被噎得说不出话来，愤恨地望了一眼沈迦南：“我最讨厌你了沈迦南！”

“那最好！”沈迦南毫不介意地瞥她一眼，扶着风早的手臂完全无视周围人的目光，把她带到了二楼。他小心查看她肩上的烫伤，给她涂了药膏，又拿自己的外套给她穿上。台灯的灯光落在沈迦南的侧脸上，令风早有一瞬间的失神。她知道只要一个不小心，自己就会沦陷在他深海般的双眸里。

"疼吗？"他问她。

风早摇了摇头。

"对不起。"

"不用道歉。"

"对不起。"他的额头抵着她的，压低的声音里带着小孩子般的自责。

"说了没关系了。"风早忽然有些烦躁起来，她不能再离他这样近了，"乐队接到了巡演的邀请，报酬不算多，但是个不错的机会……"

犹豫了好久没有下定决心的事情，就在这一刻有了决定。

7

舞台微微晃动时，风早正唱到最后一首歌，现场的人群忽然慌乱起来。

"地震了！"

风早反应过来，配合紧急出口的工作人员疏散大家。等他们出来后，才看到周围的建筑几近坍塌。那是他们巡回演出的第七场，巡演的城市发生了史无前例的大地震。

风早的脸颊被滚落的碎石块擦破了，鲜血流下来也毫无知觉。跟在她身后的鼓手提醒她，她才抬手轻轻揩掉。后来的一周时间里，他们加入到了救援的行列，跟志愿者们一起在城市里搜救被掩埋在坍塌建筑里的幸存者。

"东岛的环山路段有车被滚落的大石砸到了。"在临时扎起的帐篷区里，志愿者们交流着最新的信息。

"有人去了吗？"

"已经过去了一队人，但工具没带齐……"

"我送过去吧。"风早放下吃了一半的盒饭，起身跟了过去。

“是准备赶来这里的一车志愿者。”

“有人受伤吗？”

“嗯。”走在风早前面的志愿组组长点了点头，“不过好在都不严重。”

他们驱车赶往事发地，用准备好的工具将巨石撬开，从挤压变形的车里救出几个受伤的人。风早一眼就看到，在座位最里面，额头上凝固着血迹的那个人，是沈迦南。

他失血过多，夜里又发起高烧，第一时间被送到了市立医院。风早跟着救护车一起送他过去，望着他苍白的脸，她听到自己怦怦的心跳，像是被打乱的鼓点。她要竭力克制，才能让身体抖得不那样厉害。

风早没日没夜地守着沈迦南，病房里只剩下他们两个人的时候，她用几不可闻的声音唤他的名字：“沈迦南，沈迦南……”

纪念念赶到那里时，沈迦南已经在病床上躺了两天。高烧刚刚退下去，迷糊中也不再说胡话，只是暂时还没有醒过来。

“都怪你！全怪你！”她在病房外声嘶力竭地指责风早，“要不是你在这儿，他才不会来！他不来就根本不会出事！”

风早垂着眼睑，只是沉默地听着纪念念的指责。等纪念念终于宣泄完，才把一直拎着的便当盒子递给她：“既然你来了，我就把他交给你了。”

纪念念有些木然地接过便当，看着风早转身离开。她走得又急又快，像是怕一个不忍心，就会折身回去。

那天夜里，沈迦南在陌生的病房里醒过来时，伏在他床边的人是纪念念。她只字未提风早，更没说是风早救了他，寸步不离地守在他身边。她只是泪眼汪汪地看着沈迦南，求他别再让自己那么担心了。

“你不必为我担心。”

“不，我偏要，我喜欢你。”她一脸坚定地向他告白，“沈迦南，我一直喜欢你。”

“别傻了。”沈迦南有些虚弱地对她说。

“因为白风早吗？”纪念念沉默半晌，在心里暗下决心，“你来找她，可她关心你的死活吗？她知道你为她付出了什么吗？”

“我不在乎。”

“她那样出身的女生，根本……”

“纪念念……”沈迦南冷冷地打断她的话，“别让我讨厌你。”

风早偷偷去看过一次沈迦南，他蹙着眉坐在病床上。纪念念出去给他拿水果，他就撑着手臂想从床上溜下来。纪念念看到了，拿回来的水果差点儿掉到地上。

“医生是怎么说的？沈迦南，你再这样我就给你妈妈打电话了。”她撒娇般地警告他。

沈迦南带着一脸的不情愿，还是回到了病床上。

风早觉得这样挺好的，真的挺好，等他再长大一些，等他成为一个真正的男人，也许他会忘了她。这个世界上是有许多无形的界限的，要跨越它们，付出的代价太大，而他和纪念念才是一国的。

8

巡演结束之后的一年，风早脱离乐队单飞，华文唱片签下了她。她成了当红男歌星King的师妹，两人时常一起出席活动。风早的首发单曲也是King作的曲，娱乐杂志上登出了两人出入同一间酒店的照片，称两人在秘密约会。

“照这个曝光度再保持两个月，就可以发新唱片了。”经纪人自信满满地把杂志拿给她看。

风早刚换好礼服，准备跟King出席一场慈善酒会。公司是有意这样安排来增加她的曝光度，甚至两个人出席活动的晚礼服看起来也像情侣款。她第一次出席正式活动，只是沉默地跟在King的身后。有人过来跟他们打招呼，她就只是微笑。

穿着细跟鞋、金色鱼尾裙的女人出现在他们面前时，King正跟风早讲着场内人的小八卦。说到有趣的地方，他自己先忍不住笑起来，完全没注意到不远处冷着脸的人。

“像你这样的新人我见得多了。”她的目光落在风早身上，露出不屑的神情，“以为扒着大牌，就能混得风生水起？”

风早没应声。

“当谁不知道你的底细吗？问问陆青泽，早把你的八卦卖给杂志了。”

“陆青泽？”风早迟疑了一下，蓦地记起，是她参加歌唱比赛时的那个评委老师。她想不到他会那样卑鄙，如果不是他当时在分数上动手脚，自己也不会走得那样难。现在她终于熬出来，他却还要在她背后捅刀子。

“假装不认识吗？”

“不用理她。”King揽过风早的肩膀，把她带到大厅的另一侧，金色鱼尾裙却不依不饶：“King，你现在就这么不挑不拣吗？”

“说够了没有？”

两个人剑拔弩张，风早看得出，那女人是喜欢King的，不然也不会吃这样的醋。

“心疼了？”女人嘴角扬着，手里的酒杯晃了晃，一点不客气地都泼到了风早的脸上。

“你疯了吗？”

就在那一刻，出乎所有人的意料，有个人旋风般地挤到三个人中间，从侍者托盘里取了两杯酒，全泼在了鱼尾裙女人的脸上。辛辣的酒水令她眼前模糊了一下，发出一声恼火的尖叫。然后那个人把风早搂在怀里，脱下西装外套裹在她淋湿了的上衣上面。

是沈迦南。

他动作利落，在许多人还没回过神来时，已经带着风早离开了大厅。他原本跟纪念念一起来参加慈善酒会，酒会是纪家筹办的，他是受邀嘉宾之一。纪念念知道风早会来，也知道她会和King一起来，更知道King刚刚分手的大牌女朋友要来，她是专等着这场好戏上演，让沈迦南看到风早不堪的一幕，让他对她彻彻底底地死心。

可她料到了开头，却猜错了结尾。

沈迦南带着风早离开会场时，外面正下着雨。

“钟叔去世了。”他对风早说，“就在去年，你想不想去看看他？”

他们开了四十分钟的车去往城外的墓地，风早坐在沈迦南身侧，看着他沉默的脸。他二十岁了，有宽阔的肩和挺拔的脊背，她忽然想起他还只有十岁的时候，一脸不开心地站在她的病床前。

时光，是那样温柔而又残酷。

他们走上一级级台阶，走过一块又一块墓碑，最后停在钟叔的墓碑前，只是静静地站在那里。半晌，沈迦南才轻轻喊了一声风早的名字。

“要是有一天我也死了，我希望我的墓碑能同你的挨在一起。”他说完，侧过脸望着她，一双眼亮亮的，像暮色里的星子。

那是风早听过最动听的情话。那一刻，她真想什么都不管了。哪怕只能拥有短暂的时光，对她来说，也是好的。

9

风早二十四岁时，开了人生中第一场真正的演唱会。表演特技时出了岔子，她整个人摔在舞台上，断了一条腿，在医院里住了整整两个月。狗仔拍到她跟主治医生暧昧的照片，娱乐报上刊登出那张照片的第二天，她就召开发布会，公开了同医生的恋情，并称两个人已经在考虑结婚了。

她出道那么久，还没那样认真地公布过什么消息。沈迦南是最后看到发布会现场视频的，在身边所有人都知道那个消息之后，他才知道。他开车去风早住的那家医院，在回廊里截住正在练习走路的她。

“为什么？”

“啊？”

“是真的喜欢那家伙吗？在你的世界里，根本不可能有一见钟情这种事。”

“但它偏偏发生了。”

“白风早！”沈迦南苍白着脸，感觉身体都微微颤抖起来，“有一件事我一直想问你……”

风早像是了无心事地凝视着他的眼睛。

“地震时我去找你，车子在路上被石头砸到，是不是你去救的我？”

“不是。”

“你有没有在病床边守过我？”

“没有。”

“那为什么我听到你叫我？”

“那是你在做梦。”

沈迦南猛地抬起头来，深深地望了风早一眼，然后他转身，头也不回地走了。风早一直看着他的背影消失在回廊尽头，握着扶杆的手才慢慢松弛下来，整个人滑坐到地上。窗外灌进来的风抚着她额前的碎发，她感觉自己整个人像一个木偶般没有了心。

她不能说自己如何在他床边日夜相伴，不能说自己曾怎样对他动心过。

她统统不能说。

沈迦南的妈妈去找风早时，距离她的演唱会开场还有不到一个月的时间。她请风早放过沈迦南，眼里没有一点从前的盛气凌人，有的只是哀求。风早还记得，她第一次去找自己时，站在铁门外面，问她自己能不能进去坐坐，她直截了当地问风早知不知道沈迦南很迷恋她。

“他是为了你才回国的。”她的声音很温柔，却带着天生的傲气，“但是你知道，你们之间是没可能的。你们做朋友我不反对，但我希望你不要对他想太多。”

“我明白。”风早不是个没有自尊的人。

而这一次，沈迦南的妈妈几乎是在求她：“不管怎样，让沈迦南对你死心吧……如果你不想看我们家破人亡……”

沈迦南爸爸的企业出了大状况，能救他们的只有纪家。纪念念一直喜欢沈迦南，两家大人心里都是有数的。最好的安排是沈迦南跟纪念念订婚，纪家才会出手相救。

如果故事就在这里结束，虽然有遗憾，但总归还是好的。

但是没有。

沈迦南从医院离开的那天夜里，因为神思恍惚，车子撞到防护栏，当场死亡。

10

没有人知道风早去了哪儿，她不声不响地跟公司解了约，还为此支付了大笔的违约金，几乎是她那些年全部的收入。

有人说在环球的游轮上曾遇到过她，她把头发剪得短短的，像个男孩子一般，跨坐在甲板上吹着海风。

后来，风早在游轮上遇到一个十岁左右的小男孩，他们常常一起在甲板上散步。风早忍不住告诉他，他令她想起了一个朋友。

“什么朋友？”小男孩鬼头鬼脑地问她，“你喜欢他吗？”

“喜欢。”这是风早第一次承认自己的感情，却是对一个完全不相干的小鬼，“但我一直假装不喜欢他。”

“你真是个傻瓜。”

“你说得对。”

“后来呢？你告诉他没有？”

“他去世了。”

“你要是想哭的话，我的肩膀可以借你靠一靠。”小男孩很体贴地走到她面前，风早鼓着腮帮想露出一个微笑，泪水却终于忍不住滑落下来。

直到那一刻，她才肯承认，她已经永远失去她生命里的那个小男孩了。

“我们结婚吧，结婚以后你就可以住到我家，我也不会一个人了。”

“要是有一天我也死了，我希望我的墓碑能同你的挨在一起。”

“白风早，你撒谎！”

长恨时光不能如水

好在大家都正年少，有无数的时间可以等，可以折腾。
可是谁都忘了，人终有长大的一天。

文/谭以牧

1

天气热得快要疯掉的下午，杜科在电扇前给阮执打了一个电话。

杜科说："我给你写信了。"

班级里组织的活动，叫"回到邮票时代"。每个人都被要求给自己的亲人、朋友写信，班长用班费给每人发了五个带邮票的信封。周六的早晨，他哪里也没去，趴在写字台上写信。给亲人的很多话，当面说觉得矫情，写在信里也觉得做作。也许这个活动的意义就是教会他们克服这样的畏惧与生分。

写到第五封，他想认认真真地给阮执写一封信。

阮执是在黄昏的时候收到杜科的信的。可能是太久没有收到这样的信，她竟然有点感动。她把它打开，看到杜科写的"亲爱的阮执，收信快乐"时，又出现了一点快乐。顺着这份快乐的感受，她想起他有一点婴儿肥的脸，钻破了唇边皮肤的参差不齐的小胡子，哦不，可能只能算是生命力旺盛的汗毛。还想起他趴在桌前认真写字的样子，可是他再怎么认真写，字还是那么丑。想着想着，她就笑出声来。

信里居然出现了三个她不认识的字。阮执暗自惊叹半年不见，这家伙真是学问长进了。找遍全班只找到一本厚厚的《现代汉语词典》，半个多小时过去了，那惊天地泣鬼神的三个字连这本工具书里都没有收录，很明显，那是缺胳膊少腿的错字。阮执又一次笑得接不过气来。

所以杜科在电话里说他给她写信的时候，阮执脱口而出——字相当一般。

哦。之后杜科又迅速回过神来。那我下次给你写E-mail好不好？

这让阮执哭笑不得。

2

提起阮执，杜科有很多地方自叹不如。小学的同学，初中的校友，他与她的成绩差好几个档次。于是她进了重点高中，而他只能找一个离家近一点的学校。听说她当学习委员兼文艺委员，学习娱乐两不误，而他埋头于功课还觉得时间不够用。

在街头遇到阮执，他要去买两本辅导用书，而她在替班级筹备学期结束晚会上的小道具。礼品店和书店只有一墙之隔，她在学习与娱乐间的游刃有余无一不对比着他的脚踏实地。出门的时候，杜科抱着新买来的书，与阮执撞了个满怀。

阮执说："你的E-mail我收到了。"

杜科有点得意："现在没法挑我写字的毛病了吧。"

平时除了这样短暂的聊天以外，就是写过这两封信，想起来的时候互相打一个电话，其实也只是打了一个而已。似乎每个人都很忙，平常日子里，都有点千里之外的意思。说起来，两个人并没有太多的交集。可这关系倒也维系得不咸不淡，也许真是君子之交淡如水的缘故。

阮执提议一起去奶茶店喝奶茶。杜科还有很多事情要做，明天有一次不大不小的考试，他还有很多的习题没有做完，心里不踏实，却还是想和她一起去喝点什么。他就这样煎熬着，将就着和她一起吃点东西。

阮执最爱的是杧果味的冰沙，杜科中意那里的水果茶。两人在一起聊了不少的东西，时间一分一秒地过去。杜科表面与她相谈甚欢，而那份心不在焉的情绪，只有他自己触摸得到。想走又想留，那滋味真是奇怪。

为什么不直接拒绝呢？他问自己。之后他又迅速地摇了摇头。也许，他真的很想和她多待一会儿。

哪怕是一小会儿。

3

两个人都有各自的生活轨迹。如果在上学途中唯一的交叉路口作刻意的停留，也许某一天两个人会遇到。让杜科失望的是，这一年半的时间里，他和阮执一次也没有遇到过。

有些天里，他站在路口朝另一个方向张望。望来望去望不到一个尽头，也不会有另一个人，朝着他的方向走过来，跟他熟稔地打一个招呼。于是他总是孤独地来，后又孤独地走。与一开始的充满希望相对比，后来那种失望的情绪弥漫到不可收拾的境地。

现在很多剧目里不顾一切地爱来爱去都只是屁话，不食烟火的一见钟情也显得虚假。很多时候都只是彼此有着这样那样一丁点的牵挂，在某一个触景生情的转角里，才喊得出自己当初最爱的那个名字。做一些傻事、一厢情愿的事，只是证明，自己内心曾有过充沛的爱，有过找寻幸福的、满满的、用不完的感情。

阮执能了解到的是，杜科的梦从来不大。

杜科知道阮执始终要去寻找一个姹紫嫣红的未来，要五颜六色，涂满七彩星光的那种。

所以杜科的每一次主动联系都显得卑微。奶茶店里，他总觉得阮执有一种强大的气场，压得他喘不过气来。当两个人相隔不远不近的一段距离，当他和她的声音只能通过电波、文字传递的时候，他才能稍稍轻松起来，以对等的姿势，跟她聊一会儿天。

放下电话的时候，便有巨大的失落感笼罩。那个时候，课本上的字迹模糊不清，老师的声音似乎飘荡在天外，整个世界一片混沌。

有很多次，杜科和阮执都在操场上仰望着天，如果天空有一面巨大的镜子，那么他和她都能在镜子里，看到对方的眉与眼。

杜科隐隐约约知道，阮执是属于未来那个大舞台的。而他，只有一片四方的天，用于驻足与凝望，以及一个人朝思暮想。

4

小少年都有大梦想，聚在一起的时候，很多人都会无所顾忌地谈明天。明天是什么样子，触摸不到，所以用语言来描绘一下。谈到明天，谁都难免激情澎湃。那些澎湃的激情，不经意间就把杜科心底快熄灭的小火苗给壮大了。

他继续收拾他身边带的那些小玩意。回形针、鞋带、创可贴、简洁的发夹、一根连着细线的绣花针。他将它们放在另一个小的笔袋里，随身携带。如果可以刻画明天，那么他只是希望能和阮执有一次短暂的相遇，她有一点小小的麻烦，发夹掉了或者袖口开了，或者是手有轻微的划伤，那么他都可以帮得上忙。

事实上，这些东西让杜科有一个好人缘。总有人遇到不大不小的一点麻烦，他恰好可以提供帮助。每次当他拿出这些小道具时，总感觉有一道撕裂的伤口，微微疼过。

笔袋里的东西用完了又添置，换了一茬又一茬，却没有哪一个，用在一个叫阮执的女生身上。

高中毕业的时候，一群同学聚在一起踩书包，他的也被同学抢了过去，脏兮兮地扔在地上，上面有横七竖八的鞋印，那个小笔袋仍在里面。小笔袋被来回踩过很多次，可里面的小物件仍倔强地保持着原样，像他那一息尚存的内心坚持。

毕业了，新的生活即将开始，可是杜科不开心。现在是一个路口的距离，两个月以后，也许就是城市与城市的距离了。

他去了阮执的高中。暑假的校园里并没有多少学生，他一个人坐在阮执原先的教室门口，恍然间听到教室里阮执的读书声。它们响在每一节早读课上，从很久以前的小学，穿过好多年的光阴，一直响到现在。

在那个门外，他忽然对自己说：原来，我已经这么喜欢你了。

说来也巧，那天阮执经过杜科的高中，站在大门口，看到一个背着书包的学生，她情不自禁地喊了一声——杜科。她朝他挥手，示意他过来，却发现自己认错了人。那个时候她有一些失落，可还是自顾自地笑了笑，然后骑上自行车，一个人回家了。

5

好在两人大学还在同一座城市，虽然在不同的学校里，但两个人都同样耀眼。

杜科渐渐长成一个大男生，模样清秀，待人有礼，渐渐被花痴的女生评为校草。校草杜科每星期都会看到被偷偷塞到课桌里面的小纸条，或者手机里飞来几条表白真心的短信。

阮执一如既往地才华横溢，文学社、话剧团、漫画社，学校的各大晚会，都有她的身影。她的名字，每次都排在年级的前五。学校里的男生们时常争得面红耳赤——谁说好看的不学习，学习的不好看？我们校的阮执，那就是个鲜活的例子。

杜科看每一个追他的女生都不太中意，他说谢谢，表达对对方感情的尊重，微笑着拒绝。只是一切都平静下来的时候，他就会不经意间想起那个即便自己有很多事要做，但讲不出拒绝的话陪着另一个女生在奶茶店坐着的下午。那天他欲说还休，在一无所有的时候，缄默就是全部。

阮执觉得每一个对她表白的男生都不可靠，说了不代表很爱，不说不意味不珍惜。在她的内心里，她希望未来的那个男生是内敛的，沉静的，深情的，于无意间看出对方的有意，在时光的长河里验证对方的真诚。

七夕的那个夜里，杜科在江边的大排档吃了变态辣的烤鸡翅。和一群同学聊天，开玩笑，一直聊到十点。不大的小城里，能去的地方就那么几处。阮执在江的另一边，点了好几串冷光的小烟花，孤独地走了七个来回。

那天恰好是星期五的晚上，一群同学架着喝多了的杜科，经过他们唯一能遇见的那个路口，送他回家。朦朦胧胧间，阮执觉得有一个男生真的真的特别像杜科，她想张嘴，然后就想起了暑假在学校的那个场景。她噘了噘嘴，终于还是选择噤声。

6

全市各大高校联谊的晚会在阮执的学校举行。杜科不在受邀之列，但他还是挤到阮执学校的礼堂，看这一盛况。

阮执在台上主持，这是他早就预料到的事。看着她与嘉宾互动，客串节目里的角色，听每一次因她而起的沸腾的声浪与潮水般的掌声，觉得自己很轻易地就淹没在这样的海洋里。如颠簸的小舟在惊涛面前，是如此渺小。所以节目还没有结束，他就选择独自离开。

他走的时候，恰好有一束灯光打到他的背上，顺着那样的灯光望过去，阮执看到杜科不够坦荡地离开。她在台上，他在台下，她叫不住他，一时慌神，背错了两句台词。

剩下的时间里，她想办法来弥补自己犯下的错误。等她补救完以后，杜科已经消失在礼堂狭窄的过道里。台下的掌声因精彩的节目而雷动，却再也没有哪两个巴掌是他在轻轻地拍响。晚会结束的时候，她来不及和其他同学一起庆功，独自走到楼梯口安静的过道里，打一个电话给他。

阮执酝酿了很久，才酝酿出近乎调侃的语气："喂，是不是把老同学给忘了啊？"

电话那头传来陌生的男人的声音，很明显，先前的那个号码已不属于杜科。那个号码他换了多久？想来已经不那么重要了。重要的是，她和他，真的有太长的时间，没有联系过了。

事实上阮执的号码杜科一直都记着。每个节日来临的时候，他都会亲自编一条祝福的短信，给她发过去。看着短信发送成功的回执时，面露微笑，像是完成了一件大事一样。可这年头，祝福短信太多，挤进阮执手机的也太多太多——来自她的暗恋者，系统的群发，以及办证的，贷款的，商家促销的，太多的短信诈骗也让她无暇去过问那些陌生的号码到底是谁谁谁。

7

有一年，陈升做了一件很煽情的事。他提前一年预售了自己演唱会的门票，仅限情侣购买。一人的价格可以获得两个席位，那是情侣券。一份情侣券分为男生券和女生券，恋人双方各自保存属于自己的那张券，一年后，两张券合在一起才能奏效。如果爱情不在了，那么看这一场演唱会还有什么意义呢？所以这场演唱会的名字叫——明年你还爱我吗？

恋人间如果有这样的问题，都会轻易地得到一个肯定的回答。一年的时间算什么呢？每个人都坚信可以等到那一天。事实上，陈升专设的情侣席位，在演唱会进行时，空了很多很多位子，他带着歉意，把一首《把悲伤留给自己》送给所有买了情侣票但没有来现场看演唱会的旧时情侣们。

很多念着旧情的已经分手了的恋人还会来，捏着一张瘦瘦的男生券或者女生券，假装另一个人仍在，含着眼泪听完了整场演唱会。

在他们那个城市里，有一部话剧也模仿这样的创意。票价并不昂贵，用他们的话说，能用来衡量感情的，只有心意。情侣套票的价钱要远低于两张单独的票的价格。很多想看的人假扮情侣，去买两张票，然后第二年观看演出时，因台上煽情的气氛勾起了那些假情侣对于过去的点滴回想，他们坐到灯光亮起观众散场的时候也不肯走，最后竟然也走到了一起。当然这是后话。一年前，杜科挤到售票的窗口，递钱的时候忽然想到其实他和阮执什么都不算。他一个人畏畏缩缩地抿着唇，很悲伤地转过身子，自顾自往回走。

如果有一个人叫住他，他也许并不会这样没底气地自我拒绝。他不止一次觉得，他根本不可能成为她掌心的那一块塘。也许这几年来，都只是他一个人的自娱自乐。

8

可能这样的自我拒绝是对的。一直以来，杜科能表达的关心不多，因为这一份距离，所以她更像是高高在上的小天使。他和她交流的话题不多，他有时候也责怪自己，一直在惦记什么呢?

他试着让自己不惦记，于是删掉一切关于她的联系方式，要开始新的生活。以为这样，生活便会给予自己一个席位。

令人费解的是，不惦记反而会有这样那样的联系。

四六级考试，学校留作考场的教室不够，杜科属于在外校考试的那一拨人。他意外地发现，阮执和他居然在同一个考场。

查准考证的时候他与她打了一个照面，阮执不知道为什么他的眼睛会起雾，她只是希望不要影响到他的发挥。那天阮执凝不起神来做题，看起来杜科也做得不是很专心。考试结束以后，她想跟他打个招呼，却发现他早已不见了踪影。

新年伊始，全市大学生社联联合举办的数独竞赛决赛名单出炉，杜科看到自己上榜，忍不住开心。而当他看到决赛名单里也有阮执，有那么一瞬间，他觉得自己与阮执的距离似乎也没有那么遥远。

参加决赛那天，他换了最好看的衣服，镜子里的他看起来有点帅。再次见到她的时候，他仍然没有办法让自己坦荡起来。这场比赛结束之后，她有一个小活动要参加，来接她的那个男生大大咧咧地拖着她走。她回过头来，看到杜科低着头脱自己的外套。

天有点凉，不过那件为她而穿上的新外套还是在某种程度上刺激了杜科，似乎在嘲笑他的努力、坚持、敏感、懦弱，还有内心最后的期许与言不由衷的不惦记。杜科一个人默默地走，眼睛里泛起薄薄的泪光，最终泪流满面。

9

成绩出来以后，杜科不出意外地没有获奖。听说阮执排在前十名，拿到了一等奖。点点星光笼罩着黑夜，他在深夜里看书，看着看着，就越发感觉到与阮执差距的巨大。小坚持被严重蚕食，剩的一点微弱的信心不足以让他看到明天的样子。

杜科在宁静的黄昏里翻看她旧时的同学录，小学毕业的她字体就已经很娟秀。他在电脑前点击她现在的博客，她上传的自拍照未经太多的修饰，但隐隐间藏着一股明星范儿。她的博客都很短，惜字如金，却尽数交代了她要做的事以及某些时候的心路历程。

她今天要补个觉。

她没有恋爱的打算。

她最想去的学校在上海。

她喜欢橱窗里的某一条裙子。

她最爱的那个明星意外去世了……

如果细数对她的了解，杜科可以写上满满十页纸。并不是了解更多就会有一个好结果，那些迅速走到一起的小情侣们能说出对方最爱的颜色的并没有几个。他也轻声地问过自己：嘿，你要退缩到什么时候呢？

杜科凭着一时的冲动去看她，在她的学校门前，久久等不到她。

杜科在熙熙攘攘的大街上意外看到阮执时，她的身边恰好有那么一个男生在。于是他顿时喊不出她的名字，任凭自己消失在茫茫人海中。

我爱你。杜科傻里傻气地对着墙壁说。

四周一片寂静。

墙壁不说话。

墙壁永远不说话。

墙壁永远不会对杜科说话。

10

寒假的最后一天，在家附近的步行街，杜科意外地遇到阮执。她坐在KFC里，而他恰好经过那儿。她与他之间，只隔着一扇落地窗的距离。

阮执在里面跟他打招呼。杜科听到她说，老同学，好久不见。

杜科很欣喜地走进去，坐在她的对面。下午三点，KFC里人不是很多，也难得有一片安静的氛围。她跟他交换电话号码，她说："我打过你好几次电话呢，可是你换号了。"然后她带一点责怪的语气，"换号了也不告诉我。"

其实杜科是想说，每次我都给你打电话的，但想了想，还是将话咽了进去，什么也没有说。

看她责怪自己的样子，杜科也觉得有一种小小的满足。

阮执和他聊天的时候，手机一直在响。她埋下头来回复一条又一条的短信，面带笑意，神态甜蜜，耐心地回完一条又一条。很像是给男朋友发的短信。

满大街都是恋爱的学生，她也不能例外吧。他说服自己，过完这个下午，就再也不想念她了。

她回完短信，然后抬起头来，对杜科说："我们走吧。"

“再坐一会儿吧。”杜科说。好在阮执也没有反对。她陪他坐了一会儿，之后又试探着问他：“走不？”

再坐一会儿吧。好像杜科就只会说这么一句话。其实阮执觉得坐着真没有什么意思，他似乎有心事，总不说话，每次她提议离开的时候，他总是说，再坐一会儿。他们沉默无言，于是显得杜科好像很留恋。

她陪他坐了好几个一会儿，慢慢就明白了是怎么一回事。她不确定自己对杜科是一种什么样的感觉，比同学多一层，也有无数种可能。她唯一能明白的是，对面的这个男生，打心眼里喜欢她。

11

阮执想过无数回，即便她不确定自己是不是有点喜欢杜科，但杜科越来越像她心中所想的男友的样子。大爱无言。即便隔着厚厚的一个世界，他也在默默地关注着她。

好在大家都正年少，有无数的时间可以等，可以折腾。

临近毕业，最能折腾的是一些对未来有着明确方向的人。看过一场电影，就想自己以后从事导演的行业；看过一次画展，仗着自己学过一阵子的美术，于是想象自己将来是个画家；知道保研有加分的优厚条件，于是削尖了脑袋要去拿个奖。

这些都与杜科无关。他的未来是一个“码农”，但他还记得周五下午的时候，去最热闹的大街上散散心。

散心的时候他居然意外地看到阮执。如果说以前都只是不确定，那么这一回便明明白白地暴露在他的面前。她和另一个高个子男生穿着最能衬托自己的衣服，看上去她还化了一点淡妆，手拉着手，缓缓走过一家家店铺的落地橱窗前。温言细语，指指点点，又笑意连连。

一直到夜幕降临的时候，那个有着导演梦的小朋友才总算拍完了他的作品。他跟阮执说谢谢，跟自己的同窗好友热情拥抱，看得出来，他对自己的拍摄很满意。他盛情邀请阮执和那个男生一起去吃饭，阮执婉言谢绝，她接下来有自己的安排。很习惯地拿出手机，却看到两条未读短信。她一条一条看下去——

发件人：亲爱的杜杜

发件时间：2013年3月19日17时33分

短信内容：开心每一天。

发件人：亲爱的杜杜

发件时间：2013年3月19日17时44分

短信内容：他和你很配。

她是想要这样一份安静与掌心的温暖。抛开表演的成分，她打心眼里不在意和她临时搭戏的这个男生。面对着那台DV的时候，她有一瞬间念错了那个男生的名字，她叫他杜科，后来又迅速接过这词，顺承着说，杜可风以前是不是也这样混过呀。

她被这不搞笑的一句话弄点有点想哭。

这样的一瞬间也许只能存在于记忆里了。现在的她并不打算解释，因为怎么解释都觉得没有必要且不清不楚。甚至她秉承着这一份好意，作了简单的回复——谢谢。

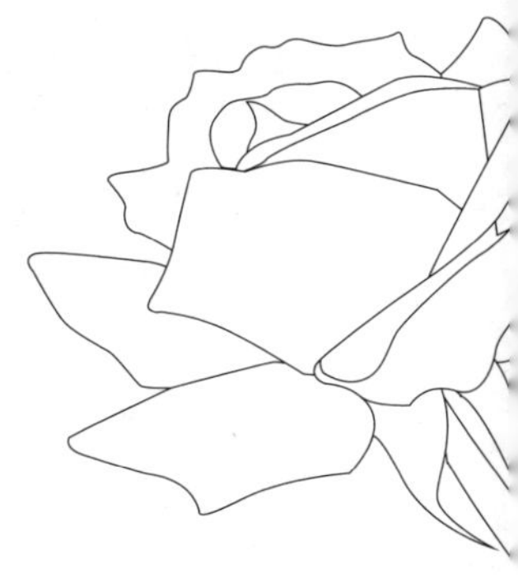

Part 3:

无烬夏

忽尔一夏

下 一 班 公 交 车 迟 早 会 来，

我 们 却 再 也 回 不 去 了 。

文/微酸袅袅

1

十八岁那年的夏天，阳光通透得像是能渗透进皮肤。梧桐树油亮硕大的叶子在耀目的光线中散发出植物的清新香气，树荫下圆形的光斑随着风吹过，像鱼儿一样游动。

庄蔺背着书包走过那条林荫道的时候，那个叫边右的男生又站在某一棵梧桐树下，黑色的+++书包，白色校服，刘海有点长，风一吹就和衣角一起翻飞。光斑在他脸上打出凌乱的光影，他眯着眼睛，目光跟随着庄蔺，脸上有一种说不出的忧伤和执着。

庄蔺走过去的时候他没有动，只是一直望着她，直到她走出三四米远，才沉默地跟上去。

庄蔺不用回头也知道他跟着，因为这已经是第十四天了——从他送她珍珠手链，被她拒绝那天开始。

边右把珍珠手链递给庄蔺的时候，眉眼间都是忐忑。而庄蔺只是皱了皱眉头，绕过他径直走掉。

“为什么？”他在她身后失望又不甘心地问。

庄蔺停下脚步，转过身，看着他的眼睛很平静，那个眼神就好像大人告诉小孩子“你什么都不懂”。

边右比庄蔺低一级，高二，他们在校庆的时候因为被一起分到道具组而相识。庄蔺觉得他的关心和靠近总是来得太过仓促而莫名其妙。她认可的是一个缓慢的过程，甜蜜伴随着痛苦，幸福混着酸楚，不该是边右这种，轻易就能启口的。

2

庄蔺不知道的是，其实边右从入校之初就知道她。庄蔺个子高挑，皮肤白净，走在一群同样穿着校服的女生中时总是特别醒目，有一种鹤立鸡群的气质。细看五官又生得舒服，圆而大的杏眼，柳叶弯眉，挺直的鼻梁和略厚但小的嘴，总像有点孩子气似的嘟着。她明明长了一张清秀讨喜的脸，却不太笑，成绩又好得让人惊叹，所以学校里很多人在背后都叫她“冷美人”。

起初边右在同学的指点下，远远看一眼庄蔺也只是觉得她还算顺眼而已。直到那次校际排球赛，他被拉着一起去看“美女”，才真真正正记住她的身影。

庄蔺这个女生，很倔强。虽然她球技也不好，只是占了四肢修长和运动天赋还不错的便宜，但是每一记扣杀，每一次救球，都非常努力和拼命。有女生害怕摔倒出丑，或者担心跑动太厉害而样子狼狈，所以打球时畏首畏尾。她不，她似乎一点也不在意汗湿的头发贴在脑门上可能有损她的美丽，一点也不在意扑球时摔倒在地板上可能会把白色的运动服弄脏，她只是很认真地发球，接球，扣球。

庄蔺专注的样子，倔强的样子，执着的样子，清新得像一朵雨后栀子花，洁白清香，美得令人绝望。

在边右看来，庄蔺的美不是肤浅的皮肉之美，而是透过眼睛直达灵魂深处的美丽。

那场比赛，尽管庄蔺很努力，他们班还是因为种种原因输掉了比赛。边右看到她披着白色毛巾，安慰着队友，可是一偏头的时候，眼泪却飞快地掉了下来。擦干净，转过头去，又是一张干净、倔强的笑脸。那个笑脸像是刻在边右的心里一样，留下了难以磨灭的痕迹，深深撼动了他的灵魂。

后来就校庆了，各班都抽调班委成员去帮忙，庄蔺和边右分到了一组，负责制作和管理道具。其实庄蔺并不适合做这个，虽然是女生，但是她在手工方面缺少天赋，笨手笨脚，缝个袋子都能把自己的手指扎破。所以很多时候边右总是默默接过她手里做得乱七八糟的东西，拆开重做，慢慢做成表演组要求的样子。

边右还记得他把绣球粘好的时候，庄蔺脸上露出的惊讶又孩子气的表情，眼睛瞪得圆圆地说："你其实是女生假扮的吧？"然后又小声嘟囔，"我怎么这么笨手笨脚，还不如你一个男生。"

3

庄蔺并不曾察觉边右的变化，有时候她心细如发，有时候她又是个大大咧咧的女生，依然每天放学后去学校礼堂和边右一起赶制道具，依然面对图纸和工具材料手足无措，依然看到边右一双巧手做出的道具后惊叹不已。

道具组赶了一个星期，终于把所有道具备齐。表演组来查看道具的是两个高一女生，她们进门的时候差点被横在地上的一棵道具树绊倒，其中一个女生立刻骂了起来："谁有病把这东西放在这里的？"

边右把那棵树搬到墙角，检查需要修补的地方，庄蔺没有说话。两个女生东摸摸、西看看，一会儿交头接耳，一会儿又嘻嘻哈哈。边右问她们表演组有没有道具需要补充和修改的，两个女生竟然说："那些背景太假了，最好还是别用画的，用电脑彩打吧。那个假人搞得也太丑了，还有那棵树，又不是圣诞树……"

提意见很正常，可是语气实在太过气人。庄蔺径直走到那两个女生面前，微扬着下巴皱着眉头看着她们说："你们几年级几班的？有你们这么说话的吗？"

两个女生对看了一眼，不服气地说："关你什么事？再说，我们也只是实话实说，你们道具是做得很丑啊。"

庄蔺看着她们，突然冷笑了一下，然后一摊手说："那好，你们表演组自己来做道具好了。指导老师那里我们会交代的——我们道具组无能，达不到你们的要求，这么说行吗？"

庄蔺说话的语气一直很平静，甚至脸上有微微的笑，但是她全身像是会爆发无形的小宇宙一样，散发出一种震慑人的气势。

两个高一的小女生被吓得不知道怎么应对这样的场面，只好说："我们回去和组长说一声。"然后就灰溜溜地走了。

那天回家的路上，边右假装和庄蔺在校门口旁的小吃摊上偶遇。她正在吃一份超辣的麻辣烫，辣得嘴巴鼻子眼睛都是红通通的。边右扯了纸巾递给她，笑笑说："没想到你发脾气还挺凶的。"

庄蔺擤着鼻涕说："我初中时外号是'铁娘子'，班里男生都不当我是女生。"

"是吗？"边右看庄蔺吃得差不多了，站起来去开自己自行车的锁，装作漫不经心地说，“我送你回家吧。”

庄蔺想了想，点点头没有拒绝，因为边右不是讨厌的男生。他长得白净秀气，有一双眼角微微下垂的大眼睛，虽然比她高了一个头，可是庄蔺总觉得他是单纯可爱的弟弟。其实不算熟，但每次他靠近的时候，就像是有微凉的风从遥远的时空穿越而来，带来安静的气氛。

那天庄蔺坐在边右的自行车后面，他紧张得手都在微微颤抖，几次听不清她在说什么，只知道自己的心脏跳得如同春雷。而女生只是按住裙子，偶尔和男生说几句话，大多时候沉浸在自己的世界里，风从她的耳边吹过去，像在轻声讲一个她所不知道的童话故事。

庄蔺的家到了，她跳下自行车，眯着眼睛对边右笑，挥手和他说再见。

“等等！”边右突然拉住她的手腕，掏出口袋里的珍珠手链，心情忐忑地问，“我可以为你戴上吗？”

庄蔺脸上的笑容渐渐消失，她皱了皱眉头，没有说话，用力抽回自己的手腕，绕开边右径直走开。她甚至不愿意说一句动听婉转的话，用生硬的肢体动作就表达了拒绝。

当然很久很久以前，当她还是一个小女孩的时候，她也曾对一个叫林天恩的美好少年印象深刻。他有和边右一样挺拔如树的身材，飞扬的眉毛，如同星子的明亮眼眸，山脊一般挺直的鼻梁，温暖如春水的笑容，笑起来都像小狗一样天真。

可是林天恩始终没有把目光落在她身上，他似乎更喜欢和另一个明艳的女生来往，而那个女生在她眼里并非一个好人。

那是一段隐秘而漫长的时光，心绪如同长在皮肤上的藓，在对方靠近的时候贴合着皮肤隐隐作痛。

后来毕业了，分别了，远离了，庄蔺看着毕业照上自己望着那个男生的后脑勺时要哭了的脸，突然觉得很绝望。她想以后再也不要像这样去追逐一个人的脚步了，因为太辛苦。

她关上了心门，像蚌合上它坚硬的壳，内里柔软的所在，璀璨的珠玑，晶耀的宝贝，不再给世人看见。

所以前一秒边右在她眼里还是一个不讨厌的男生，当她得知他想要靠近她后，心中就立刻涌起厌烦的情绪。

4

边右看起来像是那种温柔到有些软弱的男生，脸皮很薄，耳根很软，强硬地被拒绝一次或许就再鼓不起勇气。庄蔺以为只要自己一直不搭理他，不假辞色，那么他很快就会放弃。

可是就像一个上好了发条、定好了闹钟的机器人，一到时间边右就准时出现在庄蔺眼前，家门口的花坛旁，或者校园里林荫道上的梧桐树下，还有更多无可预知的偶遇。

如果，如果他像个无赖一样纠缠她，或者试图上前和她说话，那么她还有机会狠狠践踏他的自尊，把他推到遥远的地方去。可是他只是沉默地跟着她，望着她，却从不说话，也不曾试图打扰她的生活。

第四十一天。放学的时候突然下起很大的雨，豆大的雨点打在梧桐叶上发出啪啪的声音，校园里的所有植物都像被笼在薄雾里，散发出清新的绿色香气。庄蔺没有带伞，她就把书包顶在头上遮雨，然后一路往外跑。

入秋的树还是绿的，可是入秋的雨水已经是凉的了。

有个穿白色校服衬衫的男生挡住她的路。她往右他也往右，她往左他也往左。庄蔺抬起头，看到边右被雨水打湿后格外白皙的脸，他的眼神温暖而潮湿，周身散发出迷离的气息。

他把伞递给她，她不接，就硬塞在她手里，然后一言不发地转身离开。

没有说一句话，也不曾试图得到一句感谢。

他就像一个影子一样存在，像某种意义上虔诚地守候，只为证明自己的心意。

黑色的伞柄上还有边右握过留下的体温。庄蔺撑着那把黑色的男式雨伞站在十七岁那年夏天最潮湿的大雨里，心像被泡在碧绿的湖水里，小小的浮萍贴在心尖上，心情也突然潮湿起来。

第四十二天，庄蔺把伞还给边右的时候对他说："谢谢你。还有，不要再浪费时间跟着我了，多花点时间学习吧。"

边右看着庄蔺，风把她耳际的发丝吹至嘴角，他很想帮她拨一拨，可最后只是默默地握紧了自己的手，怕自己唐突了她。他没有说好或者不好，他只是问："如果这次期中考试我考到年级前十名，你会不会和我一起去游乐园？"

庄蔺想了想，点点头。之前似乎有交流过关于课业的问题，她知道他成绩不错，但也只是班级前十，年级前五十的样子。在这所省重点中学里，每前进一个名次都像是跋涉千山万水一般艰难。她应承他，也不过是敷衍而已。

第四十三天，庄蔺还是在那棵梧桐树下看到了边右，她刚皱起眉头，他便径直走过来在她面前停下，说："我只是想看你一眼。现在看完了，我走了。"他骑上自行车，风吹鼓了他的白色校服衬衫，从背影看他像一只拢着翅膀的白色水鸟。

庄蔺望着他越变越小的背影，突然就笑了。

如果换作别人这样"纠缠"她，她肯定恨不得扎个小人送给他，可是边右这样的男生实在让人讨厌不起来。

他的关心小心翼翼，沉默安静，却很执着。用表姐柯小禾的话说就是“像奥运火炬的火种一样，燃烧得不算旺盛，但是会年年岁岁被保护着持续燃烧下去的样子。”

柯小禾还说：“如果你真的没有办法和他做朋友，那就赶快让他死心吧，不然他会一直这样得不到回应却持续付出，那对他真是太不公平了。”

“如果有这样的人喜欢我就好了。”柯小禾笑嘻嘻地对庄蔺半开玩笑地说，转过头去的时候微微露出怅然若失的表情。

5

庄蔺很快就有了新朋友，速度快得连她自己都吃惊。

他们的相识很戏剧性，像某部电视剧里的情节一样。一个初冬的暴雨天，滂沱的大雨不止打湿了庄蔺的棉外套，还打进她的眼睛里。她揉了几下眼睛，然后发现隐形眼镜给揉掉了，整个世界像隔了一层起雾的玻璃看到的一样模糊。

庄蔺眯着眼睛撑着一把根本就挡不了风雨的伞，站在路边伸着手打车。其实她根本就看不到出租车里有人没人，只希望空车的司机能看到她，在她面前停下。

这座城市的出租车都是白色的，所以当那辆白色的Nissan停在庄蔺面前的时候，她很自然地就打开车门坐了进去，边低头收伞，边说：“司机师傅，去格林小区。”

车子没有动，庄蔺很奇怪地抬起头，发现“司机师傅”正侧着身子望着她。她眯起眼睛，发现这辆“出租车”车内构造似乎和她印象里的不同，空气里还有极淡的男士香水香气。

水珠顺着发丝滴落下来，打在皮质的座椅上发出“啪啪”的声音。

庄蔺忽然意识到自己现在坐的根本不是出租车，她错上了眼前这个男人的私家车。

“对不起啊……”她很糗地道歉，想要推门下车的时候，对方突然锁上车门，发动汽车，说：“现在不好打车，我送你吧。”

女生坐陌生男人的车其实是一件很危险的事情，但是因为是白天，庄蔺又把手机偷偷握在手里，一旦情况不对就能一键拨号出去，所以虽然警惕得像只刺猬，心里却不觉得害怕。

男人按了几个按钮，电台主持人的声音传出来，让庄蔺的神经微微放松。他看了一眼庄蔺，说：“不用那么紧张，我对拐卖人口没兴趣。”

庄蔺瞪着眼睛看着前方，然后突然笑起来，说：“我隐形眼镜掉了，其实现在连你长什么样都看不清。”

男人说：“是吗？那我岂不是很亏，做了好事你想报答我都不知道找谁。”说着递给她一张名片，“拿着，记得我的名字和号码，想报答我的时候可以找我。”

那个男人……确切地说应该是男生，就是后来的许诺。他其实很年轻，后来庄蔺戴着隐形眼镜终于看清他样子的时候才发现他其实比她大不了几岁，只有二十岁左右的样子。不过他高中毕业后就没有再读书了，帮家里人做生意，事业经营得还不错。

那天临下车前许诺手机没电了，借庄蔺的手机打了个电话。许诺的声音很好听，庄蔺闭上眼睛想，他借她的手机会不会只是个借口，想知道她的号码呢？

伞上的雨水在许诺的车里滴成小小的一摊，像一颗透明的潮湿心脏，庄蔺没来由地觉得有点慌张。

两天后是周末，许诺真的就打电话给庄蔺了。他约她在南山路上一家咖啡馆见面。

那天又下了雨，他们见面后没有再去其他地方，一整个下午都窝在两张蓝色的懒人沙发里有一搭没一搭地聊天。许诺是个很有故事的人，亦是个很好的聊天对象。他告诉庄蔺，他高考前生了一场病，结果只考了所二本学校，觉得没意思又不想复读，就没去念了。

“那你后悔吗？”庄蔺问。

许诺搅拌着咖啡，在温暖的黄色灯光下，他的脸看起来像孩子一样纯真。他说：“遗憾肯定是有的，别人都有过四年的大学生活而我没有。并不是那张证书多么了不起，只是那四年应该是一个人人生中最美好的四年，和一群年龄相仿的同龄人没有什么利益冲突地度过，一起学习一起奋斗，一起哭一起笑，还能谈几段风花雪月的恋爱什么的，我觉得应该特别美好。不过后悔倒真没有，因为早早就出来工作，我现在已经拥有那些才毕业的同龄人可能想也不敢想的很多东西了。”许诺很自信，毫不掩饰他现在的成功和得意。

那天许诺送庄蔺回家，打开车门的时候问她：“我还可以再约你出来吃饭吗？”庄蔺回过头去，在许诺清澈的目光中竟然看到一丝忐忑。那一刻，她忽然就想起了边右。

犹豫片刻，她点了点头。

6

第九十六天的时候，庄蔺看到光秃秃的梧桐树下，边右微笑得如同春光一样温暖。他扬了扬手里的成绩单说：“和我去游乐园吧。”

庄蔺没有食言，周末依约和边右去了海洋馆看海豚和大鲨鱼，去了游乐园玩过山车、海盗船和旋转木马。

黄昏的时候，他们手上的游乐园通票还能玩最后一个项目，边右说："我们去坐摩天轮吧。"

庄蔺愣了一下，然后点点头。

当摩天轮升到最高处的时候，庄蔺看着边右的侧脸，想起另一张同样年轻美好的脸。

他们在游乐园附近的西餐厅吃饭，庄蔺点了一份意大利通心粉、一块黑森林蛋糕、一杯抹茶奶昔。和边右聊天的时候，她的手机响了。是许诺打来的，庄蔺告诉他地址。没一会儿，白色的Nissan就出现在落地玻璃窗外。

庄蔺挽着许诺的手臂介绍说："这是我朋友许诺，这是我的师弟边右。"

边右打翻了桌上的咖啡杯，他的神色很狼狈，像一只受伤后急于寻找洞穴让自己藏起来舔舐伤口的小动物。

庄蔺和许诺离开后，边右坐在那张有咖啡渍的沙发上度过了他人生中最血腥的黄昏。

那天坐在许诺的白色小车里，庄蔺没有作任何解释，许诺亦没有问。

窗外的景色飞速地向后退去，庄蔺的心中对边右隐隐有愧疚，但是她不愿去深究。

第一百零二天，她已经渐渐习惯的白色身影没有再准时出现在那棵熟悉的梧桐树下。

第一百零三天，他们在学校的超市偶遇，他看了她一眼，然后拿了矿泉水就安静地走开。

第一百零四天，她在路边摊旁和同学一起买太阳饼的时候，看到他骑着单车戴着耳机，飞快地从她身边驶过，没有发现她，兀自沉浸在自己的世界里，黑色的耳机线被风吹出一个弯曲的弧度。

第一百零五天，她走出校园的时候已经很晚了，天空是一种暗淡的青黛色，天边隐隐还有夕阳的余晖。那个叫边右的少年，他远远地跟随和沉默而安静的目光将再也不会出现在她的世界。

庄蔺如愿以偿了，可不知道为什么，心里没有任何欣喜的感觉。

7

庄蔺考上了北京的一所重点大学，大红的入学通知书带来喜悦的同时也带来了哀愁。

庄蔺和许诺在一起的第一个月后，边右消失的第五十九天，庄蔺和许诺之间爆发第一次争吵。

原因是庄蔺在路上看到许诺搂着一个浓妆艳抹的女人，和一群他所谓的生意伙伴从当地最大的酒店出来，然后钻进各自的汽车，下一个目的地应该是夜总会或者宾馆。

庄蔺很冷静地直到第二天中午才打给许诺，两人在许诺的办公室见面，发生激烈争吵。他认为那只不过是生意场上逢场作戏，而她却觉得那是对感情的亵渎，她没有办法睁一只眼闭一只眼。

虽然年龄只相差了三岁，可一个已经是在社会上浸染多年的成年男子，一个还是聪颖却纯白一片的小女生。

吵到后来，许诺忽然冷笑着说："你就什么都好吗？你和我在一起就真的全心全意爱着我吗？就一刻没想过那个叫边右的吗？"

庄蔺突然安静下来，她看着许诺，觉得浑身发冷。

"如果你没有想过他，怎么还留着他送你的珍珠手链呢？"许诺咄咄逼人，眼底满是醋意。

边右消失后的第二天，庄蔺在家门口的邮箱里看到那条他曾想送给她，被她拒绝了的珍珠手链。她细看之下才发现原来每一颗珍珠上都刻了她的姓。她一直把手链放在手袋里，想着什么时候遇到了可以还给他，可是后来就一直没再遇见。有时候她也想，还给他又怎么样呢？除非他再认识一个姓庄的朋友，不然就只能永远压箱底了。

庄蔺没有解释什么，擦干眼泪，背上包，推开门走了。

八月末，暴烈的日光。

庄蔺在家附近的花店里打工，有时候会骑着脚踏车去送花。那天有个客人订了一大束她最喜欢的马蹄莲，接收地址是这座城市有名的富人区。

那是一栋白色的地中海风格别墅，带一个别致美丽的花园，院子里的蔷薇花正开得如火如荼。庄蔺抱着马蹄莲站在厚重的木门前，门开了，她看到许诺的脸。他的脸上没有惊讶，拽住想要转身逃跑的庄蔺的手，急切地说："你大学一毕业，我们就结婚好不好？我真的很爱你，愿意为你改变我所有的一切。"他眼底有那么点真心，让她顿住了脚步。

后来庄蔺在阳光下眯着眼睛想，到底爱情是什么呢？是她第一次暗恋一个人时那种刻骨铭心的感觉，还是第一次被人执着追求时感动的感觉，还是如她和许诺这样，明明不是一个世界的人却如宿命般相遇？

她想她还是太小，不懂爱情，但是她知道她需要许诺。

8

庄蔺去北京读大学一年后，边右也以优异的成绩考上了北京的大学。他的大学和她的大学只隔了一条街，他去她的大学参加过联谊，她也去他的学校找同学吃过饭，可是他们却一次都没有遇见过。

边右大二的时候有了一个很美丽的女朋友，齐耳短发，明眸皓齿，身材高挑得像职业模特，走路的背影像一只轻捷优雅的鹤。边右承认他就是被她的背影吸引的，一瞬间就想到了那个执意拒绝他的女生。同时想起的还有那个时候的自己，愣头青一样的自己，傻傻的只懂一味往前冲。

因为那个时候的自己曾在书上看到一句话：就算眉头铺满了尘埃，也不一定能让那个人知道你曾经等待。

他就想自己一定不要做一个等眉头铺满了尘埃，也不被人知道自己等待了的人。所以庄蔺看到了他赤裸裸的真心和每日的等待，可最后他还是败了。

原来如果对方不爱你，你的等待被知道或者不被知道，结果都是一样的。这是边右后来明白的道理。

他再也没有追求过任何女生，即使他先喜欢了别人也只是默默等待，等有一天那个女生开始为他等待。

9

大三那年的暑假，庄蔺得到一个去广州移动公司实习的机会。她在那座炎热嘈杂的城市度过了辛苦繁忙的三个月。其间许诺来看过她几次，每次都带着她买LV、PRADA、CHANEL、HERMES……每次和许诺过完假期，庄蔺都是提着大包小包回到寝室。同住的女生羡慕她这么早就找好了金龟婿，她只是笑笑，不置可否。

曾经也想过要凭自己的努力创一番事业，做出一个什么程度的成绩来，可是出了社会才知道，“做得好不如嫁得好”这句话在某种程度上真的可以说是真理。

其实庄蔺曾经阻止过许诺给她买太多东西，因为她其实并没有那么喜欢，可结果是两人大吵一架。许诺说她不识好歹，说如果就凭她自己，努力一辈子也可能得不到现在所拥有的一切。她卑微的自尊在瞬间爆炸。

大吵过后许诺又抱紧她，哭着向她道歉，说他什么都有，可是却总是感觉不到庄蔺的爱。他知道她其实没有很爱他，但是他想他们会结婚，她爱他是迟早的事。只是他越等，心就越慌，始终没有安全感。

那天庄蔺也哭了。

后来两人抱在一起深吻。

那一瞬间，庄蔺突然想起了边右的脸。浓黑的眉毛，闪亮的眼睛，挺直的鼻梁和蔷薇色的温暖唇色，在风里倔强的表情，梧桐树下的凌乱光斑，鼓起来的白色校服衬衫，受伤时皱起来的眉头……

记忆里的他始终是那个少年的模样。她已经很久没有见到过他了，想象不出他变成成年男子的模样。

庄蔺毕业后还是没有去广州移动公司，虽然对方给她发了offer。她回到原来的城市，帮许诺经营他的公司，打理他的生意，他们的婚期定在明年夏天。

那年夏天，她答应和许诺交往，不是因为对他一见钟情，而是为了让边右死心——或者，隐隐也有想借此试探他对自己到底有真心几许的意思。

她和许诺破镜重圆，不是因为对他旧情复燃，而是因为家境贫寒，很难供她直到大学毕业，她不过是抓到一根刚好出现的救命稻草——或许还是有一点点爱的吧，可是那爱在金钱光芒的映衬下，显得那么微弱。

庄蔺最后还是爱上了许诺，不然她也不会真的和他结婚，不会为了他回到原来的城市。可是她始终不敢问自己，如果今天许诺一贫如洗她是否还会继续爱他？她始终不能原谅自己，让爱情沾染上铜臭味。

十二岁，父亲生意失败，家道中落，卖掉繁华地段的复式小楼，全家搬到破败的老房子里，在小小的三十平方米空间里生活，和邻居共用一个厕所，看到老鼠和蟑螂堂而皇之地在眼皮子底下飞奔而过是家常便饭。

庄蔺从那个时候开始真正知道贫穷的滋味原来那么可怕。

书上说贫穷是财富，贫穷会让人警醒，更知晓生活的艰辛所以加倍努力，可是书上没说贫穷也会让人心生强烈的自卑，像夏日的梧桐枝叶密密地遮盖心湖。而自卑又会阻止人靠近令自己心生向往的人或者事，因为会自惭形秽。

那年夏天，庄蔺看到边右很专注地粘贴着道具，阳光透过窗户打在他的侧脸上，他美好得像来自外太空的天使。她突然想，像他这么美好的少年，只有干净的、没有一丝杂质的爱情才配得上他吧。

10

2010年的夏天，庄蔺终于要结婚了，和她年少时的恋人。所有人都说他们是一个奇迹，让他们相信这个世界上还是有爱情这种东西存在。庄蔺只是笑笑，心里却像是吃了颗薄荷糖，虽然甜甜的，却也凉凉的。

她和许诺约了在7路公交车的站牌下见，他开车来接她一起去民政局。等许诺的时候，庄蔺突然又看到了边右。

边右也看到了她，他并不在那一站下车，却挤过层层人群，在车门关上的最后一刻下了车。

公交车站牌下人并不多，庄蔺坐在长木椅上，边右站在她的身边。

他已经长成了一个清俊的男人，可身上始终有一种挥之不去的少年气质。

“你现在过得好吗？”庄蔺不想气氛太尴尬，笑着先开了口。

“你呢？没想到还能再见到你。”边右说。

“我挺好的。”马上要结婚了。后面这句话，庄蔺犹豫了下，还是没有说出口。

接下来便是长久的沉默。

身边等车的人换了一批又一批，庄蔺担心许诺开车过来看到边右会有什么想法时，边右突然又说话了：“你有没有喜欢过我呢？”

庄蔺愣在那里，只是抬头看着边右，没有回答。

边右其实没有看她，视线没有落点地望着前方，自顾自地说：“如果，你真的不喜欢我，那么我今天就要向我女朋友求婚了。”

庄蔺突然垂下头笑了，她抚着自己的额想，她能回答什么呢？“不，我不喜欢你”，还是“不要结婚，和我一起，我一直爱着你”，还是“我爱过你，可是祝你幸福”？

好像哪一句都不合适。

身旁等车的人群中有一对穿校服的学生，男生和长相甜美的女生并肩，女生仰起头，一脸幸福地微笑着说：“等下一班公交车来，我们就回去。”

下一班公交车迟早会来，我们却再也回不去。

庄蔺想，或许这才是最好的回答。

她闭上眼睛的瞬间眼泪落了下来，耳边突然响起那年夏天喧嚣的夏日蝉鸣，彻日彻夜的鸣叫也无法挽留夏季离去的步伐。

而这一年的夏，也终将过去。

春江日暖

如果有那一天，请直面我的离去，
我来过这个世上，已经是幸运。

文／狄戈

楔子

“你想去中国吗？”沈司南问沈司羽。

沈司羽耸了下肩，很无所谓地说：“随便。”

“我想去，我喜欢东方女孩，听说她们内敛又害羞。”沈司南指了指墙上挂的一幅有些年头的水墨画：“像这样的。”

沈司羽抬头看了一眼，笑了下，看起来并没什么兴致。

1

二十一世纪的头几年，因为中国大陆经济持续飞跃，沈家将投资重心从欧美转移到中国。

这年秋天，沈司南和沈司羽随着父母离开了生活十六年的英国约克郡，来到中国春江，一个经济发达的沿海城市。

沈先生原想给他们找一所教学优秀的私立高中，可那时候的春江，私立高中乌烟瘴气，权威的还属公立。

两人第一次去学校那天，是十月中旬，一场雨后，天气骤然变冷。

沈家派了车子将两人送到门口，郭秘书紧张兮兮地拿了围巾给沈司南，沈司南一脸抗拒，觉得他太夸张。

沈司羽接过去给他围上，警告似的看他一眼，仿佛在说：你敢拿下来试试。

每到这种时候，沈司南总想叫他哥，你才是我哥！

因为正值上学高峰期，大门口学生很多，沈家的车子不算低调，两人刚走下车就引来众人驻足。

个子高高模样俊俏的年轻男孩，还是两个，长得一模一样，出现在这样一个严肃认真又无聊的学校里，引起了不小的轰动。

沈司羽环顾一周，扭头看向沈司南，说："有个成语……"

沈司南扯嘴轻笑："鹤立鸡群。"

他的话音一落，旁边走过的一个女孩突然顿住。

她慢慢地回头，一张素白小脸，清秀干净，嘴唇紧抿着看着沈司南，脸颊鼓鼓的像是在生气。

女孩问："你说谁是鸡？"表情虽气呼呼的，但声音还是软软绵绵，十分悦耳。

说完后她好像意识到什么，脸颊慢慢变成粉红，一双水汪汪的眼睛瞪得更大了，越发生气了。

从小生活在国外的兄弟俩虽然接受过传统文化的熏陶，但是这话外音却是无法理解，也不懂她生气什么。

沈司羽完全没有要搭理女孩的意思，沈司南却饶有兴致地看着眼前涨红脸的小姑娘，心想，果然如传闻一样，容易害羞。

然后，他弯起嘴角，冲女孩露出一个友好的笑容。

沈司羽拍了拍沈司南的肩膀，像是在说“祝你好运”，然后自顾自地走向校园。

沈司南打量着女孩，扎着简单的马尾，穿着宽大的校服，这样的东方女孩，好像和自己想象的不太一样，为什么没有裙子？

“我也要穿吗？你这种衣服。”沈司南皱眉指了指她的校服。

女孩奇怪地看了他一眼：“当然。”

“可以不穿吗？”很丑……

“可以。”她不准备和这个奇怪的男孩继续聊下去，边转身边说，“然后教导主任每天都会抓到你。”

“教导主任是什么？”沈司南两步追上她，十分好奇。

女孩再次停住脚步，疑惑地看着他，终于察觉到什么，问道：“你从哪里来的？”

“英国。”

女孩了然地点点头，思忖着该怎么和他解释教导主任这种让人敬畏又讨厌的存在。

半晌，她说：“教导主任就像是霍格沃茨的斯内普教授。”她想，每个英国人应该都看过《哈利·波特》。

沈司南立刻就懂了：“好凶啊……那就穿吧。”

女孩被他一本正经害怕的样子逗笑，刚刚还在生气的眼睛立刻笑得弯成了月牙。

这是沈司南和郑希瑞的第一次相遇，很普通的开篇，很普通的聊天，很普通的关系。

2

英国的课程和国内的相差很大，尤其是数学，沈司羽学起来都有些吃力，就更别说不学无术的沈司南了。

在中国上学的第二天，沈司南就交不上作业，来收作业的正是班长兼数学课代表的郑希瑞。

“不交作业会怎么样？”他问郑希瑞。

郑希瑞认真想了一下：“老师会找家长吧。”

“那还好，爸爸妈妈谁来都可以吗？”沈司南舒了一口气。

郑希瑞从来没见过听说找家长还能这么轻松的，很多学生把找家长当作奇耻大辱。她犹豫了一下，问道：“你是不会写吗？”

沈司南点头：“这些题太难了，昨天沈司羽都写到后半夜。”

郑希瑞看了一眼沈司羽的作业本，又看了看不远处正奋笔疾书抄作业的几个男同学，奇怪地道：“沈司南你为什么不抄你弟弟的作业？”

沈司南皱眉：“抄？我不会做这种事。”

郑希瑞深深地看了他一眼，收了沈司羽的作业本后转身离开了。

那天数学老师并没有找沈司南的家长，还在课堂上夸奖了沈司南，夸赞的理由是——诚实，然后，让他放学后留下，郑希瑞负责给他补课。

“你是认真的吗？”沈司南拿着书包准备放学回家，却被郑希瑞拦在门口，他很诧异。

“老师让我负责你的数学成绩。”郑希瑞张开双手拦着他，一字一句强调。

沈司羽不准备陪沈司南一起补习，垂眸瞥郑希瑞一眼，冷冷淡淡地说：“让让，我要出去。”

郑希瑞抓住沈司南，让开地方让沈司羽离开。

沈司南：“……”

他是怎么被这个女同学盯上的？

“喂，沈司羽。”

沈司羽头也没回地说：“好好跟你的东方女孩补课，晚点让司机来接你。”

叛徒！

那天，郑希瑞像个老师一样拉着沈司南恶补数学。

沈司南非常不配合，他鼓捣着游戏机，完全把郑希瑞晾在一边，直到郑希瑞突然不再试图和他说话，他才抬头看她。

郑希瑞鼓着腮帮眼含泪花瞪着他，像是极其委屈……

沈司南紧张了，他从未见过这么爱哭的女生：“喂，喂，sorry啊，别哭，我学。”

结果，她不仅没把眼泪收回去，竟然噼里啪啦掉了下来。

沈司南慌了，不知道怎么办，手忙脚乱地去找纸巾。

“我都没吃饭我帮你补习我好饿啊你还不理我……”

郑希瑞边哭边说，虽然咬字含糊，但沈司南还是听懂了，他真是混蛋啊。

沈司羽不知道什么时候来的，他靠在教室门边，双手插兜：“沈司南，回家了啊。”

“沈司羽，你看她怎么哭了啊？”沈司南见到他，忙说，“我搞不定，你过来。”

沈司羽不耐烦地看了一眼郑希瑞：“妈说你再不回家吃饭她要亲自来了，而且她打电话给老师了，以后你都不需要留堂补习。”

郑希瑞擦了把眼泪，拿着课本书包，边抽泣边冲出了教室，走到门口时，还不忘对沈司羽说：“我讨厌你们俩，尤其沈司南。”

沈司南："……"

沈司羽似笑非笑地问他："这就是你说的东方女孩？"

"是，可爱吗？"

"呵。"

3

沈司南再次和郑希瑞说话是在周五的一节体育课上。

那天，郑希瑞坐在看台上看着从队列中走出来的沈司南，他双手插兜悠闲地走上看台，坐到她的身边。

"你怎么不上体育课？"沈司南歪头看她。

郑希瑞不想理他，但见他微微笑着，十分友好的样子，脸突然一红，低头盯着脚尖，没说话。

"那天对不起，我太不尊重你了，而且很没礼貌。"

他真诚道歉，说话时，好看的眉眼弯弯地凝视着她，极具耐心地等她回答。

她匆匆瞥他一眼，随即继续盯着脚尖，轻声说："没关系。"

沈司南舒了口气，还好，挺好哄。

"你呢？为什么不上体育课？"郑希瑞问他。

他耸了下肩："我不能做剧烈运动。"

"啊，我也是。"郑希瑞下意识地接了一句。

沈司南眸子一深，眉头皱了起来，他盯着郑希瑞，压低声音，问："为什么？"

郑希瑞有点尴尬，她支吾道："你是因为什么？"

"因为我有心脏病。"他说。

沈司南说这话的时候，用一种非常平常的语气，似乎他也早已习惯。

郑希瑞瞪大眼睛看了他半晌才想起来问："很严重吗？"

"你们都没发现，看起来不严重。"他的语气轻松自然，这让郑希瑞在心里偷偷舒了口气。

"你呢？"

"我？"她转转眼珠，觉得有点难为情，好半晌才嘀咕，"就肚子疼啊……"

沈司南愣了一下，又干咳一声，随即笑了起来，他伸手拍了拍她的头："吓我一跳，还以为你和我一样，幸好啊。"

他会微笑，会轻笑，但很少笑得这么灿烂。

深秋的阳光很刺眼，却不及他此刻的笑容，郑希瑞看着他开心的样子，觉得腹痛都减轻了不少。

那是郑希瑞第一次感受到沈司南内心的善良。

他是那么美好的一个少年。

那天，很多人看到沈司南和郑希瑞相谈甚欢。

于是，从那以后，给沈司南的信，突然都转送到了郑希瑞手上。

刚开始郑希瑞给他送的时候还有些难为情，后来给的次数多了也就习惯了。

每次沈司南都会接过去，然后对郑希瑞说"谢谢"，但是她从来没收到过他对那些信的回复。

4

这一年初雪那天，放学的时候天已经黑了下来，沈司南和沈司羽准备上车时，听到郑希瑞的声音。

她从学校门口跑过来，雪地靴嘎吱嘎吱踩在厚厚的雪上，毛线帽子随着跑动歪到一边，显得笨拙又可爱。

她停在沈司南面前，伸手递给他一封信："十三班一个女生给你的。"

沈司南接过去，看了眼喘着粗气整理帽子的郑希瑞，有点不满："你对别人的事都这么积极吗？"

"嗯？"郑希瑞不明所以看向他。

沈司南随手将信扔进车座椅上，冷冰冰地道："以后少管这闲事。"

郑希瑞眨了眨眼睛，见沈司南面色不虞，她小脸一垮，低头"哦"了一声，转身便走。

沈司羽开门上车，喊道："沈司南，进来。"外面很冷，他不希望沈司南感冒。

沈司南没动，看着郑希瑞的背影，见她越走越远，他忙蹲地上团了个雪团扔了过去。

郑希瑞被打中肩膀，她咬着嘴唇回头，眼圈竟然又是红的。

真爱哭啊。

沈司南再次有点慌，但却还强作镇定地扯着嘴角，故意调侃道："郑希瑞你刚才这么着急我还以为是你写的。"

郑希瑞瞪大了眼睛，脸颊早已经被冻红，却依旧能看出她的脸色又红了几分，她说："想得美！"

"沈司南，我再说一句，坐进车里去！"沈司羽声音里的不满又添了几分。

沈司南没再犹豫，他怀疑如果再耽误下去沈司羽会直接动手将他塞进去，这会儿让他在郑希瑞面前很丢面子。

他坐进后座，看了一眼那封情书，随手塞到座椅口袋中，问沈司羽："你喜欢和什么样的女生做朋友？"

“漂亮的。”

“你觉得郑希瑞漂亮吗？”

“没注意，”沈司羽说完，继续道，“不漂亮。”

“你不是没注意吗？”

“所以不漂亮啊，因为我都没注意。”

沈司南却不认同，他哼了一声：“真应该带你去看看眼睛。”

“呵，你先自己去看看吧。”

5

平安夜这天，学校取消了晚自习，提早放学。

几个同学喊着郑希瑞去玩，她见到从教室走出来的沈家两兄弟，问道：“沈司南，晚上我们要去步行街，你和沈司羽一起去吗？”

沈司南见郑希瑞一脸期待地看着自己，眼眸一黯，什么也没说。

郑希瑞差点以为自己说错了什么话惹这位少爷不高兴了。

“不去。”沈司羽在后面替他回答。

“哦。”郑希瑞又满脸期待地看向沈司南，“沈司南，你去吗？”

她以为沈司羽说的是他自己不去。

沈司羽再次说了一遍：“不去。”

郑希瑞满脸失望。

沈司南和沈司羽是同卵双生，有时候父母都很难分清他们两人。

沈司南在那天才突然意识到，从认识郑希瑞开始，她从没把他和沈司羽认错过，他说：“我想去。”说完，沈司南看向沈司羽，又说了一遍：“我想去。”

那天，挨不住沈司南好奇，沈司羽陪着他跟着班里几个同学去了步行街，参加音乐集会，吃路边摊小吃，买没有用却设计独特的小商品，摆着各种造型拍照片……

这些都是他们不曾有过的体验。

那晚，他们进了一家店，几个同学说过节要有气氛，抱着新奇的态度，想点瓶果酒尝尝味道。

点单的服务员见他们都还只是学生，出声劝阻，却架不住这群孩子说要向店长说理——哪有人点单不给下单的，服务员只好给他们推荐了一款酒精风味的果茶。

果茶端上来，服务员打开瓶盖，将摆好的酒杯一一斟上。

沈司南和郑希瑞，还有那几个同学全程紧盯着，一脸跃跃欲试的表情。沈司羽防备地看着沈司南，当沈司南将手伸向酒杯时，他几乎是第一时间将酒杯没收。

沈司南很生气："沈司羽，你比医生还讨人厌。"

"随你怎么说。"说着沈司羽将两杯果茶喝掉，还挑衅地看着他。

郑希瑞见沈司南不高兴，她小声抱怨："给他尝尝嘛，你干吗两杯都喝掉！"

沈司羽像没听到一样。

沈司南反而安慰她："没事，不喝就不喝呗，咱们不理他。"

郑希瑞替他委屈，半晌，她突然端着酒杯从座椅上走下来，看着沈司南说："沈司南你陪我去下洗手间好吗？"

沈司南挑眉，他还以为自己听错了："我？陪你去洗手间？"

郑希瑞肯定地点头。

不知道哪个同学吹了一声口哨，郑希瑞抿了抿唇，眼神飘忽不定。好在沈司南没再问什么，抬脚陪她朝洗手间的方向走去。

6

两人走到拐角处，郑希瑞躲到一棵大盆栽后面，伸出藏在袖子里的手，那白嫩的小手里握着一个小酒杯。

她小心翼翼地看了一眼外面，见沈司羽没跟来，压低声音说：“喝我的，快，别让沈司羽发现。”

沈司南诧异地看向她。

“一点点应该没问题吧？”她瞪着大眼睛，求证似的看着他。

“你说得对，一点点没问题。”沈司南说着，将杯子接过去，他晃了晃里面的液体，抬头看向郑希瑞，发现她做贼一样，转着眼珠盯着外面，不自觉低笑一声，微微仰头喝了一口。

郑希瑞立刻问：“好喝吗？”

沈司南点头，把杯子里的果茶全喝了。

那是他第一次触碰酒精，甜中带涩，还有刺激。

两人相视而笑，然后越笑越开心，因为他们暗促促地做了坏事却没人发现，有点得意，有点骄傲。

郑希瑞将酒杯藏到盆栽里，怕沈司羽找过来，两人不敢多待。刚准备走时，沈司南扯住郑希瑞：“等会儿，你闻闻我有没有酒味？”

郑希瑞回头，便见沈司南将脸凑过来，她脑袋“嗡”的一声，整个人愣在那里。

沈司南停在离她很近的地方，轻轻冲她哈了一口气，眼睛亮晶晶地看着她，询问道：“有吗？”

郑希瑞仿佛被点了穴道，一动不动地看着他，渐渐地脸开始变得燥热，好半天，她无措地说：“有……”

“班长，你们在这儿干什么？”沈司南还没说话，身后就有人叫他们，是一起来的同班同学。

沈司南看了眼郑希瑞，一本正经地说："在讨论这个果茶会不会让人脸红的问题。"

"会吗？"同学天真地问。

"会啊，你看她。"沈司南指了指郑希瑞，然后轻笑着走了。

7

那天，沈司南和沈司羽回到家已经过了十二点，沈司南还带着酒气。

沈父大发雷霆，让郭秘书拿来了鞭子，指着沈司羽，怒道："你们都干什么去了？怎么能让沈司南碰酒精？"

沈司羽直直地站在那里，不说话。

沈父让郭秘书把沈司南送进房间，沈司南不走，郭秘书让人强行将他带走。

沈司南第一次激烈反抗，他愤怒地喊道："为什么不说我，街是我要逛的，酒精是我要碰的，不关沈司羽的事！"

"你别生气，我只是和你弟弟谈谈。"沈父见沈司南脸涨得通红，忙将鞭子递给郭秘书，"收起来了，我不打沈司羽。"

那晚，沈母看着沈司南入睡才离开。

沈司南见她离开，披了衣服也开门走了出去，他停在父亲的书房门口，本想帮沈司羽说些好话，可听到房间的对话后，便生生顿住开门的手。

那晚，他不知道自己站在门口多久，直到楼下大厅的时钟报时他才意识到已经夜里两点了。

沈司南拢了拢衣服回到房间，一夜无眠。

第二天早上，雪又下了起来。

因为沈司南前一天喝了酒，沈父怕他身体出现问题，叫了医生来家里给他检查，沈司羽独自去了学校。

沈司南站在大的落地窗前，看着外面纷纷扬扬的雪花，问坐在沙发上看报纸的父亲："您觉得我和司羽谁更聪明？"

沈父头也不抬地回答："都很聪明。"

"那您觉得我能管理好沈洲集团吗？"

沈父一愣，放下手里的报纸，半晌，语重心长地说："司南，你只需要开心地生活就好。"

"不，我要当沈洲的总裁。"

那年，他说这话的时候，将满十七岁。

8

沈司南到学校的时候，第二节课已经开始，有值周生在学校门口抓上课迟到的学生。

沈司南在大门口下车，刚要走进去，却被人拽住。

郑希瑞头发有些凌乱，她背着大书包气喘吁吁地说："抓住要在门口罚站的。"

乖乖女竟也会迟到？

沈司南好笑地看着她："罚站吗？可以。"

郑希瑞嘟嘟嘴："我……不要。"她可是班长，可丢不起这人。

"那怎么办？"沈司南打量她，发现她竟然是一副刚睡醒的样子。

"跟我来。"郑希瑞带他走到学校操场另一侧，她指了指领操台，"从这里能爬到领操台上。"

沈司南挑眉："你让我爬栏杆？"

他从小到大，走快一点都会有人来提醒他小心。如今，这个女孩，却让他爬这么高的领操台，很好，他喜欢被鼓励做这种危险的事，就像她昨天偷偷给他喝酒，非常新鲜的体验。

刺激！

一米八几的个子绝不是白长的，抬腿便能碰到横栏，踩上去抓住领操台的栏杆，稍一用力就踩到水泥板上了，他回身将手伸给郑希瑞："上来。"

郑希瑞虽然不矮，但是很瘦，沈司南没用多大力气就将她拽了上来。她的手很小，冰凉，沈司南握了握，东方女孩的手，滑腻，柔若无骨。

郑希瑞想抽回来，却发现他握得更用力了："沈司南……"

郑希瑞动不动就脸红这个毛病，让沈司南觉得很有意思。

"坐一会儿。"沈司南将书包垫到地上，转身坐到上面。

他见郑希瑞还站在那里，伸手拽了拽她："聊一会儿天，这里多安静。"

操场上一个人都没有，天地一个颜色，白茫茫一片，郑希瑞坐到他身边，觉得整个世界除了身侧这个人的呼吸声，她什么都听不到。

"聊……什么？"她受不了两人之间太安静。

"聊聊司羽。"

"我不了解他，他很少主动说话，感觉很有距离。"郑希瑞觉得，他和沈司南虽然长得一模一样，但是沈司羽总是高高在上。

沈司南很赞同，因为太优秀，所以年少的司羽难免有些心高气傲。

"昨天父亲对司羽说，他是要继承家业的人，他和我不一样，他被寄予了厚望。"

"……那你呢？"

"我？我是被放弃的那一个。"他原以为他是最受宠的那一个，不会挨骂也不会挨打，甚至因为沈司羽被严厉对待而沾沾自喜过，也可怜过心疼过这个弟弟。

“父亲说，司羽是他最优秀的儿子。”

沈司南伸手接了几片雪花，雪花在手心里慢慢化成水珠，又变成一汪水，从手上凉到心里，一如昨晚那一抹凉意。

原来，可怜的是自己，从未被父母期待过的自己。

“那你争取做最优秀的不就好了吗？”郑希瑞说。

“我？”沈司南眉头微皱。

“很难吗？你们是双胞胎啊，沈司羽能做到你也可以啊。”

沈司南眉头渐渐舒展，是啊，原来不是父亲看轻他，一直以来他自己都没相信过自己，身体不好，他还有脑子。

沈司南站起身，将郑希瑞也拽了起来，她不明所以时突然被沈司南搂住。

9

郑希瑞僵在他怀里，还没做反应，突然传来的声音让两人都吓了一跳。

广播里教导主任气急败坏的声音响彻天空——领操台上搂搂抱抱的那对男女同学，你们是哪个班的？太嚣张了！你们怎么不上天啊！

两个人被叫去了办公室谈话。

沈司南说是他强抱了郑希瑞，教导主任把刚喝进去的茶水全喷了出来。

郑希瑞忙解释：“他说的是拥抱的抱，不是……不是那个……强……暴……”

那天，郑希瑞写了五千字的检讨，沈司南被找了家长，来的却是郭秘书，在教导主任吐沫横飞讲了半个小时后，郭秘书轻描淡写地说，先生说南少爷只要不是太过分就请您就睁一只眼闭一只眼。

教导主任生平第一次感受到了——挫败。

寒假转眼即逝，沈司南的改变全家有目共睹，沈司羽看的书上的课他全都不拉下分毫，沈父沈母担心他的身体，劝阻不得，只能缩减沈司羽的课程。

沈司羽倒是没见得多感激，他只是奇怪："沈司南，你犯什么病？"

"我要变得优秀啊。"

沈司羽皱眉："你开心快乐就好，优秀很累。"

再开学，关于沈司南和郑希瑞的流言蜚语丝毫没有平息，似乎也是从被抓那天开始，郑希瑞不再在人前和沈司南说话了。

沈司南有点烦，郑希瑞越是不理他，他越是不停地找她说话。

"东方女孩果然内敛又害羞。"沈司南在一次借笔记没得到回应后感慨道。

沈司羽看他一眼："你不是说你喜欢东方女孩的内敛羞涩吗？"

"接触后才发现，很头疼。"

"所以我喜欢内心强大的女生，那种淡定又骄傲的。"沈司羽说。

沈司南随口祝福："希望你能遇到。"

10

高三下学期第四次模拟考试，沈司南从年级第四百名考进年级前三十名，成为学校有史以来最强逆袭。

这一年，发生了许多大事，地震、毒奶粉、奥运，同时也流行了一些莫名其妙的东西。

也不知道谁第一个吃辣椒味雪糕的，那年，在学校风靡一时。有一次一个同学分给了沈司南一根，沈司南还没伸手接就接收到沈司羽的眼神警告，双胞胎的心有灵犀让沈司南解读到，沈司羽在说：沈司南你不要吃奇奇怪怪的东西。

沈司南撇嘴，虽不满自己被弟弟时刻管着，但也没要那根雪糕。

午休时，郑希瑞从外面回来，她在门口探头探脑，终于引得沈司南看向她，她眨着眼睛示意他出来。

郑希瑞靠在走廊窗边，背着光，双手背在身后，一副神神秘秘的样子。

沈司南走出教室，站定到她跟前，伸手："给我吧。"

"什么？"郑希瑞假装不懂。

"辣椒味的雪糕啊，还不知道你。"沈司南扯嘴笑，他每次这么笑，郑希瑞心都不自觉地怦怦跳。

没有惊喜，都被他猜到了，郑希瑞将雪糕递到他手里："快吃，别让沈司羽发现。"

沈司南笑得像个小孩，他故意搂住郑希瑞的肩膀："你不是不和我说话吗？"

郑希瑞满脸通红地推开他："你是不是还想让我写检讨啊！"

沈司南却好奇地看着她："你这脸是什么材质的？怎么说红就红呢？"

郑希瑞的脸更红了，她佯怒道："你吃不吃，不吃没收了啊。"

临近高考，天气渐渐炎热起来，雪糕本是降温的，结果因为太辣，沈司南一边低低笑着，一边辣得满头是汗，他说："郑希瑞，你看着老实，但我跟你在一起怎么总这么刺激。"

11

高考结束后，春江持续高温。学校填报志愿的前一天，沈司南打电话把郑希瑞叫了出来，那天春江的室外温度达到了三十八度。

郑希瑞没有把头发绑起来，黑发柔顺地披在肩膀上，她终于脱掉了校服，穿了一套白色连衣裙，手里打了把蕾丝的遮阳伞。

沈司南等在游乐场门口，蹭着旁边卖冰阿姨的大伞，郑希瑞出现在他眼前的时候，他着实愣了半晌。

是他喜欢的东方女孩的样子，柔软，清秀，害羞，穿着好看的裙子，站在阳伞下，青涩地对他笑。

因为那天太热，两人早早结束了游乐场之行，一下午的时间，他们都坐在冷饮店，点了一桌子冰淇淋、圣代和雪顶，郑希瑞把每种口味都吃了一遍，她吃，他点餐。

傍晚要回家时，沈司南问她："你要报哪里的学校？"

郑希瑞犹豫半晌，回答："我爸让我去麻省理工学金融。"

沈司南眸光一黯，抿紧了唇没说话。

"你呢？"郑希瑞问。

沈司南回答："留在春江，去财经大学。"

他的父母不允许他离开太远，他的身体也不允许他独自去国外留学。

后来两人各自有心事，没再说什么，默默地分道扬镳。

当晚，沈司南回到沈宅便要求去麻省理工上学。

经过一晚上的讨论，沈父松口，同意沈司羽和沈司南一起去麻省理工，跟去的还有一个医疗团队。

取录取通知书的时候已经快八月了，郑希瑞拿了财经大学的通知书，沈司南看到后，差点没把她的通知书撕了，他第一次对郑希瑞发脾气："你是不是傻啊你，你不是要去麻省理工吗？”

郑希瑞不明所以，她红着眼睛咬着唇小声说：“突然不想去了。”

当晚，沈司南回到沈宅，说什么都不去麻省理工了。

沈父难得对他动了怒气：“你已经不是小孩子了，要对自己的决定负责，也要为自己的未来负责，沈司南，如果你这么儿戏，你永远不会是让我骄傲的儿子！”

同年九月，沈司南和沈司羽一起去了麻省理工，郑希瑞留在了春江。

走的那天，沈司南给郑希瑞打电话，他一再强调：“你别来送我。”

郑希瑞委委屈屈地“哦”了一声。

12

大学并不比高中轻松到哪儿去，尤其是金融系。沈司南不顾身体，一年修了别人两年的课程。

那一年，几次检查中沈司南的心脏状况都不是很稳定，沈父勒令沈司南退学回春江不成，差点亲自去美国抓人。

那一年，沈司南没回一次春江，没见一次郑希瑞。

大一下学期期末，郑希瑞给沈司南发了一封邮件，内容很简单，只有一句话：我要订婚了。

沈司南第一时间打电话过去：“谁？”

“不知道啊，没见过。我父亲生意上往来的伙伴的儿子，家境殷实，郎才女貌，门当户对。”

除了这些，郑希瑞对对方的情况一概不知。

沈司南都要怀疑这只是她的一个玩笑，但她并不是乱开玩笑的人。

沈司南躺在病床上，一只手握着电话，一只手攥着雪白的床单，那手白得几乎要和床单融为一体，只有那骨节分明的手指能让人分辨出来。

那天，在越洋电话里，沈司南给郑希瑞讲了一个他小时候听到的传说：“很久以前，有一个猎人，他因为太爱自己的妻子，每次打猎出走之前都把妻子留在密封的房子里以免她被伤害。”

“有一次他迷路了，离开了很久很久，等到他再回去时，怀孕的妻子已经饿死了。

“猎人伤心欲绝，与妻子绑在一起点燃了房子，后来两人变成了一对犀鸟，比翼双飞，形影不离。

“但是猎人仍不改旧，在雌鸟孕育儿女之时，还是将她留在封死的树洞中……”

“要我做阅读理解吗？”郑希瑞奇怪地问。

“这是我母亲给我讲的故事，她讲的时候，神色是羡慕向往的。”

“啊？”郑希瑞惊讶，一个凄惨的故事，怎么会有人向往。

“我父母就是家族联姻，没有爱情，相敬如宾，互不关心，除了必要的正事，几乎从不交流。她已经没有选择的机会了，可是你有。”

沈司南挂掉电话的时候，很是落寞，他想快点回去，想回到她身边。

可是他连自己会不会有未来都不知道，怎么敢许她未来！

13

那年八月，沈司南和沈司羽一起回到了春江。

沈司羽被告知，他将要和威马控股董事长的独生女订婚。

“我拒绝。”沈司羽直截了当。

沈父更直截了当：“沈司羽你没有话语权，而且，你无法估量和威马控股联姻后，沈家在亚太区的实力将会如何强大。”

“关我什么事？”沈司羽虽然被寄予厚望，但他却有着自己的打算，从不屈服。

沈父气到刚要喊郭秘书拿鞭子，沈司南突然问：“威马控股董事长的独女叫什么？”

“郑希瑞。”沈父感到奇怪地看着他。

沈司南听到那个名字的瞬间便怒到踢翻脚边的红木矮凳：“为什么是沈司羽？沈司羽根本就不喜欢她！”

“对，所以我拒绝！”沈司羽看着沈父，完全不可商量的样子。

“你们俩是要造反吗？”沈父拍向桌子，“你没有权利拒绝！郭秘书，把沈司南送到房间去。”

又是这样，沈司南绝望地看着他的父亲和弟弟，情绪到了暴怒的边缘：“沈司羽，为什么什么都会是你的？在母亲肚子里的时候，营养都被你抢走了，结果我的身体是如今这个样子！现在又是郑希瑞……”

沈司羽诧异地看向他，半晌，沉了眸子，锁了眉头，冷声道：“沈司南，你知道你在说什么吗？我给你一次机会，把刚才的话收回。”

“我不收回。”沈司南急红了眼睛。

后来沈司羽沉默良久，才沉声道：“沈司南，你这样会后悔的，以后一定会后悔说这样的话的。”

他不是在威胁沈司南，而是在叙述一个事实，像大人看着不懂事的小孩一样。

其实沈司羽说得很对，这话说完沈司南几乎是立刻就后悔了。但他却没有道歉，而是抬头对父亲说：“父亲，您安排手术吧！”

沈司羽闻言一惊，他不敢置信地看着沈司南。

沈司南一直没有手术，是因为沈司南还没到非手术不可的地步，而且，手术风险太大，沈家人不愿意冒险，害怕沈司南在手术台上就此沉眠。

沈父沉默良久，半晌才道：“你真的要做吗？”

“是的，父亲，我一定会活下来的，因为我要成为沈洲的继承人。”沈司南与沈父对视，毫不退缩。

沈父看着沈司南，他的个子已经很高了，剑眉星目，除了一丝病态的苍白，几乎和正常的孩子没有分别。

他像是今天才认识自己的儿子，思忖许久，说：“好，我去安排。你自己去和你母亲说，手术的事不要告诉你祖母。”

14

沈司南的手术很成功，经过大半年的调养，身体恢复得非常好。他强大的求生意志，让医生都很惊讶。

而自从上次的冲突之后，沈司羽毅然从麻省理工退学，不顾父亲反对跑去日本学医。

沈司南对父亲说，他要去沈洲上班，他会把不与郑家联姻的损失一点一点补回来。

不到一年的时间，沈司南的商业天赋便展现得淋漓尽致。

在年末的董事会上，沈司南正式成为沈洲集团亚太区总裁。

沈司南走出集团大楼，直接让司机送他去了财经大学。因为正是午休时间，沈司南在寝室楼下等了郑希瑞一个小时才见她出来。

郑希瑞见到他，惊喜到半晌才说出一句话：“沈司南，你怎么来了？”

虽然两人都在春江，但自从沈司南手术后，他们才见过两次，平时都只是通过邮件和电话联系。

“郑希瑞，我把你的订婚搅黄了，赔你一个男朋友吧。”

沈司南西装革履靠在豪车旁，装得特别云淡风轻的样子，其实内心已经紧张到翻起滔天大浪。

为了能对郑希瑞说出这句话，两年的时光，无论是身体，还是事业，他每一步都走在刀尖上，提心吊胆，害怕自己陷入万劫不复之地！

还好，上天是眷顾他的！

郑希瑞毫无心理准备，好半晌才反应过来，红着眼睛说："我以为还要等你很久。"

沈司南拥她入怀，摸了摸她的头发，眉目温柔："太久了，希瑞，你已经等我太久了。"

15

沈司南的心脏出现问题是在沈司羽考上研究生那年。

那年欧洲杯决赛西班牙4：0完胜意大利，沈司南和沈司羽去了现场，沈司南本不是意大利队的粉丝，可赛事结束后，还没走出体育场他便毫无征兆地晕倒了。

有意大利球迷以为他因为输球受了刺激，感动得为他祷告，沈司羽却吓到脸色惨白。

检查的结果并不如人意，沈司南没告诉郑希瑞，他只说在国外出差，工程浩大，归国无期，好在郑希瑞很懂事，懂事得让人心疼。

沈司南很久以前就决定，如果自己的病情恶化便顺其自然，他不接受手术，因为手术成功率低，身心会同时受到摧残，家人同样要承受压力，或许还会经历大喜大悲。

他曾说过，如果有那一天，请直面我的离去，我来过这个世上，已经是幸运。

后来有了郑希瑞，他很想多给两人些时间，越多越好，他不能接受自己还没开始宠爱她就要离开她。

沈司南再次接受手术。

可天不遂人愿，第一次手术失败了，准备第二次手术的期间，他回国见了一次郑希瑞。

他坐在车子副驾驶座，降下车窗对站在路边等他的郑希瑞说："我要回英国了，我们分手吧，希瑞，祝你幸福。"

他说得云淡风轻，像是谈论天气一样的语气，一如他表白那天，但眼中却没有那天的深情。

车子直行离开，在一个交通岗拐了弯，隐匿在车流中。郑希瑞站在路边，看着来来往往的车辆行人，一动没动。

沈司南让车子绕了一个圈又拐了回来，停在离郑希瑞很远的地方，他坐在车里，看着马路对面呆呆站着的郑希瑞，觉得自己心脏疼得像是要让人窒息，像是有火焰在燃烧，像是要炸开。

他原本想再最后拥抱她一次，可他连站起来的力气都没有。

那天，从中午到黄昏，郑希瑞一直在那儿站着，沈司南便在车中陪着，他想，但凡他能走一步，都会控制不住双腿过去找她。

16

沈司南在国外第二次做手术期间，沈母打电话给他，说："郑希瑞每天都来，不是陪我插花就是跟着我学习茶道。我们很聊得来，她什么都说，却独独避开了一个话题——沈司南。"

"希瑞很聪明，她应该是猜到什么，但是她不敢问，却又忍不住来我这儿。"

分手后的第十个月，沈司南回到春江，回到沈宅。

第二次手术是成功的，恢复期一过，他立刻回了国。

沈母说："她通常下午两点到。"

沈司南坐在客厅看文件，越是临近两点越是焦躁，后来干脆把文件扔到一边，站到院子中。

他很紧张，紧张到不停地在院子里踱步。

郑希瑞很准时，两点整，门铃响起。

沈司南深呼吸一口气，走过去给她开门。

郑希瑞见到他，恍惚地站在门口，半天没向前迈一步。沈司南深呼吸一口气，拍了拍她的头，对她扯嘴一笑，还没说话便感觉她猛地扑进怀里。

她不曾问一句话，只是在他怀里轻轻抽泣着，眼泪啪哒啪哒地掉落在他衣袖上。

到后来，沈司南才听她断断续续地说了一句："分手可以，只要你好好的。"

沈司南用脸颊蹭着她的头发："分手也不可以。"

那年，伟大的曼德拉先生去世，沈司南和郑希瑞和好。

17

自从几年前那一场小冲突后，沈司羽开始用行动告诉沈司南，什么叫抢他的东西。

他看好的限量款手表，马场的骏马，甚至是他要送给郑希瑞的礼物，沈司羽全部能先他一步得到。

有一次沈司南实在受不了了，对他咆哮道："你又没有女朋友！"

"知道什么叫跟你抢了吧？这才是。"沈司羽绝对是个记仇的家伙。

“知道了。”沈司南服软，“沈司羽我们和好怎么样？”

“亲爱的哥哥，我们……来日方长。”

他的“来日方长”很快就到来了。

那天，沈司南在一家国外的拍卖网站上看到一幅画，名字就叫《犀鸟》，画上的犀鸟比他收集的犀鸟图片上的任何一只都漂亮。

结果，那幅画被他和另一个人拍到了二十万欧元，而另一个人，就是他隔壁的亲弟弟。

沈司南气急败坏，去母亲那儿告了一状才让沈司羽收敛了一些。

“这个安浔是谁？”沈司羽问他。

“一个画家。”

“废话。”

“我也不认识，就觉得她的画很美呀。”

“可能是个阿姨。”

画最后被他买了下来，他打听到画上这只犀鸟就生活在中国，在中国最南方的汀南市。

沈司南心血来潮，他对沈司羽说：“我们去南方看看犀鸟吧，看雄犀鸟怎么把雌犀鸟关起来的。”

沈司羽说：“干什么要看它把它关起来？”

“好奇。”

“无聊！”

“陪我去。”

“不。”

“我想看！”

“求我。”

沈司南："……"

后来沈司羽同意陪他去了，但医生不同意，医生不建议沈司南在没必要的情况下去坐飞机，沈司南说去看犀鸟真的很有必要，沈司羽说他有囚禁的特殊癖好。

那一年，沈家大当家沈老爷子因病在英国约克郡逝世。

沈家二伯和沈司南的父亲都想掌管沈家的商业帝国，那段时日，两方闹得不可开交，沈老太太利落决断，越过两人将沈洲总裁的位置交给了沈司南。

他的商业天赋与能力，大家有目共睹。

那年，郑希瑞的父亲准备为沈司南和希瑞举行婚礼，因为祖父去世不宜嫁娶，结婚改为订婚。

订婚宴上，沈司南带着希瑞翩翩起舞，白色的纱裙随着舞步飞扬，他耳边萦绕着希瑞的欢笑声，亲朋的祝福声。

沈司南看着笑颜如花的希瑞，他想，这辈子能遇到她，真的是太好了，真的是太好了！

订婚宴后，沈司南对沈司羽说："我邀请了安浔，可是她没来。"

"安浔是谁？"

"我喜欢的那个画家，本来想介绍给你们认识，我觉得你会喜欢她。"

沈司羽不以为意："你别乱操心了，你知道我的眼光的。"

"说不定人家还看不上你呢。"

"呵。"

那年，郑希瑞缠着沈司南要为他生个孩子，沈司南拒绝了，他近乎偏执地做着安全措施，不管郑希瑞怎么撒娇耍赖。

气得郑希瑞好几天没理他，沈司南哄了好久："你等我身体再好点。"

其实，他们都知道，他怕，怕他的身体突然不好。

18

订婚第二年，股市暴跌，沈司南力挽狂澜，将沈洲集团受到的冲击降到最低，只是那一年，他的心脏，再次出现问题。

他从医院醒来的时候，用仅有的力气说："离开春江，到希瑞找不到的地方。"

沈司南后悔了，他非常后悔自己给希瑞承诺了未来，他以为他可以，却发现，无论怎么努力，也无能为力。

他不应该对希瑞、对自己抱有奢望，而让她一次次承受原本不应该承受的痛苦。

"沈司羽，你说希瑞遇到我，是不是很可怜？"

"……挺幸运的。"

生命中曾有一个人这么爱她，她应该觉得很幸运吧。

很早很早以前，早到沈司南刚刚懂事那会儿，他就准备好了会随时离开这个世界。

那时无牵无挂，可现在偏偏多了一个她。

离开春江的路上，沈司南意识模糊，朦胧中他想起年少时的约克郡，终日阴雨连绵；想起和沈司羽一起踢球，回家被父亲斥责；想起这辈子第一次说那么肉麻的情话。

那是上次手术成功后回来，他对她说："你不在的时候我很想你，我会把Siri叫出来和我聊天，可是它很无聊，没有和你聊天愉快。"

当时他的女孩，抱着他又哭又笑，因为激动，小脸涨成了粉红色，泪珠挂在鼻尖，她在他身上蹭啊蹭的……

不过，最清晰的记忆竟然是在学校门口第一次见到郑希瑞，她穿着宽大的校服，甩着马尾，瞪大了眼睛看着他，问他："你说谁是鸡？"

那年深秋，天气很冷，她很温暖。

尾声

那天后，沈司南彻底从郑希瑞的世界消失。连一个像样的道别都没有，就那样毫无征兆地，悄无声息地离开了。

希瑞早已习惯他突然地离开，突然地出现。

她还像往常一样，静静地等在春江，认真生活，怀抱希望。

直到，沈司南再次回到沈洲集团。

她开心地等在会议室门口，等他出来，想听他说："我回来了，亲爱的，你久等了。"

门打开，身材高挑西装革履的男人被簇拥着走出来，他看到她，面无表情地一瞥，并没有预想中的温暖的微笑。

她愣住，一瞬间，天崩地裂。

良久，她惨白的脸上扯出一个艰难的微笑，哑着嗓子，轻轻地叫了一声——

沈司南。

声声慢

你走得太急，

而我那声爱你，说得太慢。

文/由巴斯树

1

这辈子有几个人我是不能见的。

比如此刻穿着一身阿玛尼的西服，站在到处是身着比基尼辣妹的沙滩上，眸光里透着寒意的付希安。

我以为我们这辈子都不会再相见，所以刚才看到他的瞬间我有些恍神，恍完神觉得或许他只是陪着新欢恰好路过，跟我没有半毛钱的关系，所以我回到海里翻了几个浪，才施施然走向他。

"嗨，好巧。"我拧干发尾的水，笑呵呵地打招呼，任何时候都喜笑颜开是我最熟练的技能，这也是当初我能拿下他的必杀技。

付希安冷冷地看了我一眼，脱下那件昂贵的西服披在我湿漉漉的身上，我微微侧身，表示不需要，他冰冷的声音随即响起："要么穿上，要么我脱光你，自己选。"

我浑身一颤，虽然三年未见，但我知道眼前这个人，说得出，便做得到。

我揪紧了身上的衣服，引他至附近的咖啡馆。这里的泰式奶茶很出名，可今天喝到嘴里总有种苦涩的味道，我转头看着玻璃窗外，影影绰绰的沙滩，嗯，刚才呛了几口水，大约是曼谷的海水太咸了吧？

“住在哪里？”

我抬头，惊愕地看着他：“钟秘书的报告上没有提？”

钟离是付希安爷爷的私人助理，说白点就是私家侦探。当年在我想尽办法接近付希安的那刻起，老头子就让他潜心挖掘了我祖上十八代的详细资料。

“曼曼，跟我回去。”付希安是千年冰块脸，但此刻语气已经缓和到了极点。就是这样，我更不高兴了。

我漫不经心地搅着奶茶：“回去干吗？结婚吗？”

“舒曼！不要无理取闹！”

我嘴角一扯，也不想给好脸色了：“付先生，不要忘了我们的合约。我现在过得很好，希望你们也一切安好。”

我说“你们”两个字的时候，特意加重了语气，我看到他的脸色变了变，可我才不管呢。

我霍地起身，椅子与地面相擦发出刺耳的声音，同时对面突然响起“砰”的一声，我转过头，桌上的那只玻璃杯在他手里已经被捏碎了。

猩红的血从他指缝间缓缓流下，滴在白色的餐桌上，血腥而刺眼。我看着他夹杂着玻璃碎片的血红掌心，突然呼吸困难，身体向后软软地倒了下去。

2

我醒来的时候，已经在医院了。

我从病床上爬起来，比基尼已经被换成了病号服，门开着，走廊上隐隐约约有对话声，是泰语，听声音其中一个是付希安的。

泰国会说中文的人很多，所以我没有费力去学，在曼谷待了快一年，依然只会一句“萨瓦迪卡”，没多久他进来，我瞄了一眼，手已经包扎过了，讪笑道：“气功练岔了啊，下次再表演这种戏码记得先提醒我，我晕血。”

他瞪了我一眼，说明他此刻心情不是在低谷，一般他动真怒时，都是面无表情的：“我记得你没这么娇弱。”

那当然，想当年大学里解剖学是我学得最好的一科，那些被冰冻冷藏好的尸体，躺在冰冷的手术台上，我拿着刀，将皮肤一层层划开，再一层层缝合起来，到最后，我还能打一个漂亮的蝴蝶结。

“你想说我矫情是吧？”小桌子上放了一袋水果，我拿起一个，用衣服擦了擦，直接啃，“我父母双亡，在孤儿院健康成长活到二十岁，遇见你，纠缠你，闹得你家鸡飞狗跳，让你众叛亲离，想想，啧，我还真是一个可怕的人呢。”

“他去世了。”

我一愣，随即才明白过来这个“他”指的是他爷爷，我“哦”了一声，专心啃苹果，不再说话。

已经化成灰的人，即使生前有再大的仇恨，此刻都没什么好说的了，因为说再多坏话，他都听不到也不会再为此动怒伤身了，真是一点劲都没有。

付希安递过来一个纸袋：“换上，你只是晕血，没什么大问题，可以出院了。我订了明早的班机，你和我一起回去。”

我讪笑："老爷子走了，付家现在是你做主了吗？你爸呢？你的贵妇妈呢？还有那些叔叔伯伯呢？跟着你回去不会是要把我浸猪笼吧？"

"魏舒曼！"

他难得连名带姓地喊我，我觉得自己需要配合一下，以一样的分贝吼回去："付希安，当初是你尊孝道，讲仁义，为家族，那么决然地放弃我，怎么，和陆嘉琦生活不幸福就回头来找我吗？"

我忽然想起，和他分手时，扔在我脸上的那张支票，深吸了一口气，道："我是有价码的，现在这个价，你出不起。"

我转身要走，他一把拽住我，顺势将我甩在了病床上。后脑勺磕到床板，"咚"的一声，我痛得龇牙咧嘴，睁开眼只看到他那张放大的冷峻的脸。

深邃的眼眸里都是冷然的目光，只听到他说："这一次，我绝不会放你走。"

他整个人压在我身上，肺都要被挤出来了，我用力推着他的肩，断断续续地回："我也不会……跟你走……"

3

第一次见到付希安的那年，我大三。

我在孤儿院长大，没有父母荫庇，甚至连朋友都没有，领着补助金啃着白馒头一路念到高中。院长说考警校，出来便是公务员，不愁找工作，我看着自己的小胳膊小腿，毅然决然选了这条路。

大三上半学期期末，经侦系筹办了一个犯罪心理学的讲座，据说请来的讲师是斯坦福毕业，"海龟"，典型的高富帅。才六月末，这天已经热得可以直接在篮球场上煎鸡蛋，宿舍里没有空调，我是去凑热闹纳凉的。

从掌声爆发的频率来看，讲座应该很生动，可我半个字都没听进去，因为我的目光一直停留在讲台下，安静坐着的付希安身上。

后来才知道，他们是好友，那天是付希安去机场接他，顺便将他送来这里，算是陪同。

大约是我的目光太过执着热烈，他也注意到了我。

一人之荒野即是另一人之主题公园。

我从小缺爱长大缺钱，我觉得这就是我人生最大的问题。谁说这世上没有捷径，只是你们没有找到而已，而这个人竟然坐在了我面前，怎可错过？

所以我的目的简单而直接：将他“收入囊中”。

虽然我知道，我已经彻底曲解了这句名言的意思，但有什么关系呢？人生不犯错误，那就永远不知道错误长什么样子，不是吗？

只是那时候，我并不知道，有些错误的代价，并不是每个人都付得起的。

讲座结束，人群鱼贯而出，我留到最后，抱着一本刚借来的《还原犯罪现场》上去请教问题。讲师一张温顺脸，耐心地听着我胡诌出来的问题。

付希安在一旁冷冷接话：“你的问题难道不是要我的电话号码吗？”

我一愣，随即笑着问道：“那你给吗？”

你既坦然，我何必掩饰？

和付希安刚开始在一起的日子，大家都很规矩，我按时上课晨跑半夜点名集合一样都不落下。他很忙，只在周末接我去吃个饭，或者给我一张卡，让我自己去逛街，偶尔打几个电话或者发几条短信。我窝在被子里，翻着那些他发来的简洁短信，十二月寒冬，露在被子外的手冰凉如水，心里却温暖如春，那感觉就好像是初恋。

事实上，他的确是我的初恋。

4

风言风语不知是怎么传出来的，对于一个女子的伤害，无非是在背后说她不知廉耻攀龙附凤放浪形骸。

教导员找我谈话，脸色铁青，说是警校，守的却是军纪。他说：“这样的事，足够开除你了。”

我反问：“有哪一条校规规定不能谈恋爱？”

他一掌拍在桌子上，怒道：“有人看见每周有人开着辆保时捷来接你，你这是谈恋爱吗?!”

我不怒反笑，这世界真是奇了：“我找的男朋友的经济条件，难道还要经过校方审核？超过了是不是还要上缴？”

教导员被我气得差点吐血，我也被教导员劝退回去反省。

十八岁那年，孤儿院院长委婉地将我遣出去，说是资源要留给更多需要的人。我提着行李箱站在校门口，就这样搬进了付希安的别墅里。

那段时间，大约是我这辈子过得最安稳的日子。

没有不定时响起的集合哨子声，没有无聊的课业，不需要面对那些我不喜欢的人和事，每天睡到自然醒，吃完付希安准备好的早餐，又开始睡午觉。

那段时间，他回别墅也很勤快，时不时抽空回家陪我一起看碟，或者玩烘焙。

某天正吃着晚饭，他突然说：“明天你回学校去，课业如果落得太多追不上，我找老师给你补。”

我愣了一下，关于学校的事，我没有和他说一个字，自然也不会去问他是怎么解决的。我笑着说：“我不去。”

他舀了一碗汤递给我，问道：“以后呢？”

我笑眯眯道：“你养我啊。”

那时候我以为，这个人可以保我一生顺遂，所以在礼堂里，我的目光炙热而直接。

后来很多年以后，我从医院手术台上踉跄跌下，全身力气像被抽干了一样，我才明白，这世上，能保自己的从来都只有自己。

那些聪明，从来都是自作聪明。

5

我回了学校。

流言是一种很奇妙的东西，它不会因为权力的压迫而终止，因为你没有办法管住每个人的嘴，更何况人心难测，倒是教导员变得和蔼可亲了很多。

没有人会和一个流言缠身的人做朋友，我也无所谓，我本来就不是一个多讨喜的人，除了面对付希安。

我让付希安帮我换了单人宿舍，倒是各科教官都跟约好了似的，齐齐给我打高分，临近毕业的时候，我见到了一个人。

彼时的我正做完体能考核，一千米长跑，五十个俯卧撑，二十分钟马步，身上的迷彩服早已被汗水浸湿，刘海耷拉在额头上，呼吸急促喘而沉重。

她从一辆红色的奥迪TT上下来，缓缓走向我，嘴角勾着一抹微笑：“你好，我是付希安的未婚妻。”

我愣在原地。

良久后我才回过神来，这种时候假装镇定是必须的，我淡定地问道：“然后呢？”给我支票让我滚？还是来警告我？

她笑起来很好看，给人一种大家闺秀的感觉，语气里甚至有一种宽慰之意，说道：“你不用害怕，我只是路过来看看，对付你，还用不着我出手。”

那时候，我以为她只是虚张声势。知道自己的未婚夫外面藏着个小情人，哪有不生气不紧张不想把我掐死的？她表面上这样说，心里肯定恨我恨得要死。我想，像她们这种女子，不过就是想在我面前保持一种仪态吧？

那天我在风里站了很久，背上的汗水从热变凉，直到我整个人打寒战。

当天晚上，我发了高烧。

找出两片过了期的消炎药，吃完我拨打付希安的电话，关机了。

我找出另一条被子，铺上，我想发烧这种小毛病睡一觉就好了，这几年警校生活，天天体能训练，底子打得很好，应该是没问题的，这样想着爬上床睡觉。

那一夜，我做了很多梦，整个人沉沉浮浮的，像是大海上的浮萍，好不容易快要漂上了岸，一个浪头打过来，又将我卷回去，继续漂流。

也不知道什么时候天亮的，更不知道是谁将我送去的医院，只记得迷迷糊糊间听到好多人在说话，还有破门而入的声音。

醒来时，是在别墅。

付希安给我熬了稀粥，一口口喂我。我嫌没味道不肯吃，他给我加小菜，我又觉得咸，垂着眼皮，不肯张嘴。他换着法子哄我，少有地有耐心。

从头至尾，他没有问我怎么回事，想必他是知道的。

就是这样，我心里更像是被塞了一块肮脏的抹布，难受至极。

我知道，这个人，在他身边多待一天，便少一天了。

点滴是医生上门在别墅里打的，因为我厌食，再加上心绪不佳，这烧一个星期后才退。

我拔掉针头做的第一件事，就是拉着付希安要去逛街。

他拧着眉不依，我便耍赖撒娇，我的叛逆期来得太晚了，大约是前二十年不知道叛逆给谁看，一直收敛着，到如今，逮着这个人，便释放出来了。

那天，我坐在副驾驶座上指路，直奔花园街，街的尽头有一家婚纱店。

我试了店里最美最昂贵的那件婚纱，掀开帘子的那刻，我看到付希安的眼睛亮了一下，随即又恢复如常。

我提着裙摆在他面前转了一圈，他开玩笑道："你不会以为我会娶你吧？"

"当然不。"我答得飞快，就怕给自己留下遐想的空间，我看着镜子里的自己，微笑着跟自己说，"我以后总是要嫁人的，嫁人的时候，总会穿上的。"

我只想让你记住，我最美的时刻。

这一句话，我说在了心里。

6

再次见到陆嘉琦，是在付希安的别墅里。

那是大三的寒假，付希安听说我明年选修了拳击课，便给我订了一套拳击手套。那天门铃响，我以为是快递到了，兴高采烈地去开门，见到的却是高贵典雅气势汹汹的陆嘉琦，她身后还跟着一群人。

她推开半掩的门，我踉跄着后退了几步，只见她抬着骄傲的下巴，走入屋内，付希安从厨房里走出来，拧眉："怎么回事？"

陆嘉琦一脸温婉，示意身后的人将东西摊在他面前："我来和我的未婚夫商量下婚礼的细节，还有礼服的定制。"

"你看，你是选西服还是燕尾服，领带是配黑色，藏青色，还是大红色？"

她把杂志竖在他面前，对比了下，说道："我觉得这件挺好看的，你觉得呢？”

她的目光突然转向我：“希安有时候很懒，要不你来替他选吧？”

我站在门边，全身发抖。

付希安蹙起眉，沉着声：“够了。”他的目光移向我：“你先上楼。”

不知过了多久，我跑下楼，客厅里一个人都没有。我抱膝坐在饭厅里，桌上的四菜一汤，凉了热，热了凉，直到天亮他也没有回来。

那时候，我并不知道，陆嘉琦的出现，不过是战火之前的暖场而已。

毕业那天，学校里很热闹，每个人都积极热情地与自己父母合影留念。这四年里，我最大的收获是认识了付希安；最大的失败，是只认识付希安。

我没有需要摄影留念的地方，这世上我留恋的人和地方都已经刻进了心底。我穿着学士服，拿帽子当扇子，坐在树荫底下纳凉，突然我的视线里出现一双脚。

我被请到学校附近的咖啡馆谈话。

来的人是付家老头的代言人钟离，他很客气，直接传达旨意。

“付家和陆家是商业合作，联姻不过是桥梁，和有没有感情没有关系。

“之前放任不过是因为还没到时候，下个星期，付希安和陆嘉琦的婚讯就会向媒体公布，希望你可以收拾一下自己的感情。

“付家的男人，一向以事业为重，拿着钱，好好走路。

“毕业分配的事，你不用担心，我会和你们校长打招呼，你的出路我们会安排。”

在那之前，我一直以为，世界上最遥远的距离，不过是天与地，但至少他们还能遥遥相望。

直到那时候我才明白，这世上最远的距离，是你认定的那个人，他并不是你所认为的那个人。

7

分手是我主动提的。

付希安坐在我对面，神色冷峻，修长的手指夹着烟蒂，整个客厅烟雾缭绕，我听到他近乎沙哑的声音，他说：“曼曼，给我些时间，事情我会解决的。陆嘉琦不是问题。”

没有错，陆嘉琦的确不是问题，因为这所有的问题，在于我。

我浅浅一笑：“现在的问题不是陆嘉琦，是我。”

他看定我。

“我厌倦了，想要钱，很多钱。”

他目光森然，嘴角浮现一抹讥笑：“既然要钱，就更应该和我在一起，抱着一座金山睡觉，我相信你做梦都会笑醒。”

我努力让自己的声音平静又冷静：“付先生，我也陪了你那么久，分手费给大方一点好吗？

这是我认识他以来，第一次这么疏离地叫他。

“魏舒曼，除了钱，你还能提点别的要求吗？”

我在心里惨笑，我能吗？我可以吗？

那是我们之间的最后一晚，他把我直接按在沙发里，激烈，凶猛，我被他揉在怀里，那股力道像是要将我捏碎一般。而我只是极力迎合他，我抱着他，像是用尽了彼此一生的时光。

一个星期后，我去体检，从诊所出来的时候，报刊亭娱乐报封面上写满了付希安和陆嘉琦的婚讯，满城都是他们的话题，郎才女貌，门当户对。

从我提出分手的那晚，付希安就搬离了别墅。

付家给的期限到了，我本以为我可以悄悄走掉，结果还是被钟离拦了下来。

加长林肯车里，我看到一个精神矍铄的老头端坐着，周身似乎散发着一股寒气，我的左眼皮不安地跳着，被推着坐进去。

他只跟我说了一句话："付家不留孽种。"

我的眼泪"哗"地落了下来，手抚在还平坦的小腹上，到底还是没有保住，我知道我这辈子是留不住付希安的，那留个希望也是好的。

可是老天怎么会让一个孤儿遂愿呢？

那天，我是被绑上手术台的。

因为我的不配合，情绪激动，流产手术后大出血，在医院里昏迷了整整三天。

从此以后，我有了晕血症。

8

醒来出院的那日，大街上热闹非凡。

众人都围在商场外的LED屏幕前，尖叫声此起彼伏。我抬眼望去，阳光直射在屏幕上，十分刺眼，可我还是看清楚了，那是付希安与陆嘉琦婚礼的直播现场。

竟然是大费周章的全城直播。

那一年，他出现在礼堂里，那么安静地坐着，像一位神祇，我在他身上看见了全世界的光。

那时候，我以为自己不过是想找一个依靠，而那个人恰好是他而已，可我的预估出了差错，这世界给了我最冰冷的教育，我却用自己的热血来燃烧爱情。

我扶着墙壁，甚至忘了如何呼吸。屏幕上是陆嘉琦挽着自己的父亲出现在教堂的门口，身后是长长的婚纱裙摆。

周遭尽是羡慕的尖叫声，屏幕上的光太过刺眼，我侧过头，橱窗里映着我惨白的脸。

这一天，连出租车司机都罢工了。

我拖着沉重的身体茫然地走回别墅，耳畔里一会儿是神父的声音，一会儿是付希安的誓言，还有陆嘉琦那一句敲击在心上的“Yes, I do”。

我想，这辈子，我大约是没机会说到这个句式的。

我拎不动箱子，只收走了证件，和一些必需品，直奔机场。

我给付希安发了最后一条短信，虽然我知道，作为新郎官，他根本无暇顾及手机，但我只是想给自己画上一个句号。

只简单的两个字：再见。

再也不见。

早知如此绊人心，何如当初莫相识。

发完以后我把SIM卡扔进了机场的垃圾桶，躲进了机场厕所，哭成了泪人。

作为和他的最后一点联系的那团肉都已经被拿掉了，或许此生，真的可以不必再见。

9

我在东南亚流浪了很久。

越南，印度，甚至在战局混乱的时候还只身去了中东。我想，只有遇见遭受了更多苦难的人，才能暂时忘记自己的伤痛。

这世界上的幸福与不幸，都是被比较出来的。

从飞机起飞的那刻起，我就在心里决定，这一生都不会再回去。

这世界对我来说，没有家，所以不用回家。

二十五年前，我被扔在孤儿院的门口，除了身上那张写着“魏舒曼”三个字的纸，我一无所有，我甚至不知道自己的生日是哪一天。

我孤身长大，直到我遇见那个人。

我以他为我这一生的阳光，可是却忘了，阳光之后，是更深沉更长久的黑暗。

所以，你说要怎样才能原谅你？

我想，是不能的。

四年的格斗还是没有白学，掀翻了身上的那个人，理好衣服，我说：“付希安，我们之间所有的缘分都结束在三年前，现在，你又何必来计较过去？”

有些伤痛，一次就够了。

刻骨铭心，深入骨髓。

我以为这不过是他的心血来潮，偶尔午夜梦回，想起曾经有我这么一个人，便寻来了，可付家的生意少不了主事人，他迟早要回去的。

我没想到的是，这一次，却是持久战。

他租了我隔壁的房间，从此以后，我每到一个地方，身后总有他的影子，会说泰语占尽了天时地利人和。我在这里待得太久，以至于方圆几里以内，都是熟脸，好几次我甩脱他，总会有好心人告知他，与他闹脾气的未婚妻在哪儿。

这一世，我尽是在逃离。

我敲开他的房门，手放在背后，攥成了拳，我说：“付希安，我曾经爱过你，也想过与你一生一世，可这世间的事，不是我想，就能走上我要走的路。不能修成正果的爱情，都是孽缘，任何纠缠都是徒劳，不是吗？”

我好不容易才学会忘记你，做梦不再夜夜都是你木然的脸，我到底要走到哪一步，你才肯放过我？

他突然将我的身体转过来，从身后抱住我，下巴抵在肩上，脸颊摩挲着我的侧脸，手伸出来放到我面前晃了晃，那是一只骨节分明，修长洁白的手，很漂亮。他说：“曼曼，我没有结婚。”

我脑袋嗡的一声，半天才转过弯来。他说的不是他离婚了，是他没有结婚。

没有结婚！

10

婚礼没有圆满落幕，是因为一封信。

我去验孕的地方是一家私人诊所，那时候我并不知道，他们会结合身体体检的状况将报告寄过来，而当时我在病历卡上随手填写的是别墅的地址。

付希安是在出门前收到信件的，随手放在了口袋里。

在神父问他YES or NO的问题时，他鬼使神差地拆开了信，神父拿着《圣经》还以为他准备了演讲词，五秒钟后，却得到一个逃婚的新郎。

这场世纪婚礼，在所有观众的唏嘘声中落幕，有很长一段时间，站在LED大屏幕前的少女们都在猜测那一封到底是什么信。

联姻毁了，陆家发难，抽了资金和项目，付氏股票大跌，而我那时早已出了境，在国内，我没有朋友，自然也不晓得这些后事。

老爷子震怒，心脏病发，入了院。付希安跪在病床前，他留下，收拾自己惹出的烂摊子，唯一的条件是，找到我。

很可惜，老爷子不会告诉他，钟离更不会。

付氏的重振，花了他整整三年时间。那三年里，他每天醒来第一件事，就是打电话问钟离，有没有我的消息。

我的踪迹暴露，大约是那日，我动了他给我的那笔钱。

曼谷是佛教之国，我去了很多地方，大皇宫、玉佛寺、四面佛，到处都是祈福的人，他们每个人脸上的表情皆虔诚而敬畏。

我想，信佛之人，都是善良之人，能够有所祈求，也是一种福分。

有时候，我们信命，都不过是想活得容易一些。

我把付希安留给我的那笔钱捐给了寺院，在我离开前，我将支票兑现存进了曾经他给我的那张卡里，当时开口要钱，是为了腹中的孩子，现在他没了，就当是为他超度吧。

这世间事，兜兜转转，总有它的轨迹和去向。

付希安的语气很柔，避重就轻地说着那些前尘往事，可我早已泪流满面。

还有一件事，他没有告诉我，在婚礼的最后，回答NO，是他早已决定好的。他原以为在最后一刻破釜沉舟，将局面彻底拉向死局，他才能毫无顾忌地转身，牵住心底的那个人。

只是命运，将他要走的那条路画成了一个圈，绕了这三年时光。

我捏着他的手，轻轻回握，只听到他说："你走得太急，而我那声爱你，说得太慢。"

曼曼，对不起。

只是庆幸，这一生，我还有机会再遇见你。

布列瑟农星空下

我站在布列瑟农的星空下……
白云拂过，日升月落
我将所有的星辰都抛到了身后，只为点亮你的天空
请你温柔地放手，因为我必须远走……

文/七微

1

遇见南方是三年前的暑假，他抱着一箱啤酒将我撞翻在“橘色”门口。很不幸，倒下去的地板上有一块尖锐的东西，我的右脸颊被磕破一道长长的口子，血流如注，大概受力太重，鼻血也跟着往外冒，整张脸鲜血淋漓的，显得异常恐怖。

南方却很镇静，既没尖叫也没慌乱，让我的头仰躺在他腿上，从口袋里掏出一团皱巴巴的餐巾纸往我鼻孔里一塞，而后抱起我就往诊所跑。

当抵达最近的诊所时，我已经晕了过去。伤口虽然很痛，但还没到痛到晕过去的地步，之所以晕，是因为我晕血。

后来听诊所小护士说，当时南方慌了，以为把我撞成了脑震荡。他慌的不是我的伤势，而是假如我真脑震荡了，他可没钱赔。

那个时候他只是“橘色”月薪微薄的服务生。哦，忘了说，“橘色”是林

然与朋友合伙开的一个小酒吧。

我没脑震荡，却差点儿毁容，右脸颊缝了三针。走出诊所，南方不停地说对不起。

我一路沉默，过了许久，才抬眼扯出一个无比难看的笑容，对他说："没关系，假如我真毁了容，你负责就好了。"

南方一下愣住了。

很久后他说，从来没有见过伤成那样还有心情开玩笑的女生。

我说："谁跟你开玩笑，我对你一见钟情呢！"

这听起来真像一个笑话，谁会在那种情况下一见钟情。别说南方，就连我自己也不信。

因为脸上的伤，我整个暑假都赖在林然的酒吧。南方大概是因为心里内疚，所以面对我话痨似的搭讪总是耐着性子给予回应，偶尔也会请我喝一杯苏打水。其实南方性格沉闷，对谁都冷冷淡淡的，但来酒吧玩的女孩们总是喜欢有意无意地找他搭讪，只因为酒吧服务生中，二十岁的南方长得最好看。

脸颊伤口拆线那天是南方陪我去的，虽然打了麻药，可疼痛依旧钻心，我拼命咬住嘴唇不让自己叫出声来。忽然，一只手覆在我手上，紧紧握住我的，他的声音轻柔地响在耳畔："痛就叫出来，女孩子不用这样逞强的。"

我却仿佛没有听见，只怔怔地望着他握紧我手的那只手腕上的暗紫色文身，是一个极少见的风车图案，很别致，令人过目难忘。

回去的时候，南方看着我拆了线的脸迟疑地问，林孜，我们以前是不是见过？

我淡淡地说，没有。

那晚我喝了许多酒，为了庆祝脸颊痊愈并且没有留下疤痕。林然特意开了一瓶威士忌，那是我第一次喝烈酒，喝到最后头晕目眩的，醉眼蒙眬地趴在吧台上，视线却始终跟着大厅里南方的身影，握着酒杯的手指一点点紧握成拳，手背青筋暴突，牙齿深深咬住下嘴唇，如果他回头，一定会看见我目光里森冷的恨。

这个世界上，有些遇见是偶然是缘分，而有些，却是预谋是孽。

我与南方，便是后者。

2

记忆永远是最可怕的介质。这两年来，我一直逼迫自己忘记，可关于他的浮光掠影，清晰如昨日。

躺在床上辗转许久，才迷糊地睡过去，照例做了许多乱七八糟的梦。梦中人与物都那样模糊，看不清面目，只有画面，没有声音，以及无边无际的黑暗。

睡梦中似乎还感觉到有人轻轻推门走进我的房间，在床头站了许久，那气息熟悉又陌生，伴随着一声沉重的叹息。

我想睁开眼，可实在太疲惫，心里沉沉地想，算了，不过是一场梦罢了。

第二天起床，发觉父亲端坐在餐厅里，手上报纸窸窣翻过。我站在楼梯上，怔怔望着他的侧脸。窗外阳光照射进来，映衬出他头上几缕白发。两年不见，他竟有了白发。

我在他对面坐下，他抬头望了我一眼，神色平淡："吃早餐吧。"声音也是淡淡的，平静的，仿佛只是重复每天早上都要说的一句话。

我没有开口叫他，早在几年前，我就已经喊不出那两个字。

"有什么打算？"喝完杯里最后一口牛奶，他再度开口。

我咬着面包沉默。

良久——

“回原来的大学是不太可能了。”他沉吟了片刻，说，“出国吧。”

“不去。”我猛地站起，丢下这两个字，转身回了卧室。

又想送我走！三年前是这样，现在还是如此！颓丧地倒回床上，我心里的哀凉阵阵袭来。

再醒过来已是夜幕降临，窗外不知何时下起了瓢泼大雨。我望着雨幕发了一阵呆，起床，换了衣服出门去找林然。

走到“橘色”门口时，我脚步忽地顿住，下意识想要逃走，转身却撞到了林然。

“孜孜？”他摸了摸我淋湿的头发，蹙眉，“你怎么不打伞？”

换好林然拿给我的衣服，走出洗手间，迎头便与人撞个满怀。那人一身酒气，脚步踉跄，我伸手去搀她，她抬头谢谢未说出口，看着我一时愣住，我也呆呆地怔住。回过神来第一反应是逃，可她一把拽住我，嗤笑一声：“林孜，没想到你这么快就出来了。”语气里尽是讽刺与挑衅。

我咬了咬唇，转身，扯出一抹冷笑：“真是令你失望了呢。”眼神瞟了瞟酒吧大厅，我并不害怕遇见她，我怕的是遇见另一个人，那个为了她而背叛我的人。

“你在找什么？你在期待什么？”唐菲菲此时看不出有半点醉意，句句咄咄逼人，跟从前一个样，“他早就不要你了，你怎么还上赶着……”她伸手截住我狠狠朝她脸颊挥过去的手，冷冷地说：“怎么，还想像两年前一样扇我两耳光吗？林孜，你这泼妇德行倒真是一点都没变呢……”

这时林然走了过来，狠狠瞪了一眼唐菲菲，将一脸怒气的我拉进了吧台。

我抓过一瓶酒仰头汩汩地灌，我气自己一时没忍住，巴掌挥出去的那一刻就输了。唐菲菲永远懂得怎样用一句话便将我击败。

林然夺过我手中的酒瓶："你想烂醉在这里是吧！"

我答非所问："他们经常来你这里？"

他知道我说的是谁，沉吟片刻，才答："唐菲菲常来，每次都大醉，南方……从没来过。"他顿了顿，良久才又轻轻开口，"他们，后来似乎没有在一起。"

我伏在吧台上没再接腔，头有点眩晕，思绪却出奇地清晰与平静。

3

唐菲菲第一次出现在"橘色"，是那个夏天的末尾。那天我因为大学开学后不肯住校这件事与父亲大吵了一架，收拾了两套衣服就从家里跑了出来，在街上游荡了很久，最后能去的地方也只有林然的酒吧。

还没进门，便听到里面传出好听的歌声，还有吉他伴奏的声音，平时喧闹的酒吧破天荒地安静下来，只有清洌的歌声在空气中流淌。我走到吧台旁的南方身边，他专注地望着大厅中央小小舞台上弹着吉他吟唱的女生，嘴角扬起难得的笑，眼神也变得特别柔和。

"她哪儿来的呀？"我撞撞他的手肘，指着唱歌的女生。

他回头看了我一眼，目光又投向舞台："新来的歌手，好听吗？"

"难听死了。"我没好气地嘀咕了一句，绕进了吧台。

那晚打烊后，南方请我与林然去吃夜宵，同行的还有唐菲菲。介绍的时候南方揽着唐菲菲的肩膀淡笑着说："我妹妹。"语气里带着宠溺。

我冷着脸抬眼打量唐菲菲，心想，妹妹？鬼信！

唐菲菲漫不经心地望了我一眼，她手指间夹着一支烟，冰冷的眼神掩在袅袅升腾的烟雾中，可我依旧感觉到那眼神中仿佛带着尖锐的刺，直直朝我射过来。

我们谁都没有开口打招呼。

我不喜欢她，或者说，我非常非常讨厌她的出现，更加讨厌南方看她时的温柔眼神。

烧烤摊上，当南方给林然敬酒时，我才明白为什么一向对人冷淡的南方主动请客。因为林然答应让唐菲菲留在“橘色”驻唱。

我心里虽然很不爽，可也没有反对的立场，所以拼命地喝闷酒，东西没吃多少，厕所倒跑得勤快。

快散场的时候，南方将我堵在了洗手间门口。我抬眼瞪他，他却自顾自开口，声音很轻：“林孜，你可以收留菲菲几天吗？我住的地方太小，又是与人合租……”

“凭什么？”我打断他，胸腔里的怒气混杂着酒气，汩汩往上冒。

好哇，这顿夜宵果然不安好心，先是让林然给她工作，现在又让我为她提供住宿，这算盘打得可真好。

南方一下愣住了，嘴角动了动，想说什么终究作罢。

我等得不耐烦，转身就走。

“我以为我们是朋友。”他的声音忽然又在身后响起，依旧很轻，语气中却听出一抹自嘲。

我背脊僵了僵，顿了很久，才开口说了个“好”字。

那晚我没回家，而是将唐菲菲带到了林然的小公寓，把他赶去了酒吧的小阁楼里睡。

洗完澡出来，唐菲菲依旧坐在沙发上抽烟，我蹙眉，将窗户打开通风。

“你喜欢南方。”唐菲菲忽然开口，偏头望着我的眼神里带着一抹笃定，以及一抹嘲弄。

我还未开口，她又说：“你不用急着肯定或否定，我没兴趣知道你的答案。”她将烟蒂摁灭在烟灰缸里，起身，擦肩而过时霸道的声音响在我耳畔，“因为，他是我的。”语气里有几分挑衅，几分炫耀，还有几分警告。

关于唐菲菲与南方的关系，虽然林然只用了简单一句话概括——她是南方最铁的哥们儿的妹妹，他们三个青梅竹马，在孤儿院一起长大，感情笃深。但南方看她时的温柔神色与宠溺的语气，令我心里警钟乍响，而唐菲菲对南方的意图，实在太明显了。

我望着她的背影，手指缓缓握成拳，心里有什么东西急促地往外翻涌，强烈得似要破胸腔而出。

4

南方在酒吧被人砸破头的那个夜晚，我躺在宿舍床上翻来滚去，被失眠折磨得很痛苦，索性摸出手机玩游戏。林然的电话在这个时候打进来。

外面下着瓢泼大雨，我翻身下床，连伞都忘记拿，就冲进了雨幕中。脚步一晃，尖锐的刺痛自脚踝处袭来，我也顾不得那么多了，踉跄着去拦出租车。

医院急救室外的走廊上，林然静静地坐在椅子上，而唐菲菲则靠墙滑坐在地板上，双臂紧紧抱着膝盖，头发与衣服被淋湿，有雨水还有啤酒的气味，身体在轻微发抖。

南方的头部被砸了一个很大的洞，送到医院时因失血过多而昏迷。

我恨恨地瞪着唐菲菲，一切都因她而起。

酒吧里一个喝高了的男人强拉着唐菲菲逼她喝酒，南方上去解围，结果大打出手。对方一行有四五个人，林然还没来得及阻止，南方已被放倒在地，身边碎裂了好几个酒瓶，血流成河，那帮人已迅速逃走。

“孜孜，你的脚在流血……”林然将我拉到椅子上，跑去问护士要消毒的棉球。我低头看了看脚踝，被什么东西刮了一道细长的口子，血迹混着雨珠往下淌，这时才再次感觉到尖锐的痛意。我咧开嘴笑了笑，似乎每次都因为南方而流血。

半小时后，南方被推出急救室，头部缝了八针，左手轻微骨折。

那晚唐菲菲留在医院照顾南方。

我与林然离开医院时已是凌晨两点多，雨如瓢泼，夜色浓黑，深秋的风伴着冷雨吹过来，令我不禁打了个寒战，林然脱下薄外套披在我身上。我只觉得阵阵疲倦，头搁在林然肩头，恳求般地轻声说：“哥，让唐菲菲离开‘橘色’好不好？”

空气中是久久的沉默，只有雨声哗哗。

“如果他喜欢上唐菲菲，如果他没有爱上我，那我做这一切还有什么意义……”

“现在重点不是南方喜欢谁，”林然打断我，重重的叹息响在我头顶，“重点是，孜孜，你似乎……真的喜欢上了他……”

“你在胡说什么！”我猛地推开他，混沌的思维被他的话瞬间炸清醒，我声音尖锐，“你胡说！”

“我有没有胡说你自己心里清楚。孜孜，看看你这副丢了魂似的模样，”他指着我淋湿的衣服与受伤的脚，“你真的只是害怕唐菲菲的出现打乱你的计划吗？还是你其实在吃她的醋，因为南方对她好……”

我脑海“嗡”的一声巨响，仿佛某个要害被狠狠戳中，在那深深的不可置信与惶恐中，恍惚回想起先前离开病房时，我在唐菲菲耳畔说的一句话。我说：“害人精！”

她笑了，轻轻地回了我一句：“我故意的，可是，我赢了。”说完挑起眉看着愤怒的我。

“孜孜，到此为止吧。”林然叹口气，伸手试图拉我，却被我狠狠挥开。

“你撒谎，你胡说，我没有爱上他，没有……”我推开他，踉跄着冲进雨幕里。

我没有爱上他，怎么可能爱上他呢？我可以爱上这世上任何一个人，唯独他不可以。

林然，我会证明给你看，你在骗我。

5

我请了一个月的病假，每天待在林然公寓的厨房里研究煲汤，在此之前，我连一盘鸡蛋都没炒过。但若你铁了心想做某件事，便没什么可以阻挡。我报了个煲汤三天速成班，在消耗了无数食材后，终于拎着一罐我水准极限的红枣鸡汤走进了南方的病房。

那是他住院的第五天，我第一次出现。寸步不离的唐菲菲终于不在病房里，我知道她是被林然故意叫走的。在请林然帮我时，他铁青着脸骂我疯了。我没有反驳，只是望着他一字一字地说，哥，这几年我是怎么过来的你最清楚，而唯一支撑我坚持下去的念头，便是这个。我说，就算你不帮我，我自己也会想办法。

南方瘦了很多，但精神尚好，他淡淡笑着回的一句“你来了”差点让我落荒而逃。我敛了敛神，转身给他盛汤。

他说了声“谢谢”然后抬眸望着我，“很好喝，你煲的？”

“你喜欢唐菲菲？”我直直望着他的眼睛，答非所问。

南方喝汤的动作顿了下，随即答：“我一直当她是家人。”

“真的？”这听起来真像是质问，可南方却全然没有在意。

“真的。”他说。

“那，如果是我被人逼着喝酒，你会拼了命地救我吗？”我知道那一刻自己的表情一定像个邀宠撒娇的小女生，满脸期待，心里却有个声音在对自己叫嚣：林孜，你真虚伪！

“当然。”他回答得干脆利落。

我笑了：“你喜欢我？”

他愣住，神色复杂莫辨。

“你不喜欢我？”我挑了挑眉。

他忽然笑了，宠溺地揉了揉我的头发：“林孜，你真像个小孩呢，”他叹口气，“人的感情如果只是喜欢或者不喜欢这般简单，那该多好……”

我打断他老气横秋的感叹，说：“我喜欢你！”字字铿锵，掷地有声。

南方再次愣住，良久才讷讷地说：“林孜，你压根儿就不了解我……”

他的声音淹没在我迅速覆上的嘴唇下，我感觉他浑身如触电般瞬间僵住。三秒后，我退开，飞速跑出了病房。

我靠在病房外走廊尽头的墙壁上大口喘气，脸烫得厉害，心脏在胸腔里突突狂跳，好似下一刻便要飞出来般。我感觉到自己的身体在轻微发抖，浑身力气消失殆尽，沿着墙壁滑坐在地，在恍惚中，只觉有什么东西沿着脸颊缓缓滑落，伸手，摸到一片冰凉的液体。

南方出院那天下午，只有我一个人去接他，他望了一眼我身后，说：“菲菲不是说要来吗？”

我说：“哦，她有点事脱不开身。”他也没再多问。

关于那个吻，我们都选择以缄默来粉饰太平。

回南方家的途中，我们先去超市买了许多菜。

他说：“你确定要亲自下厨？”

我挑眉说：“你别小看我！”又买了一箱啤酒，南方诧异地望着我，我说，“庆祝你出院，开心嘛，你不能喝少喝点就是了。”

我知道他的酒量不好，基本上三瓶就倒。

那天晚上一切如我计划中那样顺利，我成功将南方灌醉，望着滚落一地的啤酒瓶，我摸了摸自己红得发烫的脸颊，思维却无比清晰。

昏黄的灯光下，我缓缓脱下自己衣服的手指颤抖得很厉害，冰凉的泪无声滑落，心里的某个角落，有着尖锐的刺痛，绝望一阵阵漫过来。

我知道，这晚过后，我再也没有回头路。

再也没有……

6

我是被一声尖叫声吵醒的。那尖叫既不是来自我，也不是来自南方，而是来自站在卧室门口的唐菲菲。

我抓着被子望着唐菲菲，神色平静，眼神里却带着一抹挑衅。

“林孜，我……”南方向来淡然的声音里终于显露出一抹慌乱。

我低头，不去看他。

空气里是一阵尴尬的沉默。

很快，唐菲菲踉跄着跑开。我起身穿好衣服，也捂着嘴匆匆跑了出去。既然做戏，就做足一点。

耳畔恍惚响起林然说的话，他说：“林孜，你最好清楚自己在做什么。”而此刻，我渐渐不知道自己究竟在做什么。有那么一瞬间，甚至觉得自己真卑劣真恶心。可心里很快又有一个声音跳出来厉声反驳：你没错，是他活该！

刚下楼，我便被唐菲菲拦住，原来她没走远。

“不要脸！”说着，她扬起手掌狠挥过来。

我一把拦住，冷笑：“原来你也输不起呀。”擦肩而过时我靠近她耳边，用她曾用过的语气说，“现在，他是我的。”

“难道，”她惊呼出声，“昨天下午林然请我喝酒……”

“我不明白你在说什么。”我冷冷打断她，迈步欲走。

她比我想象中更聪明。

我知道她肯定会回与南方合租的房子，所以没有关上卧室门。

“你到底是谁？”唐菲菲拉住我，语气冷厉，脸上却浮现一丝恐慌。

我轻轻笑了下，拨开她的手，扬长而去。

我没回林然的公寓，而是回了自己家，洗了个澡，吃一颗安眠药，继续蒙头大睡。迷糊中我似乎看到了母亲，但我看不清楚她的面目，只有一个背影，在一片浓雾中疾步前行。我在后面狂追，一边跑一边哭着喊她等我，可她却置若罔闻，愈走愈快，终于消失不见……

我猛地从床上坐起，耳畔传来急促的响声，楼下门铃大作伴随着重重的拍门声。扭头，窗外竟已漆黑一片。我下楼开门，门外站着的是南方，我望着他，他也望着我。良久，彼此无言。最后我转身从鞋柜上拿过钥匙，示意他出门。

坐在小区的长椅上，依旧是长久的沉默。深秋的夜带着些微的寒凉，微风卷起地上枯黄的银杏叶，一群飞蛾在昏黄的光晕下，翻飞、起舞，姿势决绝。

刹那间，我想到了自己。

“对不起。”这是南方开口说的第一句话。

第二句，他说：“林孜，我们在一起吧。”

7

初冬来临时，我生了一场病。情绪暴躁，不安，失眠，厌食，最让人难以忍受的是每天早晨严重反胃，却什么也吐不出来。

当我连续三天趴在洗手间发出强烈的干呕声时，终于引起了父亲的注意。他靠在门边蹙眉问："怎么了？"

"没事，大概是胃着凉了。"我摆摆手，转身时又是一阵强烈反胃。

"连续几天都这样？"见我点头，他神色一凛，目光森然地盯了我许久，而后冷声说，"跟我去医院。"我说不用，他却粗暴地拽着我往门外走。

当医生宣布完检验结果，他的脸色瞬间变得铁青，那种可怖的表情我只见过一次，是六年前母亲出事的时候。

从医院出来，坐在车里，他并不发动引擎，只是一支接一支地抽烟。死寂般的气氛压得我快喘不过气，我以为他会狠狠骂我，或者甩两个耳光。可没有，什么都没有，他抽完烟盒里所有的烟，而后发动引擎，沉默着往家里驶去。

三天后的夜晚，父亲将一沓照片摔在我面前，无数张南方的脸在我脚边撒了一地，他看也不看我，平静地开口："明天就给我去医院将孩子拿掉。至于他，"他指着地上的照片，手指紧握成拳，声音冷得如至冰窖，"我一定会让他付出代价！"

说完，他转身摔门而出。

我全身力气在那一刻尽失，重重地跌进沙发里，双手掩面，手指止不住轻颤起来。一切如我所计划的那样顺利进行，我的目的终于快要达成，可为什么我心里会这么恐慌。那些久远的噩梦般的往事如暗夜里的潮水在这一刻袭过来，那是一切仇恨的源头……

我永远都不会忘记六年前的那个傍晚，母亲如常开车接我放学，刚进车内，后颈便被人拿东西抵住。有人沉声说："别叫，开车。"

我偏头望见银光轻闪，吓得"哇"一声哭出来。母亲有片刻的惊恐但很快镇定下来，握住我的手说："孜孜，乖，别哭，不要怕。"可她的手指却在发抖。

母亲配合地将车开往歹徒指定的郊外，天色一点点暗下来。不知过了多久，车子终于停在一座废弃的工厂外，我们被绑着押进了一间残破不堪的露天房间，房里没有灯光，但头顶盈盈的月光洒了一地，照在那两个歹徒身上。他们戴了口罩，看不清面目，但从身形与声音可以辨别出年纪不大。他们抢了母亲的手机给父亲打电话。

母亲将我紧紧抱在怀里，轻声说："孜孜，别怕，他们要的是钱，不会伤害我们的。爸爸很快就会来救我们。"

可是，父亲的手机始终关机。他们又打到父亲的公司，秘书三番两次回答说："抱歉，林总在开一个重要会议暂时不能接电话……"

时间一分一秒过去，那两名歹徒急了，其中一个说："怎么办？"

另一个沉吟了片刻，狠狠咒骂了句倒霉，说："先撤。"说着欺身上前抢母亲身上的首饰，耳环、项链、玉镯，最后他的目光停在母亲手指上的那枚戒指上。

母亲忽然不要命地反抗，抬脚狠狠踢上那人的脸。他被激怒，一巴掌甩在母亲脸上，鲜血直流。我吓得尖叫着哭出声来，另一个人立即死死地捂住我的嘴巴。

在那片混乱中，最后残余在我记忆中的画面是，鲜血在莹白的月光下变成一朵刺目的血色蔷薇……

我睁大眼睛，想要开口尖叫，却发觉一点声音都发不出了，只呆呆地望着地板上了无声息的母亲。

那举刀的手却忽然被我身旁的那个人截住，他颤抖着声音说：“哥，不要……”

他们交握在一起的手腕上，两枚暗紫色文身在莹莹月光下那么清晰而灼目，握刀的那只手腕上是大水牛图案，而另一枚，是风车图案。它们如一道无可泯灭的痕迹烙进我心底深处，发酵成仇恨的引子。

那一年，我十二岁。

那之后很长一段时间，我都无法开口说话，也无法安然入睡，只要一闭上眼睛，就能看见那朵血色蔷薇仿佛一只张着血盆大口的梦魇兽，随时要将我吞灭。

后来，绑架我们的凶手被抓到，警察让我去认人，隔着玻璃，却发现里面只有一个人，我认得他手臂上的大水牛文身，我使劲挥舞着手想开口说不对不对，是两个人，却什么话也说不出来。

而那人承担了所有罪责，一口咬定没有同伙。

没人相信我，是呀，一个惊吓过度偶尔神志不清在看心理医生的十二岁小女孩的话，在没有确凿证据下，确实可信度不高。

就连父亲，也只当我说胡话。渐渐的，我心生绝望，在他面前再也不提这件事。也就是从那个时候开始，心里对他的恨意愈加浓烈。如果不是他看重事业胜过一切，母亲也不会丧命。他不知道，母亲拼死抢夺的那枚戒指，是当年他送给她的定情信物，不是钻石也不是白金，只是一枚廉价的银戒指，她却视它胜过生命。只因为，那年的他与那份感情，是她生命中最美好的存在，已消失在日后的世俗生活中。她誓死保护的，不是一枚戒指，而是一段美的记忆。

父亲或许可以渐渐忘却失去母亲的伤痛，我却做不到，对我来说，那是一场永无止境的噩梦。

所以我费尽一切心思，终于找到那个手腕上有风车文身的人。没错，南方就是那个人。而我接近他的目的，就是报仇。

我不顾一切，就是为了让他爱上我，拐走我。我知道，以父亲的能力与手段，一定可以让他付出惨重的代价。

只是，只是……一切似乎已朝着我无法控制的轨迹发展，此时此刻，我心里没有半点报复的快感，有的只是无休无止的恐慌与害怕。恍恍惚惚中，一些片段如浮光掠影，从我脑海里一闪而过——

他覆上我的手指，温柔地说："痛就叫出来，女孩子不用这么逞强的。"

他忽然蹲下身子，将我松散开的鞋带系上一个漂亮的蝴蝶结。

医院病房里，他那句干脆利落的"当然"。

他宠溺地揉我的头发，笑说："林孜，你真像个小孩呢。"

飞蛾盘旋起舞的昏黄灯光下，他牵过我的手，说："林孜，我们在一起吧。或许现在的我不够好不够出色，但我会好好努力，给你全部的幸福。"

林然说："孜孜，你爱上了他。"

你爱上了他，你爱上了他……

我猛地从沙发上弹起，冲出家门，拦了辆的士往"橘色"而去。

推开酒吧的门，一眼望见站在吧台边的南方。我喘着粗气跑到他身边，拽紧他的手臂，仰着脸一边掉眼泪一边哀哀地说："南方，我们离开这里好不好？你带我离开这里……现在，马上，立即……"

我不知道自己到底在说些什么，泪眼蒙眬中，一切都显得那样模糊，酒吧灯光明明灭灭，耳畔传来欢快明媚的舞曲，眼前是南方不知所措慌乱震惊的脸。

而后，只觉一阵强烈的眩晕朝我袭来……

8

再醒过来时，是在医院里。

夜色深沉，窗外风很大。室内灯光惨白，映在南方苍白的面孔上，有一种不真实的恍惚感。他的手紧紧握住我的，眼中情绪复杂，有心疼，有内疚，还有一点点不知所措的惶惑。

我知道医生应该把什么都告诉了他。

手指抚上平坦的小腹，我怔怔望着他，空气中是长久的沉默。良久，他终于疲惫地开口："孜孜，你觉得我浑蛋也好无耻也罢，我想要这个孩子，我们的孩子。"

我闭了闭眼，悬着的一颗心缓缓落下，眼泪无声滑下来，没入发中。在那漫长的沉默中，我暗自发誓：如果他让我打掉孩子，我会不顾一切让他为此付出代价；如果他说留下，我便会义无反顾跟他走，天涯海角。

南方，你一定不知道，我心里有多么感激。因为你的这句话，让我对自己爱上你这个事实，有了零星的微薄信念，至少证明我没有错爱一个浑蛋。

"带我走，离开这里，现在就走。"我擦干眼泪，紧紧抓住他的手。

"现在？已经很晚了，而且医生说你身体很虚弱，你有两天没吃东西了，饿不饿？想吃点什么吗……"

"求你，我们离开这里。"我打断他，声音里又带了哭腔，掀开被子试图下床，却浑身乏力往前倒。南方慌忙抱住我："好好，我带你走。"

我退回床上给林然打了一通电话，他很快便赶了过来。他将南方支出病房，而后一脸严肃地盯着我："你想清楚了？"

我点点头。

如果我们不离开，父亲一定会杀了南方的。

林然重重叹口气："如果爱能让你放弃仇恨，摆脱这么多年的噩梦，那也算是值得了。"他揉了揉我的头发，"孜孜，哥哥比任何人都希望你幸福，明白吗？"

我低头，不忍与他对视，眼里已有泪水盈眶。

林然将一张银行卡与一串钥匙塞到我手里："密码是我的生日，Z市我外婆家的老房子一直空闲，收拾下先将就住着吧。"然后转身出去叫出租车。

我的眼泪终于忍不住落下来，他大概是这世上最好的哥哥。

Z市就在邻城，驱车两个半小时。出租车在暗夜中穿行，车内暖气很足，我却感觉浑身发冷，夜是那么漫长，黎明仿佛遥远得望不到尽头。南方的手指始终紧紧握住我的，想传递温暖给我，可他的手心同样冰凉。

我知道，他其实跟我一样彷徨。

林然外婆家的老房子比我想象中的好很多，虽然陈旧了点，但家私电器一应俱全，还带了个小小的花圃。

安顿好后，南方就出去找了工作，依旧是酒吧。在"橘色"时他把调酒师的本领学了个七八分，这虽然比服务生赚得多一点，但他觉得不够，又找了份工作时间稍短的白天的兼职。

天气愈来愈冷，那一整个冬天漫长而孤独。大部分时间我都是独自窝在家里望着天花板发呆。每当夜幕降临，心里总会升腾起一股恐惧。很多次我想对南方说，我害怕一个人在家。但一对上他累极困倦的脸，话到嘴边又吞了回去。

我与南方都没有发觉，我们的交流愈来愈少。

偌大的陌生的城市，我找不到一个可以说话的人。我不敢给林然打电话，怕父亲循迹找来。渐渐地，我懒得开口，每天恹恹地窝在床上睡觉。可只要一闭上眼，那些发生过的或者纯粹是我臆想出来的场景便化成一个接一个的噩梦，张着血盆大口朝我袭来，不分昼夜。

我梦见父亲狠狠扇我耳光，然后将我丢出门外，声音冰冷而无情地从屋内传来：“我没有你这样的女儿！”我梦见母亲浑身是血躺在地上颤抖着手指指着我，脸上是震惊与失望，语气里有浓浓的指责：“孜孜，你怎么可以跟害死我的人在一起！怎么可以！怎么可以！”

惊醒时一头一脸的虚汗，身畔传来南方细微的呼吸声，昏黄壁灯下，我看到自己的手指缓缓袭近他的脖子，一点点握紧，却在下一秒落荒而逃，踉跄着冲进洗手间用刺骨的冷水浇醒自己。

南方不知道，很多个午夜梦回，我想过各种各样杀死他的方法，可我终究下不了手。而当我清醒过来时，我恨不得杀死自己。

我以为自己可以不顾一切去爱他，可原来并不是那么容易做到。

爱恨纠葛的矛盾，压得我快要窒息。

我们的第一次战争终于在平安夜爆发，我发疯般地摔碎了客厅里所有东西。开始，南方还愿意哄着我，可当我扑过去打他，长指甲在他脸上划出血痕，并抄起地上的水果刀对准他时，他终于怒喝了一句：“闹够了没有！”然后狠狠打落我手中的刀，一把将我摔进沙发里。我的眼泪纷纷掉落，不知道到底是为他的怒喝，还是为他终于不再任凭我打骂。

如此大动干戈，不过是想他陪我过平安夜他却坚持要去上班，可其实我心里清楚，这只是引发战争的一个导火索而已。最终他还是走了，离开时将我抱到床上，将烤炉开到最大，神色温柔如昔。他说：“孜孜，对不起，我不该对你发脾气，我会尽量早点回来。”

我站在窗边看到南方的背影渐行渐远，那晚下起了冬天第一场雪，很大，飞絮般飘洒在空中，而我与南方之间的某些东西，也在那个夜晚，像雪花般一片一片被撕裂成碎片。

那之后，没完没了的争吵像一场海啸，伴随着刺骨的寒风与冰天雪地，卷进我与南方的生活，并且一发不可收拾。

南方在一次又一次隐忍中濒临崩溃，最严重的一次，我骗他说将孩子拿掉了，他带着悲恸而哀戚的声音冲我低吼：“你到底想怎样？”那晚他在客厅里呆坐了一夜，烟蒂塞满了烟灰缸。天微亮的时候他走进卧室，蹲在床边握住我的手指，喃喃地说：“林孜，没关系的，没关系，你没事就好……”我微闭着眼睛，知道他哭了，很想帮他擦掉泪水，向他道歉，喉咙却仿佛被一只手狠狠掐住，一个字也说不出来。我知道，那只手，是暗夜中永无休止的梦魇，以及想要放下却怎么都摆脱不了的爱与恨的矛盾。

这样看不到希望，望不到尽头的灰暗日子，直至唐菲菲出现，才终于被打破。

9

唐菲菲找来的时候，是农历新年的前几天。南方因为感冒请了大半个月的假，那场感冒来势汹汹，吃了药打了针可总也好不了，最后发展成漫长的伤风。发烧最厉害的时候他整个人呈半昏迷状态，我整夜守着他，看着他痛苦地呻吟，心里生出细细密密的惶恐与害怕。我趴在床边哭着恳求他：“只要你快点好起来，我以后都会乖乖的，不跟你吵架不无理取闹……”

不知是否我的恳求生了效，南方总算渐渐好起来，我松了一大口气，甚至有种失而复得的快乐。

小年夜那天，我一大早就去菜市场买菜，这是我与南方在一起过的第一个新年，我想亲手做饭给他吃。南方本来要陪我去，可他大病初愈吹不得风，被我硬按回了床上。

后来我时常想，如果那天他陪我去了，我们的命运是否会彻底不一样。只是，这世间没有如果。

我永生都忘不了当我拎着购物袋站在卧室门口看见的那一幕：南方靠坐在床头，头微低，右手搂住唐菲菲的后脑勺，她整个人趴在他的怀里……

那瞬间，只觉自己的心跳都停止了，良久后才感觉到一阵强烈的刺痛，下意识想要逃，可双脚仿佛生了根，手指颤抖得厉害。购物袋"啪"的一下跌落在地，发出巨大的声响，心里的某些东西也在一刹那跌得粉碎。

南方与唐菲菲被响声惊扰，一起朝我望过来。唐菲菲依旧赖在南方的怀里，手指抚上嘴唇，勾出一抹挑衅的鄙夷的笑："真扫兴。"

我没理她，只怔怔地望着南方，试图从他眼中看出一丝真假。可他神色平静得令我害怕，眼神冷漠地扫了我一眼，便偏头望向窗外。

我迈着沉重的步伐一步一步朝他们走过去，短短几步却仿佛一个世纪那么漫长，身体颤抖得快要坚持不下去，牙齿深深咬着嘴唇。我将唐菲菲从南方身上扯开，而后盯着他的眼睛一字一句地说："这不是真的对不对？只要你说不是，我就相信你。"

南方不会知道，那时那刻，我心里因等待一个答案而产生的巨大惶恐与忐忑，那是从未有过的煎熬。

可他除了沉默还是沉默。

空气一时静得令我窒息。

是唐菲菲尖锐的讽刺声打破了局面，她粗鲁地将我从南方身边拉开，冷笑着说："林孜，你需要我们再演示一遍吗……"

"啪啪——"

两个耳光用尽我全部力气，而第三个耳光被截在半空中。我缓缓偏头，望向急冲过来的南方，心里涌上大片潮湿，眼眶里有泪水打转，我咬住嘴唇，拼命地忍住。

"林孜，是我对不起你，不关菲菲的事。"他终于开口，他终于肯开口，却是帮着唐菲菲求情。

我望着他，死死地望着他。

“林孜，我们分手吧。”南方的声音很轻，仿佛不似真的。

“你在说什么呀……”我喃喃，只觉耳畔嗡嗡作响。

他却不再看我，转身去收拾东西：“我会打电话给林然，让他来接你。”

我蒙了许久，反应过来后疯了般冲过去扯他的行李袋，将他收拾好的衣服全部丢出来，凄厉地尖叫：“谁准你走的！谁准你走的！”我将行李袋紧紧地抱在怀中，缩到衣柜里，身体瑟瑟发抖。

“林孜，你别这样……”南方试图将我拉出来，我看见他眼神中一闪而过的不忍与伤痛，仿佛揪住一根救命稻草，紧紧拽住他的手腕，哀哀地说：“你是在惩罚我对不对？我以后再也不对你乱发脾气了好不好，你不要走，不要走……”眼泪终于落了下来，大颗大颗，滚烫而炽热。

“南方！”他朝我脸颊伸过来的手因唐菲菲一句厉喝僵在了半空中，一个转弯，伸向了我怀中的行李袋，用力一扯，便抢了过去。

“别闹了。林孜，放过我，也放过你自己吧。我真的好累，好累。”他眼神一凛，又恢复了先前的冷然，声音里除了疲惫再没有别的情绪。

他转身，将地上的衣服再拾回去，而后朝门外走。

我冲过去，扯住他的手臂，他没有回头。良久，他终于拨开我的手，我再次拽住，声音很轻很轻地开口：“你爱过我吗？”

空气中是长久的沉默，只有唐菲菲的嗤笑声那么突兀。

他再次拨开我的手，低沉冷漠的声音直刺我的心脏：“没有，从来没有。”

我的手指松了几分：“那……你为什么要跟我在一起？”

“因为你有了孩子，既然现在孩子没了……”他没再说下去，我拽紧他手臂的手指颓然地松开，如置身北极之巅，呆呆地望着唐菲菲冲我扬起一个胜利的微笑，而后挽着他的手臂扬长而去。

孩子，原来是因为孩子。

孩子？

我急忙往外追，我想要告诉他，孩子并没有拿掉，那个谎言后来因为他生病，一直没有机会解释。心里已说不清什么滋味，大概比之再也见不到他的惶惶与痛苦，他不爱我又算得了什么呢？

追到路口时他们正上了出租车，我追着车子一路疯跑，冷冽的寒风从耳边呼啸而过，刮得脸颊生疼，心脏仿佛要跑出胸腔。很快，车子渐行渐远，只余下车流中一个模糊的影子。我心里着急，不要命地追，就连十字路口的灯已转成红灯都没有发觉，冲过去的时候只觉眼前一花，下一秒，身体被抛出好远，头昏目眩中狠狠地摔在地上，在刺骨的疼痛中瞟见一辆摩托车与一个男人倒在离我不远的地方。血液从头上额上流进眼睛，渐渐模糊了视线，尖锐的痛自四肢百骸袭来，恍恍惚惚中，感觉一股比头上更汹涌的液体自大腿根部缓缓地流出……

在彻底晕过去的刹那，我想的仅仅是：我与南方，大概再也没有挽回的余地了。

10

那一觉真漫长，我做了一场又一场梦，大多是童年时的情景：母亲送我去上学，别的家长都只送到校门口，而她每次都送到教室门口看我坐好才离开；每个周末都带我去游乐场，她明明害怕得要死，还是陪着我一起坐过山车，下来后一边狂吐着还一边笑着安慰我说："妈妈没事儿呢，吐吐更健康……"

那些久远的浮光掠影，美好得令我耽溺其中，再也不想醒过来。可耳畔恍恍惚惚总感觉到有人在锲而不舍地喊我的名字，声音急切而心疼。我很想让他别再扰我美梦，开口的时候，意识也渐渐恢复过来，睁开眼，赫然对上林然的满面欣喜。

“谢天谢地！”他如释重负地叹了一口气，伸手按病床边的铃大声喊医生。

我移动视线，渐渐适应满眼刺目的白，窗外漆黑一片，远处的天空中此起彼伏爆出一朵朵璀璨的焰火。

“我睡了多久了？”我的声音沙哑而涩滞。

“今天是除夕夜。”林然习惯性揉了揉我的头发，“万幸你醒过来了，否则我这辈子都不会原谅自己。”他低了低头。

“哥哥，不关你的事。”我努力扯出一抹笑，却牵动了脸上的伤口，钻心地疼，这才发觉右手臂打了石膏，撞成了骨折。

过了许久，林然才讷讷地轻声说：“孩子没了。孜孜，想哭就哭吧，不要憋着。”

我怔怔地望着头顶白得刺眼的天花板，心里一片麻木，流不出半点泪。原来，绝望的感觉是这样，平静而木然，内心被挖了一个硕大的洞，有刺骨寒风呼啸而过。

病房的门忽然被推开，父亲拎着食盒走进来。那大概是我们过得最凄凉的一个除夕夜，在惨白灯光下与浓浓的消毒水气味中，吃着外带的食物。我实在食不知味，象征性地喝了两口汤便作罢。

饭毕，林然走了出去。病房里只剩下我与父亲，长久的沉默过后，他终于开口，我以为他会厉声骂我，或者给我一巴掌，可没有，他只是平静地说：“我不会放过那小子的。”

我侧过身子，平静地恳求他：“请你不要插手，让我自己解决。”

我不是帮南方求情，他已经不值得。

他的无情，抹杀的不仅仅是我对他的爱，还有我所有的骄傲与尊严。

元宵节过后，林然帮我办理了出院，父亲自那之后再没有出现过。我知道，他对我大概已经失望透顶。

回去后我一直住在林然的公寓里，那场车祸让我的身体落下许多小毛病，也在右额角留下一道长而深的疤痕，林然安慰我说："没关系，以后带你去做修复手术。"

我说："不用，用刘海遮住就可以了。"

身上的伤痕用手术修复可以完好如初，心上的伤却是任何厉害的手术都无力回天。我不会去做手术，我要让这道疤。时刻提醒着自己，曾犯过的傻，曾受过的屈辱。

春天来临的时候，父亲终于再次出现，带来的还有出国手续。他说："你既然不想继续念书，就出国吧。去那边玩也好，升学也罢，随便你。"自他知道南方的存在后，难得与我这样心平气和地谈话。

我压住他要将我送走的怒气，淡淡地说："我考虑一下。"

父亲离开之后，我换了衣裳，出门前拨了一通电话，而后拦了辆车往近郊去。下了车，远远便望见那栋废弃的工厂，六年了，这个地狱般的地方，时常入我梦来，令我战栗。

我握住自己颤抖的手指，一步步朝那个露天的房屋走去。如六年前一样，今晚亦有莹莹的月光，光华倾泻一地，照在屋内几个蒙了口罩的人身上，照在被绑了手脚堵住嘴巴倒在地上的南方身上。那几个小痞子见到我，围拢上来，我将一个厚厚的信封递过去，示意他们出去。

南方望着我，眼神中没有震惊也没有害怕，有的只是浓浓的哀伤。我蹲下来，嗤笑："别这样看着我，没用的。"

“我曾说过，如果靠近了我，就不要背叛我。可是，你不听。”我从口袋里掏出水果刀，刀刃在月光下闪着冰冷的光芒，如同六年前那把狠狠刺入母亲心脏的刀一样令我绝望。南方嘴巴里发出“嗯嗯”的模糊声音，头拼命地摇晃着，眼神里终于有了惊恐。

我满意地笑了：“现在才知道害怕了吗？你在求我吗？可是，太晚了……”笑声越来越大，直笑到歇斯底里，手上的刀在歇斯底里的笑声中狠狠地刺入南方的身体，鲜血染红了我的手指，“这一刀，为我死去的母亲。”

干涩已久的眼眶有一滴泪缓缓滑落，融进脸上的血中。

“这一刀，为那个失去的孩子。”

又一颗泪珠滑落，模糊的视线里，南方的脸色变得惨白，头却还在拼命地摇。

我闭眼，眼眶里滚落最后一颗泪，抬手：“这一刀，为我对你已死去的爱。”

终于，我放开手，颓然地倒在一旁，颤抖着被鲜血染红的手指摸出手机……

11

我没想到唐菲菲会来找我，自从知道她这两年经常出现在“橘色”后，我就再没踏入过那里。出来后，因为没用手机，唐菲菲索性直接找上了我家。在我关门的瞬间她用脚抵住门：“我来，是想要告诉你一个秘密，关于两年前的。当然，听不听，随你。”她笑了笑。她永远都是这么有本事，一句话便将我击败，一句话便将我勾引。

后来我时常想，好奇心果然是害死人的毒药。

我跟着她去了附近的咖啡馆。

五分钟过后，她还是不开口，漫不经心地搅动着杯里的咖啡。我“唰”地站起，转身就走。

“啧啧，脾气真是火爆，难怪南方不要你……”

“哈哈，”我嗤笑着转头，挑眉望着她，“你是在讽刺你自己吗？偷抢去的，终究长久不了！”

唐菲菲握着勺子的手微微一颤，脸拉了下来，转瞬又恢复了一抹嘲弄的笑：“看你还能笑多久！”她抬眸直直望着我，一字一字地说，“两年前，南方就知道了你是谁的女儿。”

“什么……”我身体重重跌回座位上。

“没错，是我告诉他的。我千辛万苦找到你们，就是为了告诉南方这个消息。”她笑了笑，“所以，你看到我与南方接吻，他对你说的那些残忍的话，都是假的。”

“你怎么会知道？”我敛了敛神，涩滞地问道，心里却乱成了一团麻。

“你失踪后，你爸爸通过报纸、电台、电视轮番寻人，想不知道也难。他在本城算是有头有脸的人物，一些往事，稍微查下就知道了。更何况，我哥哥为此至今还在里面关着……”

“所以，你报复我！”

原来如此，原来如此！我以为的背叛，却是他刻意的成全。

“嘿，算是吧。”唐菲菲自嘲地笑了笑，说：“就算没有我，你们也不会有好结果。”

我的心微微刺痛，眼前浮过当年莹莹月光下那一摊刺目的红。如果不是唐菲菲，或许我们终不会善终，却也不至于落到那种残酷的地步。

三刀，斩断了所有情分，所有好的不好的记忆，所有的爱，只余下深入骨髓此生难消的恨。

“你现在为什么要告诉我！”我拼命压抑住想要冲上去扇她耳光的冲动，低吼。

“因为，”唐菲菲倾身靠近我，嘴角带着残忍的笑，“你让我痛苦，我也要让你余生都活在悔恨里……”

她的话被截断在咖啡馆里此起彼伏的尖叫声中，头一歪，晕倒在桌子上，我手中的玻璃杯裂成了碎片，刺进了她的额角。身边顿时慌乱成一片，有人拨打120与110，有人尖叫着跑出去，甚至还有人怕我跑掉，将我按在沙发里……

我从警局收押室出来时，已是凌晨两点多。刚走到门口，父亲的耳光兜头而下，快狠准。嘴里传来浓浓血腥味，脸颊痛到麻木。

“小叔！”林然大喊了一句。

父亲瞪了一眼林然，冷声警告：“林然，你敢再收留她试试！”而后拽着我往他的车走去。

我被关在了家里，父亲怕我逃跑，让他公司的两名保安24小时轮流监视着我，连电话线都被掐掉。

一个月后，父亲再次将一纸出国手续甩在了我面前，这一次是彻底移民，连飞往意大利的机票都买好了，就在三天后。

我躺在床上，心灰意懒地应了一句：“好，我去。”

离开的那天，我终于见到林然，他来送我。从他口中得知，唐菲菲没有大碍，额角缝了几针，坚决要告我故意伤人。后来不知道父亲用了什么办法，终于避免我再次被抓进去。

“孜孜，出去散散心也好，我会去看你的。”林然抱了抱我，附在我耳畔轻说，“对不起，我没有找到他，他或许已经离开这个城市了。”

我闭上眼，罢了，找到他又能怎样呢？一声对不起太轻，换不回他一条腿。是的，那三刀我并没有刺入他的心脏，而是刺进了他的大腿，因伤及神经，他右腿瘸了。我的恨终究不够彻底，无法像当年那柄刺入母亲身体里的刀一样，要了他的命。可我知道够了，对于把自尊看得比什么都重的南方来说，这比死更让他难过。

飞机缓缓划过云层，在巨大的轰鸣声中我想起林然的话，他说："孜孜，一切都过去了，忘了吧。"可是他哪里知道，有些记忆，就算是离开这座城，也忘不了，因为它们早已深入骨髓，此生难忘。

就如同有些人一样。

12

长途飞行令人疲累，像是做了一场漫长的梦，踩在棉絮般的云层里，时间与空间都变得特别模糊，梦醒时，已身处另一片蓝天下。

七月的意大利气温怡人，只二十几度，阳光暖洋洋地打在身上。我眯着眼睛望着举着写着我名字的接机牌冲我笑得一脸灿烂的女人。她是我的姑姑，十几年前远嫁意大利南部蒂罗尔一个叫做Bressanone的小镇，她离开时我还小，但她一直被我与林然奉为偶像。据说当年我的前姑父在对她求婚时只说了句"我家有一片一望无际的牧场，养了数以万计的山羊"。她拎着箱子就跟人跑了，气得我爷爷卧病在床半个月，怒嚷着没有这个女儿，也不让家人与她联系。后来，直到爷爷去世，父亲才与姑姑重新有了联络。

阔别这么多年，她与我印象中模糊的影子完全不像。面前的女人，皮肤晒成了小麦色，很瘦，只有一双明亮的大眼睛依旧如多年前那样熠熠生辉。我轻轻喊了一声姑姑，她却爽朗大笑，冲我眨眨眼："可把我喊老了，你可以叫我Miss林。"半点也不像年近不惑还惨遭老公抛弃的女人。

我不禁莞尔，她是这样爽朗可爱的人，心里轻轻一动，忽然明白了父亲的用意。近墨者黑，近朱者赤。他希望我从姑姑身上学来一点豁达与开朗。

Bressanone是个很美的小镇，掩映在层叠葱郁的小乡村中，在山谷中时常可以听到远处教堂的钟声，成群的山羊在牧场漫步。夜晚的时候，漫天星辰如蓝宝石般镶在夜空中，光华倾泻在大地，如梦似幻。

很轻易便爱上这里，很多时候我甚至想，就这样吧，在这里终此一生似乎也不错。岁月静好，现世安稳。

如果没有那个叫莲恩的少年出来搅局，该有多好。

莲恩是姑姑牧场里兽医的儿子，十六岁的小男生，与姑姑学得一口漂亮的中文，每次在饭桌上都手支着下巴深情款款地望着我说："孜，我对你情不知所起，一往而深。"他第一次说的时候我差点咬到舌头，而姑姑却笑得打跌，竖起大拇指直赞他学以致用。

我一时愣怔，恍惚看到十八岁那年的自己，对南方说，我对你一见钟情呢！

我自然是不当真的，可莲恩却开始缠我，被缠得烦的时候我对他说："我有男朋友了。"

他皱眉："我问过Miss林，她说你没有。"顿了顿，又说，"就算有也没有关系，我可以等你跟他分手。"

我哭笑不得："我有喜欢的人了。"

他立即接道："那我可以等到你不喜欢他。"

他的单纯可爱是真的，明亮若Bressanone夜空中星辰般的眼睛里也满是真诚的光芒。这才是最重要的原因，他有着十六岁少年特有的单纯与觉得一切都没什么大不了的勇气。可我没有，早已没有。镜中人的眼神波澜不惊，除了寂寥还是死灰般的寂寥，我知道，自己缺失的不仅仅是明亮单纯的眼神，还有再爱的勇气。

我过二十一岁生日时，莲恩不知从哪儿弄来一支风笛，他是苏格兰人，天生吹得一手天籁般的风笛。他坐在我房间外的窗户下，吹了一晚上的风笛，每一曲都充满深情，我躺在床上，望着窗外漫天灿烂的星辰，没有出声，也没有出去。星光隐遁，天渐渐亮起来，他吹的最后一支曲子是Bressanone的一支民谣，我曾听男歌手唱过，还记得那歌词：

Here I stand in bressanone / With the stars up in the sky... Now the clouds are flying by me/and the moon is the rise / I have left stars behind me / they were disamondsin your skies / You would be a sweet surrender / I must go the other way...（我站在布列瑟农的星空下……白云拂过，日升月落/我将所有的星辰都抛到了身后，只为点亮你的天空/请你温柔地放手，因为我必须远走……）

我叹口气，心里沉沉地想，或许到了该离开的时候了。

我犹豫着怎样开口跟姑姑辞行，没料几天后接到林然的电话，一向身体硬朗的父亲竟然生病住了院。

姑姑与我一起回国，莲恩坚持要送我们到机场。进安检时他忽然拽住我的手，低低地说："孜，放假我就去中国找你。"我笑笑，道了珍重，却没有说再见。

阔别一年多，依旧回到了这个城市，景物依旧，物是人非，心境也全然不一样了。

父亲是酒喝多了，胃出血，看着病床上满面病容头发又白去许多的父亲，我张了张嘴，涩涩地喊他："爸爸。"

整整九年，我没有喊过他一声爸爸。

他缓缓睁开眼，眼神中满是惊讶，似有水光闪烁。他偏了偏头，再转过来时那点水光已消散："回来了。"

我开始往返于家里与医院，生病的父亲变得像个小孩般挑剔，只肯吃我熬的粥。每天早上我很早起来，熬好稀饭然后拎着保温瓶坐半小时的地铁去医院，我享受那半小时在地下呼啸而过的时光，这令我平静。

有一次，偏头的瞬间，看到一个熟悉的身影，那人正一瘸一拐地下车。我起身，拨开拥挤的人群，朝门口狂奔，赶在门徐徐关上的刹那跳了下去。可站台上那么多人，只一转眼，便再也找不到他。我循着出口疾奔，下楼梯的时候一脚踩空，手里的保温瓶跟着身体一路跌落下去。我躺在地上一动不动，耳畔传来行人叽叽喳喳的声音，偏头望着洒落一地的青菜粥，眼泪纷纷掉落。

我终于明白，有些人，有些爱，就如同洒落一地的粥，再也寻不回来了。

13

南方：放手是此生我能给你最好的爱。

我没想过有生之年还会再次遇见林孜，在拥挤的地铁里，她抱着一个保温瓶在发呆。隔着拥挤的人群，我忍不住傻傻地看了许久，仿佛又回到了几年前与她初相识的日子。她长得并不漂亮，但安静下来时有一种特别的神韵，尤其是走神发呆的时候，比我见过的所有漂亮女孩都要好看。后来我常常想，我大概就是因为喜欢看她发呆才会爱上她的吧。

当我看到她的目光偏向我时，心一凛，地铁正好靠站停下，我顾不得还没到站，慌忙地下了车，她果然发现了我，一路追了下来。我躲在柱子后面，看她抱着保温瓶一路狂奔，我跟了过去，却眼睁睁看着她从楼梯上跌落下去。我想要过去抱她，脚步却生根般止在楼梯上，逼迫自己转身，而后拨打了120。

我这一生，唯一能为她做的，便是离开她。

这是三年前菲菲找到我时，就有的坚定念头。

当菲菲将一段我竭尽全力想要忘记却始终忘不了的丑陋往事揭开在我面前时，我终于明白了林孜失常的原因。她的歇斯底里，她的反复无常，她的矛盾，统统找到了合理的解释。

原来，我们的缘分早在那么多年前，便已开始。

一切都是因果报应，只是就算时光重来，我与菲菲的哥哥唐昊当年依旧会那么做。我们三个从小在孤儿院长大，他们是这世间我唯一的亲人，所以我不能放着菲菲不管，更不能看着唐昊独自去涉险。那年唐昊得罪了一帮人，他们抓了菲菲，要他弄五万块来换人。那时候五万块对我们来说，简直是天文数字。除了抢劫或者勒索，别无他法，我们从来没有想过要杀人的，只是后来的一切都失控了……

事后，唐昊独自承担了所有罪责，他只要求我一点：照顾好菲菲。

我心里明白菲菲对我的感情，可我一直都只把她当成妹妹。唯一一次做过的逾矩的事，便是哀求她帮我演了一场戏，来骗林孜。对林孜，不管是九年前，还是四年前，都是我亏欠她的。

“我从来未曾爱过你。”

“与你在一起是因为孩子。”

这两句话是我说过的最残忍的话，如果真有地狱，一定是为我这种人设的。

可当年，我不得不说。我怕在她的哀求下，我会缴械投降。而我深知，假如我留下来，带给她的只会是更大的痛苦，那种痛苦此生都会如影随形。那是弑母之恨与爱情的激烈矛盾，我怕她，迟早有一天会在这种爱恨纠葛中疯掉。

我没想到她会做出那样疯狂的事，捅了我三刀。可她到底不够狠心，只是废了我的右腿。她以为我拼命摇头是在哀求，并不是，我只是希望她不要那么傻，故意伤人罪的牢狱之灾会毁了她的人生……

自始至终，我都深爱她。

可我，此生能给她的最好的爱，便是放手，只能放手。

我想，或许在漫漫时光的洗刷中，爱也好，恨也罢，都能够变得云淡风轻。

而我唯愿，她在这样的云淡风轻中，此生安好。

图书在版编目(CIP)数据

玫瑰与荒原 / 爱格编. -- 长沙 : 湖南文艺出版社，2024.3
ISBN 978-7-5726-1682-2

Ⅰ. ①玫… Ⅱ. ①爱… Ⅲ. ①短篇小说－小说集－中国－当代 Ⅳ. ①I247.7

中国国家版本馆CIP数据核字(2024)第048899号

玫瑰与荒原
MEIGUI YU HUANGYUAN

编　　者：爱　格
出 版 人：陈新文
责任编辑：李　阔
出版统筹：邓　理
选题策划：杨　旋
装帧设计：张娅君
内文设计：张娅君
出版发行：湖南文艺出版社
（长沙市雨花区东二环一段508号　邮编：410014）
网　　址：www.hnwy.net
印　　刷：湖南天闻新华印务有限公司
经　　销：新华书店
开　　本：880 mm×1230 mm　1/32
字　　数：238千字
印　　张：9
版　　次：2024年3月第1版
印　　次：2024年3月第1次印刷
书　　号：ISBN 978-7-5726-1682-2
定　　价：42.00元

本书个别作品因相关备注信息失效，未能联系上作者。我们深表歉意，请作者见书后，与我们联系，我们将及时向您支付相应稿费以及赠送样书。

联系方式：0731-82231353